KB266090

나의 친애하는 넬에게

나의 친애하는 넬에게

샬럿 브론테 편지

김자영 엮고 옮김

I can go home and you can come to
see me
— and I hope we shall be happy
Good-bye dear — dear Ellen

"오! 온 세상을 내려다보는
저 높고 거칠고 적막한 황야 그리고
진정한 고요의 왕국!"
—1853년 9월, 하워스 목사관을 처음 방문한
개스켈 부인이 친구에게 보낸 편지에서

일러두기

· 이 책은 *Selected Letters of Charlotte Brontë* (Oxford University Press, 2010)를 번역 저본으로 삼았고, *The Brontës: A Life in Letters* (Little, Brown, 2016) 등을 참조했다.
· 성경 인용은 개역개정판을 따랐다.
· 샬럿 브론테는 결혼 전 샬럿 브론테(Charlotte Brontë), 샬럿(Charlotte), C. 브론테(C. Brontë), C. B., C. 벨(C. Bell), 커러 벨(Currer Bell) 등의 이름을 서명에 사용했으며, 결혼 후에는 C. B. 니컬스(C. B. Nicholls)를 주로 사용했다. 이 책의 편지에는 이 서명들이 본래 편지를 따라 약어로만 쓰이거나 마침표를 빼고 쓰이는 등 자유롭게 쓰여 있다.
· 주는 모두 옮긴이의 주이다.

차례

수신자 및 등장인물 소개

이 인물 소개는 샬럿 브론테의 삶을 더욱 깊이 조명하고, 샬럿이 보낸 편지들의 배경에 더 가까이 다가가기 위해 원작과는 별도로 옮긴이가 마련한 것이다.─편집자

가족

패트릭 브론테(1777-1861)

샬럿 브론테의 아버지로, 아일랜드 출신의 성공회 목사. 1812년 마리아 브랜웰과 결혼해 여섯 남매를 두었으며, 1820년 손턴에서 하워스로 이사한 뒤 남은 생을 하워스 교구의 목사로 지냈다.

에밀리 브론테(1818-1848)

샬럿 브론테의 여동생으로, 영국의 소설가이자 시인. 필명은 엘리스 벨Ellis Bell. 샬럿과 함께 로 헤드 기숙학교에 다녔으며, 이후 벨기에 브뤼셀에서 유학했다. 1847년 대표작 『폭풍의 언덕Wuthering Heights』을 출간했다.

앤 브론테(1820-1849)

샬럿 브론테의 막내 여동생으로, 영국의 소설가. 필명은 액턴 벨Acton Bell. 대표작으로는 가정교사 시절의 경험을 바탕으로 쓴 『아그네스 그레이Agnes Grey』와 『와일드펠 홀의 소작인The Tenant of Wildfell Hall』 등이 있다.

브랜웰 브론테(1817-1848)

샬럿 브론테의 남동생으로, 학교에 다니지 않고 집에서 아버지에게 교육을 받았다. 어릴 적부터 독서와 글쓰기, 미술에 큰 흥미를 보이며 화가와 시인을 꿈꿨으나, 이후 아편과 알코올 중독에 빠져 빚에 시달리다가 세상을 떠났다.

엘리자베스 브랜웰(1776-1842)

샬럿 브론테의 이모로, 샬럿의 어머니 마리아가 일찍 세상을 떠난 뒤 하워스에서 브론테 가족을 정성껏 보살폈다. 1842년에는 샬럿과 에밀리의 브뤼셀 유학 자금을 지원했다. 같은 해 세상을 떠나면서 브론테 자매에게 유산을 남겼고, 이 유산을 투자한 수익으로 브론테 자매는 1846년 『커러, 엘리스, 액턴 벨의 시 작품들』을, 1847년에는 『아그네스 그레이』와 『폭풍의 언덕』을 세상에 내놓을 수 있었다.

아서 벨 니컬스(1819-1906)

아일랜드 출신의 성공회 목사로, 하워스 교구의 부목사로 재직했다. 1854년 6월 29일 샬럿 브론테와 결혼했으며, 1855년 3월 31일 그녀가 세상을 떠나는 날까지 곁을 지켰다.

지인

엘런 너시(1817-1897)

1831년 로 헤드 기숙학교에서 샬럿을 처음 만난 이후, 약 24년 동안 샬럿과 가장 가까운 친구로 지냈다. 샬럿이 엘런에게 보낸 350통이 넘는 편지가 오늘날까지 전해지고 있다.

마거릿 울러(1792-1885)

로 헤드 기숙학교의 교장. 샬럿 브론테는 로 헤드 기숙학교에서 교사로도 일했으며, 학교를 떠난 뒤에도 울러와 가까운 사이를 유지했다.

어밀리아 테일러(결혼 전 어밀리아 링그로즈, 1818-1861?)

샬럿 브론테의 친구로, 로 헤드 기숙학교에서 함께 공부했다. 1850년, 조지프 테일러와 결혼했다.

헨리 너시(1812-1860)

엘런 너시의 오빠이자, 영국 성공회 목사.

콘스탄틴 에제(1809-1896)

벨기에 브뤼셀의 에제 기숙학교에서 샬럿과 에밀리에게 프랑스어를 가르쳤다. 샬럿은 기혼이었던 그를 오랫동안 연모했으며, 훗날 그를 모델로 삼아 『빌레트 Villette』의 폴 에마뉘엘 선생을 창조했다.

로버트 사우디(1774-1843)

영국의 낭만주의 시인이자 전기 작가. 샬럿은 그의 서사시 「파괴자 탈라바 Thalaba the Destroyer」와 「케하마의 저주 The Curse of Kehama」를 높이 평가했다.

엘리자베스 개스켈(1810-1865)

빅토리아 시대를 대표하는 소설가로, 샬럿 브론테의 전기 『샬럿 브론테의 생애

Life of Charlotte Brontë』를 집필했다. 샬럿은 그녀의 작품 중 『메리 바튼Mary Barton』, 『루스Ruth』 등을 읽었으며, 1850년 8월, 처음으로 개스켈과 만났다.

윌리엄 메이크피스 새커리(1811-1863)

영국의 소설가. 케임브리지대학교에서 법학을 공부한 뒤 1837년부터 문필 활동을 시작했다. 대표작으로는 『속물열전The Book of Snobs』, 『허영의 시장Vanity Fair』, 『헨리 에즈먼드Henry Esmond』 등이 있다.

윌리엄 윌리엄스(1800-1875)

1845년부터 스미스엘더 출판사에서 작가 발굴과 작품 비평, 기획 자문을 담당했다.

윌리엄 웨이트먼(1814-1842)

1839년, 하워스 교구의 부목사로 임명되었다. 패트릭 브론테 목사는 웨이트먼의 장례식 설교에서 그가 아들과 같은 존재였다고 말한 것으로 전해진다.

조지 스미스(1824-1901)

스미스엘더 출판사Smith, Elder & Co.의 대표. 1859년에는 문예지 『콘힐 매거진Cornhill Magazine』을 창간했으며, 샬럿 브론테의 미완성 소설 『에마Emma』를 소개했다. 샬럿은 『빌레트』에서 그레이엄 브레턴을 묘사할 때 그를 모델로 삼은 것으로 알려져 있다.

조지 루이스(1817-1878)

자유사상가이자 소설가, 비평가, 극작가. 특히 프랑스 문학의 권위자로 알려져 있다.

토머스 드퀸시(1785-1859)

브론테 세 자매와 브랜웰 브론테가 존경했던 작가. 대표작으로 『어느 영국인 아편쟁이의 고백Confessions of an English Opium-Eater』이 있다.

하틀리 콜리지(1796-1849)

작가이자 시인. 『블랙우드 에든버러Blackwood's Edinburgh』에 시와 문학 비평을 게재했다.

샬럿 브론테Charlotte Brontë, 1816-1855는 어린 시절 카원 브리지의 클러지 도터스 스쿨Clergy Daughters School에서 힘든 시간을 보낸 뒤 한동안 학교에 다니지 않았다. 열악한 환경 탓에 유행병이 돌자 그곳에서 병이 옮아온 두 언니가 세상을 떠났고 샬럿 또한 열 달 만에 하워스의 집으로 돌아와야 했다. 이후 그녀는 하워스에서 남동생 브랜웰과 상상의 세계 '앵그리아Angria'를 만들고, 여동생 에밀리와 앤과 함께 시를 읽고 이야기를 쓰며 지냈다. 그러나 자립할 능력을 기르기 위해서는 체계적인 교육이 필요하다고 생각한 샬럿은 다시 학교에 가기로 결심한다. 1831년 1월, 샬럿은 하워스에서 30여 킬로미터 떨어진 머필드의 로 헤드 기숙학교Roe Head school에 입학한다. 처음에는 낯선 환경에 적응하기 어려웠지만, 곧 친구들을 사귀며 학교생활에 익숙해진다. 무엇보다 이곳에서, 평생의 친구 엘런 너시를 만나게 된다.

엘런에게

네가 지난주에 보내준 편지에 최대한 빨리 고마움을 전하며, 오랫동안 네게 편지를 보내지 않은 걸 사과할게. 생각해보니 너에게 이렇게 편지를 쓰는 게 처음인 것 같아.* 너희 언니의 친절한 초대에 진심으로 고마웠고, 분명히 말하지만 나는 머리 씨의 칼뱅주의 강의를 정말 듣고 싶었는데, 그 강의는 분명 흥미롭고 유익했을 거야. 하지만 우리는 (저번에 울러 양이 말했던 것처럼) 종종 '의무 앞에서 우리의 계획을 접을' 수밖에 없고, 이번 학기에는 휴일이 너무 많아서 휴일을 더 요청하는 건 무리인 데다가 우리는 수업도 밀렸을 거야. 그러니까 모든 걸 따져보면 상황이 우리에게서 이러한 즐거움을 빼앗아 간 게 다행인 셈이지.

이만 줄일게.

너의 다정한 친구로 남을
C. 브론테

로 헤드. 1831. 5. 11.

---

* 샬럿이 평생 가장 많은 편지를 교환한 친구인 엘런 너시에게 맨 처음 보낸 편지로 추정된다.

브랜웰에게

늘 그랬듯이 매주 보내는 편지를 쓸게. 왜냐하면 너에게 할 말이 많아. 네가 어떻게, 그리고 어떤 상태로 간만에 집에 돌아왔는지 알고 싶어서 근질근질한데, 무척 진이 빠지는 여정이었을 거 같거든. 네가 로 헤드에 도착했을 때 엄청나게 지쳐 있다는 걸 알았는데, 넌 인정하지 않았지만 말이야. 전혀 예상치 못하게 널 봤다는 기쁨에 들떠서 너에게 말하려고 했는데 잊어버린 많은 질문과 대화 주제들이 네가 가고 나서야 떠올랐지 뭐야. 요즘 들어 내가 예전에 정치에 쏟았던 관심이 다 식었다는 생각이 들기 시작했는데, 개혁당 법안이 상원에서 기각됐다는 소식과 얼 그레이의 제명 혹은 사임 소식을 듣고 기분이 아주 좋은 걸 보니 아직 정치에 대한 애정이 다 식은 건 확실히 아닌가 봐. 이모가 『프레이저스 매거진^{Frazer's Magazine}』*을 구독하는 걸 허락해주셔서 정말 기뻤어. 네가 말해준 『프레이저스 매거진』의 전반적인 내용을 듣고 『블랙우드^{Blackwood}』와 비교해 봤을 때 『프레이저스 매거진』이 훨씬 재미없을 거란 걸 알았지만, 뭐가 됐든 잡지 한 권도 안 보고 한 해를 보내는 것보단 나을 테니

---

* 1830부터 1882년까지 런던에서 발행된 시사 및 문학 관련 잡지로, 초기에는 보수적인 토리당 성격이 강했다.

까 말이야. 그리고 그런 잡지를 이동 도서관에서 빌릴 수도 없고 얻을 수도 없는, 우리가 사는 이 작은 황야의 마을에서는 확실히 그럴 거야. 지금의 화창한 날씨에 너와 사랑하는 우리 아빠의 건강이 완벽하게 회복되고, 이모께서도 이모네 고향의 살기 좋은 날씨를 즐거이 떠올리실 수 있으면 좋겠다. 모두에게 안부 전해주고, 이만 줄일게.

너의 다정한 누나로 남을
샬럿

친애하는 엘런에게

다정하고 재미있는 네 편지에 진심으로 기뻤어. 집에 온 뒤로 매일같이 네 소식을 기다리다가 이제는 바라던 편지를 받을 거란 기대를 내려놓기 시작했거든. 너는 내가 학교*를 떠난 뒤로 매일 어떻게 지냈는지 설명해달라고 했는데, 하루의 기록이 곧 모든 날의 기록인 셈이니 길게 말할 것도 없어. 아침에는 아홉 시부터 열두 시 반까지 여동생들을 가르치고 그림을 그린 다음, 우리는 저녁 식사 전까지 산책을 나가. 저녁을 먹고 나면 티타임 전까지 바느질을 하다가, 차를 마신 다음 내키는 대로 책을 읽거나 글을 쓰거나 자수를 좀 놓거나 그림을 그려. 이렇게 즐겁지만 다소 단조롭게 보냈어. 집에 오고 나서는 차를 마시러 두 번밖에 나가지 못했어. 오늘 오후에는 손님이 올 거고, 다음 화요일에는 주일 학교의 모든 여교사들에게 차를 대접할 거야. 얼마 전에 브룩 양의 편지를 받고 좀 놀랐어. 그 편지에 중요한 소식은 하나도 없었지만, 그녀는 '자신이 학교를 떠난 후에 들은 자기에 관한 이야기들'을 몹시 불평했어. 그녀의 동생인 그 귀여운 수다쟁이 마리아가 우리가 브룩 양에 관해 들었던 부끄러운 이야기를 브룩 양에게 몽땅 전한 것 같아. W.

* 마거릿 울러가 교장으로 있는 로 헤드 기숙학교.

M. 울러 부인과 카 씨가 돌아가셨다니 너무 안타깝고, 두 분의 가족들에게는 너무나 큰 상실일 것 같아. 네 친구인 해리엇 카가 말해준 이저벨라 슬라덴 양의 이야기는 놀랄 게 없었어. 너도 알다시피 나는 홀 양이 말해준 슬라덴 양의 인성 때문에 슬라덴 양을 그리 좋게 생각하지 않았잖아. 널 생각하면 네가 학교로 다시 돌아가면 좋겠지만, 나로서는 네가 집에 있는 게 더 좋은 게, 그렇게 되면 우리가 편지를 더 자주 주고받을 수 있으니까. 너희 가족들이 네가 학교에 돌아가는 걸 반대하더라도 너는 매우 분별 있고 생각이 올곧으니 너의 성장을 위해 애쓰지 않을 리가 없어. 너는 능력도 있고, 현명한 능력자 친구를 따라(네가 그런 친구들이 많다는 걸 알아) 고상한 문학뿐만 아니라 사실상 그 범주에 들어가는 시까지도 확고한 취향이 생길 수 있어. 네가 머리카락을 보내주지 않아서 너무 실망했어. 엘런, 네 머리카락을 받을 수 있다면 나는 우편 요금을 두 배로 내더라도 전혀 아까워하지 않을 거야. 하지만 정작 내가 너에게 아무것도 보내지 않은 건 이번에도 같은 변명을 해야겠네. 우리 이모와 여동생들이 안부 전해달래. 너희 어머니와 언니들에게도 안부 전해주고 진실한 애정을 담은 이 모든 표현을 받아줘.

　너의 진정한 친구
　샬럿 브론테

　추신. 우리 서로 편지를 계속 주고받기로 약속했던 거 잊지 마. 이렇게 조잡하게 갈겨쓰면서 생긴 실수들은 봐줘. 테일러 자매들을 만나면 안부 전해주고. 내가 사랑하고, 사랑하고 또 사랑하는 엘런, 안녕.

엘런에게

너는 내가 보낸 편지의 우편 요금을 내는 걸 지겨워하겠지만 이렇게 자주 편지를 보내는 거에 대한 변명을 해야겠어. 멋진 선물 보내줘서 고마워. 보닛은 그걸 선물한 사람만큼이나 예쁘고, 아기자기하고, 소박하네. 그걸 보고 있으면 곱고 평온한 얼굴과 갈색 눈동자, 짙은 머리칼의 네가 떠올라. 말이 아닌 다른 방법으로 네 친절에 고마움을 표현할 수 있다면 좋겠는데, 네가 내게 베푼 친절한 마음이 너무 커서 어떻게 보답을 해야 할지 모르겠어. 네가 지난번에 보낸 편지에서 네 단점을 말해달라고, 널 치켜세우는 걸 그만해달라고 했지. 엘런, 너 정말 어쩜 그렇게 바보 같을 수가 있니? 내가 네 단점을 말할 일은 없어. 난 네 단점이 뭔지 모르니까. 소중한 친구에게서 살갑고 다정한 편지를 받고 나서 자리에 앉아 답장으로 단점을 줄줄이 써대는 인간은 대체 어떤 인간이라니? 내가 그런다고 상상해보고, 네가 그런 나를 뭐라고 부를지 생각해봐. 건방지고 독단적이고 위선적인 협잡꾼 정도는 순한 편일걸. 아니 엘런, 너와 내가 멀리 떨어져 있고, 다정한 편지와 선물과 이것저것이 네 선함을 한없이 돋보이게 하는 상황에서 나는 네 결점을 곰곰이 생각해볼 시간도, 그럴 마음도 없었어. 게다가 네 주변에는 항상 그 불편한 역할을 훨씬 잘 해낼 수 있는 현명한 가족들이 있잖아. 분명 그들은 언제든지 조언해줄 준비가 되어 있을 거야. 이런데 내가 끼어들어야 할까? 누군가가 죽은 자들 가운데서 살아나 너에게 조언을 해준다고 해도 네가 듣지 않으면 헛된 거잖아. 엘런, 네가 나를 사랑한다면 아첨 같다는 쓸데없는 소리는 이제 그만하자. 리처드 너시 씨가 곧 결혼하지? 뭐, 그의 부인이 될 사람은 내가 조금 보기도 했고 네 말을 들어보니 현명하고 붙임성 있는 숙녀 같았어. 엘런, 내가 이제 이 듣기 좋은 말에 그녀의 결점 한 목록을 덧붙여야 할까? 네가 라이딩스*를 떠날까 고민하고 있다니 아쉽네. 라이딩스는 쾌적한 곳이고, 정원과 숲으로 둘러싸인 영국의 유서 깊은 가문들의 저택 중 하나이자 옛 시절을 떠올리게 하고 (적어도 나에게는) 행복한 기분이 드는 곳이거든. 마사 테일러는 네가 별로 안 컸다고 생각하지? 마사도 다르지 않아. 나는 조금도 자라지 않아서 여전히 키가 작고 땅딸막해. 최근에 메리에게 편지를 썼는데, 아직도 답장이 없네. 네가 읽을 책 몇 권을 소개해달라고 했으니 최대한 간략하게 말해볼게. 시를 좋아한다면 밀턴, 셰익스피어, 톰슨, 골드스미스, 포프(굳이 말하자면 난 포프를 존경하진 않아), 스콧, 바이런, 캠벨, 워즈워스, 사우디가 최고지. 자, 엘런, 셰익스피어와 바이런의 이름에 놀라지 마. 둘 다 훌륭한 인물이고, 이들의 작품도 마찬가지야. 너는 선을 택하고 악을 피하는 법을 알게 될 거야. 가장 훌륭한 구절들은 늘 가장 순수하고, 나쁜 구절들은 한결같이 혐오스럽잖아. 너라

---

* Rydings. 요크셔 버스톨에 위치한 흉벽이 있는 거대한 저택. 샬럿은 이를 배경으로 『제인 에어』의 손필드 저택을 구상했다.

면 그런 나쁜 구절을 두 번 다시 읽고 싶지 않을 거야. 셰익스피어의 희극들과 바이런의 『돈 후안』, 『카인』 정도는 빼버려. 바이런의 『카인』은 훌륭한 시이긴 하지만 말이야. 그리고 나머지 것은 과감하게 읽어. 헨리 8세, 리처드 3세, 맥베스와 햄릿, 율리우스 카이사르를 통해 악을 받아들일 수 있는 사람은 정말 타락한 사람일 테니까. 스콧의 달콤하고 격렬하고 낭만적인 시는 너에게 해로울 리 없어. 워즈워스나 캠벨이나 사우디의 시도 마찬가지고. 적어도 사우디의 시 대부분은 괜찮지만, 몇몇 작품은 확실히 문제가 있어. 네가 가능하다면 역사서는 흄, 롤린, 『유니버설 히스토리』를 읽어봐. 난 읽은 적은 없어. 소설은 스콧만 읽으면 돼. 스콧 이후의 소설은 다 볼 필요도 없어. 전기는 존슨의 『영국 시인전』, 보즈웰의 『존슨의 생애』, 사우디의 『넬슨의 생애』, 록하트의 『번스의 생애』, 무어의 『셰리든의 생애』, 무어의 『바이런의 생애』, 울프의 『유산』을 읽어. 자연사는 뷰윅이랑 오듀본, 골드스미스랑 화이트의 『셀본』을 읽어봐. 그 외에 신학 쪽은 너희 헨리 오빠가 조언해줄 거야. 난 그저 권위 있는 작가만 신봉하고, 새로움을 좇지 않아. 네가 이 휘갈겨 쓴 글씨를 읽을 수 있다면 그건 네 인내심 덕분일 거야. 언니들에게 안부 전해주고, 이만 줄일게.

　　영원토록 너의 것일,
　　샬럿 브론테

종일 계속된 중노동에 지쳤어. 장래가 밝으신 내 학생들이 남다른 수준의 멍청함을 보여주었거든. 이제 우리 엘런에게 빠르게 몇 자 쓰려고 해. 진이 다 빠지고 기운도 없으니까 실없는 말만 늘어놔도 봐줘. 지금은 폭풍우가 몰아치는 저녁이고 바람이 끊임없이 앓는 소리를 내고 있어서 무척 울적해져. 엘런, 이럴 때, 이런 기분이 들면, 나는 차분하고 평온한 생각을 하며 쉬는 사람이고 지금도 네 모습을 떠올리며 쉬고 있어. 거기에서 너는 검은 드레스와 하얀 스카프 차림을 하고 바른 자세로 가만히 앉아 있는데, 대리석처럼 창백한 얼굴이 참 고요하고 다정해 보여서 마치 실제 같아. 네가 나에게 말을 걸어준다면 좋을 텐데. 만약 우리가 헤어져야 한다면, 멀리 떨어져 살며 다시는 못 만날 운명이라면, 내가 나이를 먹었을 때 젊은 날의 추억을 어떻게 떠올릴 수 있겠으며, 소싯적 친구인 엘런 너시와의 추억을 곱씹을 때는 얼마나 서글픈 즐거움을 느끼게 될지!

나는 누구를 좋아하면 그 사람에게 좋아한다고 말해버리는 성격이고, 네 자만심을 좀 부추기게 되더라도 걱정 안 해. 너의 큰 매력은 종교에서 나오고, 그 힘으로 너는 지금처럼 늘 순수하고 겸손하고 생각과 행동에 있어서 인정 넘치는 사람일 거야. 너와 비교하면 난 뭘까? 너와 비교하면 난 정말 쓸모없는 사람 같아. 나는 아주 조악하고 진부하고 가련한 인간이야!

엘런, 나는 나를 아주 비참하게 만드는 자질과 네가 나눠 가질 수 없고, 이 세상에 극히 소수만 이해할 수 있는 감정이 있어. 나는 이런 이상한 성격을 자랑스럽게 여기지 않고, 할 수 있는 한 애써 숨기고 억누르려고 해. 그래도 이런 성격이 터져 나올 때가 있는데 그 폭발을 본 사람들은 나를 경멸하고, 그 후 며칠은 나 자신이 너무 미워. 우리는 이제 기도를 할 거라서 이 헛소리 같은 글을 더 쓸 수가 없어. 근데 안타깝게도 헛소리 같다는 게 사실이긴 해.

아쉬운 대로 이 편지를 보내야겠어. 무슨 말을 해야 할지 모르겠다. 방금 네 편지와 함께 온 걸 받았는데, 너희 언니들이 무엇 때문에 나 같은 사람에게 친절을 헛되이 쓰는지 모르겠어. 언니들에게 정말 감사하고, 그렇게 전해주면 좋겠어. 너에게도 고마운데, 네 선물보다는 편지에 대한 고마움이 더 커. 네 편지는 반가웠지만, 네 선물은 마음이 좀 불편했어. 두 언니에게 안부 전해주고 고맙다고도 전해줘. 보닛은 내가 써도 되나 싶을 정도로 예뻐. 여기까지만 써야겠다. 우리는 언제 다시 볼 수 있을까.

C 브론테

내가 일주일 내내 네 가방을 옷방에 눈에 딱 보이는 곳에 걸어 두고서는 정작 너에게 보내는 걸 잊은 걸 알면 엘런 너는 내가 결국 정신이 나갔다고 생각하겠지. 그 소년을 보내기 전에 10분이나 서서 고민했어. 그에게 그 책들 말고도 맡길 게 분명 있었는데 그게 뭔지 도무지 기억이 안 나더라고. 이러한 기억력의 이상 현상은 내 전성기가 지나가고 있다는 걸 꽤 분명하게 보여주는 것 같아.

내 부주의로 네가 많이 불편하지 않기를 바라. 조지*가 허더즈필드에 가는 길에 네 가방을 가지러 올지 내일까지 확인해보고, 조지가 안 오면 사람을 시켜서 브룩로이드로 가방을 보낼게. 네가 나를 덜렁이라고 생각할까 봐 마음이 안 좋아. 하지만 그건 정말 아주 잠깐 방심한 거라 피할 수가 없었어. 크리스마스 전에 널 보러 갈 수 있기를 간절히 바라지만, 불가능한 일이야. 그래도 3주 안에는 조용한 우리 집 지붕 아래 내 소중한 친구와 함께 있을 거라는 걸 믿어. 늘 너와 함께 살면서 매일 성경을 읽을 수 있다면, 네 입술과 내 입술이 똑같은 시간에 똑같은 자비의 순수한 샘에서 똑같은 한 모금을 마실 수 있다면, 언젠가는 내가 품은 종잡을 수 없는 악한 생각과 영靈에 냉정하고 육肉에 열중하

----

* 엘런 너시의 오빠.

는 타락한 마음이 빚어낸 내 모습보다 더, 훨씬 더 나은 사람이 될 수 있다면 좋겠고, 그럴 거라고 믿어. 나는 종종 우리가 함께 살면서 자기 부정의 힘, 하느님의 첫 성도들이 이루었던 거룩하고 빛나는 헌신으로 서로에게 힘이 되어줄 수 있는 즐거운 삶을 그려. 미래에 대한 희망으로 빛나는 천복天福의 상태와 지금 내가 놓인 우울한 상태, 진정한 회개를 느껴봤는지조차 확실치 않고, 생각과 행동이 방황하고, 내가 결코, 결코 얻지 못할 거룩함을 갈망하고, 가끔은 끔찍한 칼뱅주의 교리들이 옳다는 확신에 빠져 있는, 한마디로 영적 죽음의 그림자로 어두워진 그 상태를 비교해보면 눈가에 눈물이 차올라. 구원에 그리스도인의 완전함이 필요하다면 나는 결코 구원받지 못할 거야. 내 마음은 악한 생각의 진정한 온상이고, 막상 무슨 일을 하려 해도 우리 구세주께 인도를 구해야 한다는 걸 거의 잊고 말아.

어떻게 기도해야 할지 모르겠어. 나는 내 인생을 선행이라는 원대한 목적을 향해 끌고 나가지도 못해. 계속 내 즐거움만 추구하고, 내 욕망의 만족만을 좇고 있어. 나는 하느님을 잊었는데, 하느님도 나를 잊으시지 않았을까? 그래도 나는 여호와의 위대하심을 알고, 주 말씀의 완전하심을 인정하고, 기독교 신앙의 정결함을 경배해. 나는 이론은 환하게 알지만, 실천은 끔찍하게 답이 없네.

안녕, 엘런.

C 브론테

가능하면 또 편지 보내줘. 네 편지는 내게 먹을 것과 마실 것이니. 가족들에게 안부 전해주고, 머시가 괜찮아지면 좋겠다.

월요일 아침 로 헤드

딱 하룻밤이라도 브룩로이드에 갈 수 있으면 좋을 텐데, 울러 양에게 부탁하기는 좀 그래. 울러 양은 지금 듀스베리에 있고, 나는 혼자 있어. 지금은 화요일 밤 11시고. 네가 여기 있다면 좋겠다. 집에 있는 모두가 잠자리에 들었지만, 나는 있지, 널 생각하고 있어.

그 심부름꾼 편에 한 줄이라도 짧은 쪽지를 보내서 네가 무사히 가방을 받았다는 걸 알려줘. 오늘 오후에 길을 가다가 너희 오빠 조지를 만났어. 나는 그가 지나가고 나서야 알아챘는데, 앤*이 말하길 내가 눈인사도 하지 않는 걸 보고 나를 어마어마한 멍청이라고 생각할 거랬어. 어쩔 수 없지, 뭐.

* 앤 브론테.

선생님께

제가 또 편지를 드리면 선생님께 조금 방해가 되겠지만, 그래도 선생님의 편지에 회신을 드려야 제 마음이 놓일 것 같습니다. 친히 다정하고 지혜로운 조언을 주신 데 감사드립니다.* 이토록 사려 깊은 어조에, 고결한 뜻이 담긴 답장을 받으리라고는 꿈에도 생각지 못했습니다. 저는 제가 느끼는 감정을 억눌러야 하는데, 그렇지 않으면 선생님께서는 제가 미련하게 들떠 있는 사람이라고 생각하실 겁니다.

처음 선생님의 편지를 읽었을 때는 제가 열정만 넘치는 조잡한 글로 선생님께 감히 실례를 범했다는 사실에 부끄러움과 후회만 들었습니다. 한때는 제게 큰 기쁨이 되었던 것들로 가득 채워놓았지만, 이제는 그저 혼란의 근원이 되어버린 종이 뭉치를 생각하니 얼굴에 고통스러운 열기가 번졌습니다. 하지만 가만 생각해보고, 그것을 거듭 읽다 보니 그 뜻이 명확하게 보이기 시작했습니다. 선생님께서는 제게 글을 쓰지 말라고 하지 않으셨습니다. 제가 쓰는 글이 조금의 가치도 없다는 말씀도 하지 않으셨습니다. 선생님께서는 그저 상상하는 즐거움을 위해, 명성을 얻고 남보다 앞서려는 마음으로 글을 쓰면서 꼭 해야 할 일을 소홀히

---

* 1836년 12월 29일 샬럿은 사우디에게 편지를 보내 동봉한 시에 대한 의견을 구했다.

하는 어리석음을 경고하셨을 뿐입니다. 선생님께서는 제가 시를 그 자체로 즐기며 쓸 수는 있지만, 그 유일하고 흥미로 우며 강렬한 만족감을 추구하려면 해야 할 일을 하나도 빠 뜨리지 않고 다 해야 한다는 조건을 말씀하셨을 뿐입니다. 선생님, 제가 너무 어리석다고 생각하실 것 같습니다. 선생 님께 쓴 첫 편지가 처음부터 끝까지 전부 무의미한 쓰레기 라는 걸 압니다. 하지만 저는 그 편지에서 보여지는 것처럼 꿈만 꾸는 나태한 사람이 절대 아닙니다. 저희 아버지께서 는 성직자로, 수입이 아주 많지는 않지만 생활을 꾸려갈 만 큼은 되시고, 저는 이 집의 장녀입니다. 아버지께서는 제 다른 형제자매들까지 고려했을 때 감당할 수 있는 선에서 제 교육을 최대한 지원해주셨습니다. 그래서 저는 졸업하 고 학교 선생님이 되는 것이 도리라고 생각했습니다. 그 일 만 해도 온종일 생각할 거리가 가득하고 손까지 바빠서 상 상의 꿈 한 편을 꿀 잠깐의 틈도 없습니다. 고백하건대 밤이 되면 생각에 잠기기는 하지만 제 생각으로 다른 누구를 괴 롭히는 일은 없습니다. 저는 무언가에 너무 몰두하거나 기 벽이 심해 보이지 않도록 조심하는데, 그런 것 때문에 주변 인들이 제 일의 본질을 의심할 수도 있기 때문입니다. 어릴 적부터 저는 선생님의 편지만큼이나 현명하고 다정한 아버 지의 조언에 따라 여자라면 마땅히 해야 하는 모든 의무를 꼼꼼하게 해내고, 깊은 관심을 기울이려고 노력했습니다. 매번 성공하지는 못하는데, 제가 가르치거나 바느질을 할 때면 차라리 책을 읽거나 글을 쓰고 싶은 마음이 훨씬 더 크 기 때문입니다. 그렇지만 저 나름대로 자제하려 노력하고,

저희 아버지께서 인정해주시는 걸로 그동안의 힘듦을 충분히 보상받았습니다.

다시 한번 진심으로 감사드립니다. 제 이름이 인쇄되는 걸 보고 싶다는 욕심은 더 이상 들지 않을 것 같습니다. 혹시나 그런 생각이 들더라도 선생님의 자필서명을 보며 마음을 접을 겁니다. 선생님께 편지를 보내고 답장을 받은 것만으로도 제겐 영광입니다. 그 편지는 신성하기에 아버지와 제 남동생, 여동생들 외에는 그 누구도 볼 수 없을 것입니다. 다시 한번 감사를 전합니다. 이런 일은 이제 다시 없을 것입니다. 30년 뒤 제가 할머니가 되었을 때 이번 일을 눈부신 꿈으로 기억할 것입니다. 선생님께서 가짜라고 의심하셨던 서명은 제 진짜 이름이므로 다시 직접 서명을 남깁니다.

C. 브론테.

하워스
1837년 3월 16일

선생님, 두 번이나 편지를 보낸 점을 사과드립니다. 선생님의 친절에 대한 감사를 전하고, 선생님의 조언이 헛되지 않을 것임을 알려드리고자 펜을 들 수밖에 없었습니다. 비록 처음에는 그 조언을 슬픈 마음으로 마지못해 따르는 것일지라도 말입니다. C. B. 드림

　친애하는 너시 씨께

　제가 답장을 쓰기 전에 그 주제를 놓고 오래 고민할 수도 있었지만, 편지를 받고 읽자마자 어떤 길을 택할지 정했기 때문에 시간을 끌 필요가 없다고 생각했어요.

　제가 너시 씨의 가족분들께 여러모로 고마움을 느끼고, 너시 씨의 남매 중 적어도 한 사람을 애틋하게 여기는 특별한 이유가 있고, 또 제가 너시 씨를 존경한다는 걸 아실 거예요. 그러니 제가 당신의 청혼을 단호히 거절해야 한다고 말씀드리는 걸 나쁘게 생각하지는 말아주세요. 이 결정을 내리면서 마음 가는 대로 따르는 게 아니라 양심의 목소리에 귀를 기울였어요. 너시 씨와 결혼하는 것에 개인적인 반감이 있는 것은 아니에요. 하지만 제 성격은 너시 씨 같은 분을 행복하게 하기에 적합하지 않아요. 저는 늘 우연히 만나는 사람들의 성격을 들여다보는 습관이 있어서 너시 씨의 성격을 잘 알고, 어떤 여성이 당신의 아내로 어울릴지 상상할 수 있어요. 그녀는 성격이 너무 뚜렷하거나, 열정적이거나, 별나서는 안 돼요. 성미가 온유하고, 신앙심이 깊고, 차분하고 명랑한 태도에, 너시 씨의 눈을 즐겁게 하고 자존심을 세워줄 정도의 '외적 매력'이 있어야 해요. 저 같은 경우는, 저를 잘 모르시는데, 진지하고 침착하고 차분한 사람이 아니에요. 제가 몽상적이고 별나다고 생각하실 거고, 풍자적이고 엄격하다고 말씀하실 거예요. 하지만 저는 기만을 경멸하기에, 결혼으로 사회의 인정을 얻고 혼기를 훌쩍 넘겼다는 낙인을 피하려고 제가 행복을 안겨줄 수 없는 훌륭한 남성을 붙잡는 일은 없을 거예요.

편지를 마무리하기 전에 도닝턴 인근의 학교에 관한 다른 제안을 주신 것도 진심으로 감사드려요. 친절하시게도 제게 많이 신경 써주셨는데, 사실 저는 성공을 보장해줄 만큼의 자금이 없어서 지금은 그 일을 시작할 수가 없어요. 무사히 정착하고 건강도 많이 회복되셨다니 다행이네요. 하느님께서 계속 너시 씨께 은혜를 베푸시리라고 믿어요. 또한 너시 씨의 편지에 담긴 탁월한 판단력과 꾸밈이나 가식 없는 솔직함이 인상적이었습니다. 그럼 안녕히 계세요! 언제나 친구로서 소식을 들을 수 있다면 좋겠네요.

이만 줄일게요.

진심을 담아,
C 브론테 드림

친애하는 엘런에게

네 편지가 내 손에 들어왔을 때 "드디어 내 바람대로 엘런이 오는군"이라고 말했지만, 편지를 열어 내용을 확인하고 속이 상했어. 이제 나에게 브룩로이드에 오라는 말은 더 이상 하지 마. 이번만큼은 이제껏 존재했던 최고의 멍청이라고 불릴 각오를 하고 네가 하워스에 오기 전까지 브룩로이드에 가지 않을 거니까. 널 탓하는 건 아니야. 네가 올 수 있다면 분명 왔을 거라고 믿어. 남을 탓하면 안 되긴 하지만 속상하긴 해.

앤은 갑작스럽게 계획을 미뤄야 할 이유가 생기지 않는 한 4월 8일에 블레이크 홀*로 떠날 거야. 토머스 브룩 부인에게는 아직 아무 소식도 듣지 못했어. 아빠는 내가 집에 좀 더 머물기를 바라시지만, 나는 일을 다시 시작하고 싶은 맘이 간절해. 하지만 몇 주를 멋대로 지내다가 그 따분한 쳇바퀴 생활로 돌아가는 건 힘든 일이겠지.

엘런, 너희 오빠 헨리한테서 편지를 받았는지 내게 물어봤잖아. 헨리의 편지를 받은 지는 일주일 정도 됐어. 고백하건대 그 편지의 내용은 조금 놀라웠지만, 난 그걸 비밀로 묻었고, 네가 그 주제에 관해 물어보지 않았다면 그걸 언급하

---

*　앤은 잉엄 가문의 가정교사가 되어 조슈아 잉엄의 저택 블레이크 홀로 떠났다. 이후 잉엄 가문은 『아그네스 그레이』에 등장하는 블룸필드 가문의 모델이 되었다.

는 일은 결코 없었을 거야. 헨리는 서식스에 무사히 정착했고, 훨씬 건강해졌고, 부활절 이후에 제자들을 받을 생각이래. 그러더니 조만간 자기 제자들을 뒷바라지할 아내를 얻고 싶다는 뜻을 풍기고는 단도직입적으로 나더러 그 아내가 되어 달라고 했어. 그의 편지는 전반적으로 허울 좋은 말이나 아첨 없이, 그의 판단력이 잘 드러나는 상식적인 문체로 쓰였어. 엘런, 이 청혼에는 솔깃할 만한 것들이 좀 있었어. 내가 그렇게 결혼하면 엘런이 나와 함께 살 수 있을 테고, 그게 얼마나 행복할지를 생각했어. 하지만 다시 스스로에게 두 가지 질문을 던져봤어. 여자가 자기 남편을 응당 사랑해야 하는 만큼 내가 헨리 너시를 사랑하나? 내가 헨리 너시를 가장 행복하게 해줄 수 있는 사람인가? 아아, 엘런, 내 양심은 두 질문 모두 "아니요"라고 대답했어. 물론 헨리를 존경하고, 그가 상냥하고 맘씨 좋은 사람이다 보니 호감이 갔던 건 맞아. 하지만 헨리를 위해 목숨을 바칠 만큼 뜨거운 애정이 샘솟지 않았고, 그럴 수도 없었어. 그리고 내가 결혼한다면 그런 뜨거운 애정을 담아 남편을 대할 거야. 이런 기회는 다신 없겠지만 괜찮아. 게다가 헨리는 나에 대해 아는 게 거의 없어서 자기가 누구에게 편지를 쓰고 있는지도 모르는 거 같더라고. 집에서의 내가 원래 어떤 모습인지 알면 헨리는 깜짝 놀랄 거야. 실상은 제멋대로에 몽상에 빠진 열광적인 사람이라고 생각하겠지. 난 남편 앞에서 시종일관 진지한 얼굴로 앉아 있을 수가 없어. 웃어 대고 비꼬아 대고 아무거나 생각나는 대로 말하겠지. 헨리가 현명한 사람이고 그가 나를 사랑했다면, 온 세상을 저울에 올려도 그의 가장 작은 소망 하나의 무게를 이기지 못했을 거야.

내 마음이 그런 줄 알면서도 내가 양심에 손을 얹고 헨리처럼 진중하고 차분한 청년을 남편으로 맞겠다고 할 수 있을까? 아니, 그건 헨리를 기만하는 행동이고, 그런 기만은 나 자신을 깎아 먹는 일이야. 그래서 나는 장문의 답장을 써서 최대한 부드럽게 거절의 뜻을 전했고, 거절하는 이유도 솔직히 털어놨어. 그에게 어떤 성격의 사람이 아내로 잘 어울릴지도 말해줬고. 안녕, 사랑하는 엘런. 얼른 나에게 답장을 써서 네가 나에게 화가 났는지 아닌지 말해줘.

C 브론테

에밀리 브론테에게, 1839년 6월 8일 스톤갭

친애하는 라비니아에게*

번거로웠을 텐데 내 물건을 잘 챙겨 보내줘서 정말 고마워. 상자에 넣어 보낸 것들 다 잘 받았어. 편지지도 좀 보내달라 할 걸 그랬나 봐. 이거까지 딱 두 장 남았거든. 지금 만들고 있는 다른 옷들도 보내주면 좋겠어.

나는 새 일자리에 만족하려고 노력 중이야.** 말했다시피 이 지역, 이 집, 주변 경관은 아주 멋져. 그렇지만, 아아! 상쾌한 숲, 구불구불한 하얀 길, 푸른 잔디밭, 파랗고 맑은 하늘처럼 온통 아름다운 것에 둘러싸여 있어도 정작 그걸 즐길 시간이나 여유가 없어. 나는 이 집 아이들과 늘 붙어 있고, 야단법석에 심술궂고 통제도 어려운 더 어린아이들은 철이 없어. 걔네를 바로잡는 게 불가능하다는 걸 바로 깨달았지. 걔네는 자기들이 하고 싶은 대로 해야 하는 애들이야. 시지윅 부인에게 불평해봐도 돌아오는 건 싸늘한 표정뿐이고, 자기 아이들을 보호하려고 편들기에 급급한 부당한 변명만 듣게 될 뿐이야. 저 방법을 딱 한 번 써봤어. 끝내주게 성공적이라 두 번 다시 시도하지 않으려고. 내가 지난번 편지에서 시지윅 부인이 나를 잘 모른다고 했었잖아. 이제 나

---

* 이 호칭이 다른 곳에서 사용된 적은 없지만, 샬럿이 에밀리에게 쓴 편지인 것은 확실하다. 영국 시인 제임스 톰슨의 시 『사계(The Seasons)』의 「가을」 177행 'lovely young Lavinia' 참고.

** 샬럿은 시지윅 가문의 가정교사로 잠깐 일했다.

는 시지윅 부인이 나를 알아가려는 생각이 없고, 어떻게 해야 내게서 최대한 많은 노동력을 쥐어 짜낼지 궁리하는 것 말고는 나에 대해 눈곱만치도 관심이 없다는 걸 알았어. 그리고 그 뜻대로 시지윅 부인은 산더미 같은 자수 놓기, 끝이 안 보이는 캠브릭 원단 감침질하기, 취침용 모슬린 모자 만들기, 심지어 옷 입히기를 하며 놀 인형 만들기까지 시켜. 시지윅 부인은 나를 전혀 좋아하지 않아. 그건 내가 지금까지도 낯선 사람들에게 계속 둘러싸이는 완전히 새로운 상황에서 나도 모르게 수줍음을 타서 그래. 거대하고 혼란한 인간 사회 속에 발을 담가보고 싶던 때도 있었지만, 이 정도면 족해. 그저 보고 듣기만 하는 건 지루한 일이야. 개인 가정교사는 존재감이라는 게 없고, 지겨운 일을 해야 할 때만 살아 숨 쉬는 이성적인 존재가 된다는 사실을 이제 확실히 알았어. 개인 가정교사가 아이들을 가르치고, 아이들을 위해 일하고, 아이들을 즐겁게 해주는 동안은 다 괜찮아. 개인 가정교사가 잠깐이라도 자기 시간을 가지려고 하면 성가신 존재가 되지. 그래도 시지윅 부인은 누가 봐도 호감형이야. 과할 정도로 사근사근하지. 말은 많은데 꼭 필요한 말 같지는 않아. 아마 시간이 좀 지나면 시지윅 부인이 더 좋아질 수도 있겠지. 현재로서는 시지윅 부인에게 말을 걸 일이 없어. 내가 봤을 때 시지윅 씨가 백 배는 나아. 딱딱하거나 거만한 면이 덜하고 훨씬 다정하거든. 시지윅 씨가 나에게 말을 거는 일은 매우 드물지만, 시지윅 씨가 말을 걸어줄 때면 항상 몇 분 동안은 기분이 좋아지고 안정돼. 시지윅 씨는 나에게 자기 아이들의 더러워진 코를 닦아주라거나 신발 끈을 묶어주라거나 앞치마를 가져오라거나 의자에 앉혀주라는 말을 하지 않아. 여기서 지내면서 가장 즐거웠던 오후, 실은 유일하게 즐거웠던 오후는 시지윅 씨가 아이들을 데리고 외출했던 때인데, 나에게는 조금 뒤에서 따라오라고 했었어. 커다란 뉴펀들랜드 개를 데리고 자기 부지를 산책하는 그의 모습은 솔직하고 부유하고 보수적인 신사 같았어. 시지윅 씨는 마주치는 사람들에게 자유롭고 꾸밈없이 말을 건넸고, 자녀들에게는 한없이 관대하며 자신을 잔뜩 놀려도 봐줬지만, 다른 사람에게 모욕을 주는 건 절대 봐주지 않았어.

카터가家 사람들이 갈수록 괜찮아 보여. 내가 집에 있을 때 그들을 신경도 안 썼는데 여기서는 친구야. 카터 씨는 어제 머필드에 있었고 앤을 만났다고 해. 앤은 웬일인지 건강해 보였대. 가여운 앤, 앤은 진심으로 집에 있고 싶어 하는 게 분명해. 콜린스 부인 말로는 시지윅 부인이 나를 계속 쓸 생각이라고 했다는데, 딱히 시지윅 부인이 그러려는 것 같지는 같아. 게다가 뭐라도 바뀌지 않으면 나는 여기에 남지 않을 거야. 가령 이 바느질이라는 부담이 없어져야 해. 바느질은 정말 쓸모없어. 내 인생을 통틀어 이렇게까지 시간을 빼앗긴 적이 없어. 다음 주에 우리는 해러깃 근처의 그린우드 씨가 사는 스와클리프에 가서 3주에서 한 달 정도 머물 예정이야. 그 이후에 호비 양이 돌아오면 좋겠다. 이 편지는 아빠나 이모에게 보여주지 말고 브랜웰에게만 보여줘. 아빠랑 이모는 내가 어디에 있든 만족할 줄 모른다고 생각하실 거야. 너에게라도 불평을 늘어놓으면 속이 좀 시원해지니까 그런 거고, 나는 정말 생각지도 못한 굴욕을 견뎌야 했어. 어찌 됐건 상황이 나아질 수도 있지만, 시지윅 부인은 내가 할 수 없는 일, 다시 말해 그녀의 아이들을 사랑하고 그들에게 전적으로 헌신하기를 기대하고 있어. 난 아주 잘 지내. 너무 졸려서 더는 못 쓰겠다. 여기까지 써야겠어. 모두에게 안부 전해줘. 안녕.

다음 편지는 해러깃 인근, 스와클리프, 그린우드 씨 앞으로 보내줘.

C. 브론테

　친애하는 엘런에게

　지금 당장 응접실에 들어가지 않는 한 잉크를 구할 방법이 없어서 연필로 편지를 쓰고 있어. 거기 들어가고 싶지 않아서 말이야. 어제서야 네 편지를 받았어. 우리는 이제 스톤갭이 아니라 스와클리프에서 지내고 있는데, 여기에 시지윅 부인의 아버지인 그린우드 씨의 여름 별장이 있거든. 별장은 해러깃과 리폰 근처에 있는데, 여기는 정말 아름답고, 비옥하고, 목가적인 곳이야.

　진작 너에게 편지를 써서 요즘 내가 처한 완전히 생소한 상황을 속속들이 말해야 했는데 말이야. 그렇지만 매일 네 편지를 기다리면서 이번이 네 차례라는 걸 알 텐데 왜 편지를 보내지 않는지 궁금하고 섭섭했어. 내가 고생한 이야기로 너를 신경 쓰이게 하고 싶지는 않아. 엘런, 네가 이미 그 일에 대해 부풀려진 이야기를 들었을 것 같아 조심스럽네. 만약 네가 내 옆에 있다면 너에게 다 털어놓고 싶을 거야. 내 말만 하면서, 가정교사가 첫 번째 직장에서 겪은 고난과 시련의 유구한 역사를 쏟아내는 거지. 그냥 지금 상황에서는 나처럼 내성적이고 가여운 사람이 공작새처럼 뽐내고 유대인처럼 부유한 대가족 한가운데 갑자기 던져졌을 때 느낄 고통을 상상해봐. 그때가 특히 시끌벅적한 시기여서 집 안이 사람들로 바글거렸는데, 다들 얼굴을 본 적도 없는 낯선 사람들이었어. 이런 상태에서 나는 응석받이로 자란 버릇없고 난폭한 아이들을 맡아 쉴 새 없이 재밌게 놀아주고 가르쳐야 했고, 체력을 계속 끌어다 써야 해서 금방 체력이 바닥나버렸어. 어느 순간 우울해졌고, 그렇게 보였을 거야. 놀랍게도 시지윅 부인은 그 문제를 두고 믿을 수 없을 만큼 단호한 태도와 거친 말로 나를 비난했어. 바보 같지만 나는 한참 울었어. 어쩔 수 없었어. 처음에는 너무 속상했거든. 시지윅 부인을 기쁘게 하려고 온 신경을 기울이며 최선을 다했는데, 내가 수줍어하고 가끔 우울하다는 이유만으로 그런 대우를 받다니 너무 억울했어. 처음에는 다 내려놓고 집에 가고 싶었어. 하지만 생각을 조금 가다듬은 뒤 내가 가진 힘을 끌어모아 이 폭풍을 헤쳐 나가기로 결심했고, 속으로 이렇게 생각했어. 난 어떤 곳에서도 친구 한 명 사귀지 못한 채로 떠난 적이 없어. 역경은 좋은 선생님이야. 가난한 사람은 당연히 일을 해야 하고, 자립심이 없는 사람은 어려움을 버텨야 해. 나는 인내심을 갖고, 감정을 다스리고, 일어난 일을 받아들이기로 했어. 그 시련이 몇 주나 계속되지는 않을 거고 그 시련이 내게 유익할 거라는 생각이 들었을 때 버드나무와 참나무 이야기가 떠올랐어. 나는 조용히 몸을 굽혀 견디기로 했고, 이제 폭풍은 지나가고 있다고 믿어. 다들 시지윅 부인이 호감형이라고 생각해. 보편적인 사교계에서는 그렇겠지. 시지윅 부인은 아주 건강하고 생기가 넘쳐서 사람들 앞에서 쾌활하거든. 오 엘런, 그렇지만 그게 고운 마음씨나 부드럽고 섬세한 감정이 없는 걸 상쇄해줄 수 있을까?

이제 시지윅 부인은 처음보다 나를 어느 정도 정중하게 대하고, 부인의 아이들을 다루는 것도 조금 쉬워졌지만, 시지윅 부인은 내 성격을 모를뿐더러 알고 싶어 하지도 않아. 여기 온 이후로 나를 나무랄 때를 빼고는 시지윅 부인과 5분도 대화를 나눈 적이 없어. 이 편지 내용은 아무에게도 말하지 말아줘. 너 말고 다른 사람에게 동정받고 싶지 않아. 마사 테일러에게도 말하면 안 돼. 네가 지금 옆에 있었다면 훨씬 많은 이야기를 해줬을 거야. 그래도 얼른 이 속박의 시간이 끝나길 바라. 그러면 나는 집에 돌아갈 수 있고, 너도 날 보러 올 수 있겠지. 그때 우리가 행복하면 좋겠다. 안녕, 사랑하는 엘런.

얼른 다시 편지 써서 네 소식도 알려줘. 답장은 해러깃 인근, 스와클리프, 그린우드 씨 앞으로 보내면 돼.

아무래도 나는 네 편지를 받기 전에 집에 갈 수도 있는데, 그들은 곧 스와클리프를 떠날 예정이고, 그들이 떠나면 나도 더 머물 생각이 없어.

친애하는 엘런에게

지난번 편지에 답장하기까지 시간이 좀 걸렸네. 하지만 사실 지금까지는 너에게 확실한 답을 줄 수가 없었고, 그럴 수 있을 때까지 기다리는 게 낫다고 생각했어.

리버풀 여행은 아직 말만 나온 수준인 그냥 백일몽이야. 우리끼리 얘기지만 과연 이 계획이 틀을 더 갖출지는 잘 모르겠어. 다른 어른들처럼 우리 이모도 그런 주제의 이야기를 즐기시지만, 막상 실행에 옮기는 건 좀 머뭇거리셔. 이런 상황에서 우리는 다른 사람들을 신경 쓰지 말고 우리 둘이서만 가자는 첫 번째 계획을 밀고 나가는 게 좋겠어.

너랑 대략 일주일, 길어야 보름 정도 같이 보낼 수 있고, 그 이상은 어려워. 어디 가고 싶은 곳 있어? 메리 테일러* 말대로 벌링턴이 딱 좋을 것 같은데. 언제 출발하고 싶어? 이런 건 다 네 상황에 맞춰서 정해. 나는 반대 안 해. 바다를 보고, 바다 근처에서 해돋이와 해넘이, 달밤과 한낮을 따라 잔잔한, 때로는 폭풍 가운데 있는 바다의 변화무쌍한 모습을 지켜볼 생각만 해도 흐뭇해지네. 나는 어떤 것도 불평하지 않을 거야. 나와 달라도 너무 달라서 성가시고 따분한 사람들과 있는 게 아니라 내가 좋아하고, 잘 알고 있고, 또 나

---

* 샬럿의 절친한 친구. 샬럿은 그녀를 『셜리』 속 로즈 요크의 모델로 삼았다.

를 잘 아는 엘런 너시, 바로 너와 함께 있을 테니까.

너에게 말해줄 재밌는 일이 하나 있어. 웃을 준비해! 얼마 전에 호지슨 씨라고, 예전에 아빠 밑의 부목사로 계셨고 지금은 다른 교구 목사이신데, 이분이 우리와 하루를 보내러 오셨고, 자기 밑의 부목사도 데려오셨어. 그 부목사는 프라이스 씨로, 더블린대학교를 갓 졸업한 아일랜드 출신의 젊은 성직자였어. 우리 모두 그를 처음 봤지만, 그는 고향 사람처럼 금방 적응했어. 그의 성격은 대화하면서 금방 드러났는데, 재치 있고, 활기차고, 열정적이고, 영리하기도 했지만, 그래도 영국인의 기품이나 진중함은 부족했어. 엘런, 너도 알다시피 집에서의 나는 거리낌 없이 말하고, 수줍어하지도 않고, 다른 곳이었다면 나 자신을 괴롭히고 속박하는, 한심하고 불필요한 자의식에 짓눌리지도 않잖아. 그래서 나는 프라이스 씨와 대화를 나누며 그의 농담에 웃었고, 성격 면에서 결점이 보이긴 했지만, 그의 신선한 면이 재밌어서 그냥 넘어갔어. 실은 마음이 조금 식었고, 저녁쯤 되니 더 그랬어. 그가 대화 중에 아일랜드식 아첨 같은 걸 보태기 시작했는데 그게 맘에 들지 않았거든. 어쨌든 그들은 떠났고 더 이상 그들을 신경 쓰지 않았어.

며칠 후 편지 한 통을 받았는데 편지의 주소를 보고 손글씨가 낯설어서 당황했어. 나에게 유일하게 편지를 보내는 너나 메리 테일러의 편지가 아니었거든. 편지를 뜯어 읽어보니 그건 아주 박식하신 아일랜드 청년께서 열렬한 언어로 전하는 애정 공세와 청혼이었어!

글쎄, 첫눈에 반한다는 건 말로만 들었는데 좀 놀라웠어.

내 대답이 뭐였을지 추측해봐. 네가 헛다리를 짚는 불의를 저지르진 않겠지.

만나면 그 편지를 보여줄게. 네가 맘껏 웃길 바라. 이번 일은 내 다른 경험담과는 다르지 않아? 오히려 마사 테일러의 경험담과 비슷하지. 난 확실히 노처녀가 될 운명이야. 엘런, 나는 다른 가능성을 생각할 수가 없어. 걱정은 하지 마. 나는 열두 살 적부터 그 운명이 내 것이라고 맘을 굳혔거든. 내가 이 소소한 경험담을 너에게만 말했다는 건 말 안 해도 알겠지. 답장 줘.

C 브론테

내가 마차를 타고 키슬리에서 브래드퍼드로, 그리고 브래드퍼드에서 리즈로 갈 때 우리가 어떻게 만날지 정하는 걸 까먹을 뻔했어. 나는 오전 열 시, 늦어도 열한 시까지는 리즈에 도착할 수 있을 것 같아. 네 계획대로 하기에 시간이 충분할까? 그리고 마차가 서는 여관에서 만나는 게 편해?

이 계획에 조금이라도 불편한 부분이 있다면 다른 방법을 찾아야 해. 이런저런 이유를 따져보면 그 전날 브룩로이드에 가는 게 훨씬 나을 거야. 너랑 가까운 곳 약 2킬로미터 안에 매일 운행하는 브래드퍼드발 마차가 있는지 알아? 어쨌든 내가 바닷가에 머물 시간이 넉넉하지 않아서 네가 쉬는 데 방해가 될 수도 있을 것 같아. 만약 그렇다면 모든 계획을 당장 엎을 거야. 바로 답장 줘. 짐은 어떻게 가져갈 거야? 많이, 아니면 조금만?

친애하는 엘런에게

이때쯤이면 너는 내가 집으로 가지 않고 도중에 사라졌다고 생각하겠지. 하지만 나는 듀스베리 마부의 도움으로 무사히 집에 도착했어. 그와 용케 친해지지 않았다면 어떻게 집에 올 수 있었을지 모르겠어. 그는 키슬리 마차가 들르는 여관으로 가는 길을 알려주고, 내 짐도 들어주고, 자리도 맡아주고, 짐도 실어주고, 마차 꼭대기 층에 올라가는 것도 도와줬어. 그에게 정말 고마웠지.

며칠 전에 너희 오빠 헨리가 장문의 편지를 써서 자기 예비 신부에 대해 말해줬어. 만약 그녀가 헨리의 묘사대로라면 그가 청혼할 만하지만, 다들 사랑은 눈을 멀게 한다고들 하니까 난 모르겠어. 아직 답장 안 했는데 조만간 해야지.

엘런, 넌 그 바다를 이제 잊었니? 네 기억 속에서 흐릿해졌어? 아니면 여전히 짙은 파란색과 녹색의 바다와 흰 물거품이 보이고, 바람이 거셀 때 바다가 거칠게 휘몰아치거나 바람이 잔잔할 때 바다가 부드럽게 밀려오는 소리가 들려? 건강은 어때? 기분 전환한 효과가 좋았어? 나는 제법 잘 지내고 있고, 살이 많이 쪘어.

아주 종종 이스턴이 생각나고, 존경스러운 허드슨 씨와 맘씨 고운 그의 아내, 그리고 할리퀸 우드까지, 보인턴까지 걸었던 기분 좋은 산책, 즐거운 저녁 시간, 꼬마 팬천과 뛰

놀았던 게 떠올라. 우리 둘 다 살면서 이 순간을 오래도록 즐겁게 추억할 거야. 너 허드슨 부인에게 보낸 편지에서 내 안경 이야기를 해봤어? 안경이 없으니까 너무 불편해. 안경 없이는 편안하게 읽고, 쓰고, 그림을 그릴 수가 없어. 부스 부인이 내 안경을 좀 내어줬으면 좋겠어.

우리가 언제 다시 볼지 모르겠는데, 우리 집에 언제 놀러 올지 아직도 못 정했어?

사랑하는 엘런, 이번 편지가 너무 짧아서 미안해. 사실 온종일 그림을 그렸더니 눈이 너무 피곤해서 글쓰기가 좀 힘들어. 너희 어머니와 언니들, 세라 언니에게 안부 전해줘.

너의 오랜 친구
C 브론테

친애하는 엘리너 부인에게

내가 '마사 테일러에게 다 말하지 말라'고 했던 걸 네가 마사에게 말해버린 걸로 너에게 온 힘을 다해 따지고 싶어. 당연히 마사는 그 말 때문에 너와 내가 그녀에게만큼은 숨기고 싶어 하는, 곧 일어날 아주 중요한 일이 있다는 생각에 궁금해서 짜증을 내고 엄청 언짢아했어.

이렇게 된 이상 네 입을 막을 수도 없으니, 그냥 마음껏 말하도록 널 풀어주고, 당장 고머설까지 걸어가서 '어여쁜 엘런, 어여쁜 엘런,' '떠나간 다정한 사랑,' '신성한 영혼' 등의 연가*를 포함해서 네가 기억할 수 있는 모든 일을 마사에게 하나하나 말해주라고 하고 싶어. 네가 말하고 싶다면 셀리아 어밀리아 웨이트먼 양**의 초상화 그리기와 이 젊은 숙녀의 유쾌하고 잦은 방문 이야기까지도 말이야. 그나저나 그 현명하고 흥미로운 숙녀가 너를 어떻게 생각하는지 알아봤는데, 너를 좋게 보더라고. 그녀는 네가 예쁘장하고 또 매우 착한 소녀라고 생각해. 키슬리에서 열리는 그녀의 강의에 대한 안내문이 실린 신문을 받았어? 모건 씨가 오셔서 사흘을 머무시다가 가셨고, 웨이트먼 양이 도와줘서 우리는 매우 잘 지냈어. 이 순결한 존재가 그 뚱뚱한 웨일스

---

*   윌리엄 웨이트먼 목사가 엘런 너시와 브론테 자매에게 보낸 연가.
**   윌리엄 웨이트먼 목사의 별명.

인의 장황한 이야기를 인내심과 싹싹한 성격으로 견뎌내는 모습은 굉장했어. 하지만 웨이트먼 양은 나중에 모건 씨*의 긴 이야기에 진이 다 빠졌다고 털어놨어.

우리는 네가 없으니까 너무 지루해. 너와 함께했던 그 3주가 다시 오면 좋겠어. 네가 떠난 뒤로 우리 이모는 가끔 심하게 짜증을 내셨지만, 지금은 좀 괜찮아지셨어. 나는 주일에 독감에 걸려서 온종일 집에 있었고. 앤의 감기는 나아지긴 했지만, 아직 건강하다는 생각은 안 들어. 너희 앤 언니가 내가 유대인 바구니**에 넣을 그림을 안 보낸 걸로 뭐라고 했어? 앤 언니가 언리에 갈 생각에 집중하느라 그 일을 생각할 시간이 없었기를 바라.

편지는 여기서 마무리해야겠어. 이 집에 있는 모두가 너에게 안부를 전해달래. 셀리아 어밀리아 웨이트먼 양도 안부 전해달래. 얼른 답장 쓰고, 이만 줄일게.

샤리바리***

나는 순교자가 된 기분으로 너와 마사 테일러의 손에 내 운명을 맡겨. 다시 말해 내가 이를 뽑으려고 목사관 앞 잔디밭에 앉아 있을 때 느낄 법한 기분으로 말이야. 너는 말이나

---

*   아빠 친구인 윌리엄 모건 목사. 샬럿은 모건 목사의 성격을 반영하여 『셜리』의 볼트비 박사를 구상했다.

**   런던 유대인전도협회의 모금 방식. 교구의 숙녀들이 그림이나 자수 등을 직접 만들어 바구니에 기부하면 이를 비(非)기독교도 신사들에게 터무니없이 비싼 가격에 강제로 판매했다고 한다.

*** 이 편지의 수신인 '엘리너'가 엘런의 이름에서 유래한 것처럼 '샤리바리'도 샬럿의 이름에서 유래한 표현으로 추정된다.

행동을 전하는 독특한 습관이 있고, 마사는 그걸 다시 전달
하는 훨씬 더 독특한 습관이 있어.

친애하는 메넬라오스 부인*에게

너에게 이렇게 금방 편지를 쓸 수 있어서 정말 다행이야. 내가 편지를 자주 보내서 네가 성가셔할까 봐 좀 걱정되는 것도 사실이야. 이상적으로는 내가 석 달에 한 번씩 편지를 보내는 건데, 이건 시간이 지나면서 나아질 거고, 나이를 더 먹으면 더 잘 미루게 될 거야(내 손이 노인처럼 덜덜거리고 있어서 네가 내 글씨를 읽지 못할 것 같은데, 신경 쓰지 말고 이 편지를 서랍 속에 넣어두면 다음에 만나서 읽어 줄게). 이 좁은 하워스는 네가 여기 있었을 때부터 지금까지 교회 건물 유지비에 드는 세금 문제로 소란스러웠어. 우리는 교육관에서 격렬한 언쟁이 오가는 회의를 했어. 아빠가 의장을 맡았고 콜린스 씨와 웨이트먼 씨가 아빠의 양옆에서 지원군 역할을 했지. 반대가 맹렬해지자 콜린스 씨는 아일랜드인 특유의 피가 끓어올랐어. 아빠가 반은 설득으로, 반은 강제로 콜린스 씨를 조용히 시키지 않았다면 콜린스 씨는 짙은 연기 속에서도 반대자들에게 케일을 줬을 거야(스코틀랜드 속담인데 나중에 설명해줄게). 콜린스 씨와 웨이트먼 씨 둘 다 당시에는 분노를 억눌렀지만, 이후에 그 분노는 곱절의 힘으로 터져버렸어. 우리는 반대와 그 결과를

---

* 스파르타의 메넬라오스 왕의 부인인 헬렌. 엘런의 이름으로 만든 말장난이다.

다룬 두 번의 설교를 들었는데, 한 번은 지난 주일 오후에 웨이트먼 씨가, 다른 한 번은 그날 저녁에 콜린스 씨가 설교를 맡았어. 모든 반대자들에게 설교를 들으러 오라고 청했고, 그들은 진짜로 자기들 소예배당을 닫고 무리를 지어서 몰려왔어. 당연히 교회는 사람들로 북적였지. 셀리아 어밀리아 양은 고결하고, 설득력 있고, 고교회파적이고, 사도적使徒的 계승에 대한 담론을 펼쳤고, 거기에서 아주 대범하고 단호하게 반대자들을 몰아세웠어. 나는 그동안 반대자들이 그 얘기를 들을 만큼 들었다고 생각했는데, 지난 저녁 그들이 들은 거에 비하면 아무것도 아니었어. 나는 지난 주일 저녁에 콜린스 씨가 하워스 설교대에서 설교한 것보다 더 날카롭고, 지혜롭고, 대담하고, 정신을 깨우는 열변은 들어본 적이 없어. 그는 악쓰지 않았어. 위선적이지도 않았고, 푸념하지도 않았고, 울먹거리지도 않았어. 그는 그저 일어서서 자신이 말하는 내용의 진실에 감화되어 담대하게 말했어. 그는 적들을 겁내지 않고 결과를 두려워하지 않았어. 그의 설교는 한 시간이나 계속됐는데도 막상 끝나니까 아쉽더라고. 내가 콜린스 씨나 웨이트먼 씨의 의견에 전부 동의하거나 반쯤 동의한다고 말하는 건 아니야. 나는 그들이 완고하고, 편협하고, 상식적으로 절대 정당화될 수 없다고 생각해. 내 양심은 내가 퓨지주의자*나 후커주의자**가 되는 것을 용납하지 않을 거야. 내가 반대자였다면 내 종교와 설교자들을 향해 가차 없이 신랄한 공격을 가한 그 두 신사분을 누

<hr>

* 성공회의 고유한 교리를 바탕으로 전통의 회복을 주장했다.
** 성경과 전통, 이성의 조화를 추구하는 중도주의를 주장했다.

구보다 먼저 발로 차거나 채찍으로 때렸을 거야. 그러나 이 모든 것에도 불구하고 나는 그토록 강한 적수에게 대담하게 맞설 수 있는 고결한 온전함을 존경했어. 나는 우리의 친구 셀리아 어밀리아 양을 위해 아그네스 월턴의 초상화를 그렸어. 그걸 바라보는 그의 눈이 새 장난감이 맘에 든 귀여운 아이처럼 기쁨으로 반짝이는 걸 보면 너는 웃음이 터질 거야. 안녕. 큐피드에 관한 네 실없는 말은 더 이상 듣고 싶지 않아. 그게 다 근거 없는 헛소리라는 걸 너도 나만큼 잘 알겠지.

C 브론테

웨이트먼 씨는 키슬리 메커닉스 인스티튜트에서 다른 편지*를 했고, 아빠도 강의를 하셨는데, 두 사람 모두 신문에서 매우 좋은 평가를 받았어. 그러한 지성의 표현이 "늪지와 산 사이에 터를 잡은, 아주 최근까지도 완전한 문명에 이르지 못한 것으로 여겨지는" 하워스 마을에서 나왔다는 것이 경이롭다고 신문에 쓰였어.

---

*   샬럿은 강의(lecture)를 편지(letter)로 잘못 적었다.

 "바람이 임의로 불매 네가 그 소리는 들어도 어디서 와서 어디로 가는지 알지 못하나니." 이건 성서가 분명해. 어느 장, 어느 권에 있는지, 정확한 인용인지 단언할 수는 없지만 말이야. 하지만 나는 한때 알고 지낸 E N*이라는 이름의 젊은 여성에게 '인생의 오전 행군 중에, 내 영혼이 젊었을 때'** 편지를 쓰는 게 맞겠지. 이 젊은 여성이 내게 할 말이 없어도 가끔 편지를 써달라고 했거든. 나는 편지 쓰기를 차일피일 미루다가 결국에는 그녀가 '그녀의 신들의 이름으로 나를 저주할까 봐'(『사무엘상』 17:43) 지레 겁을 먹고, 앉아서 몇 자라도 보태야 할 것 같은 압박감이 들었는데, 그녀의 맘에 따라 그걸 편지라고 부를 수도 있고 아닐 수도 있지. 이제 그 젊은 여성이 이 편지가 말이 되는 걸 기대한다면 크게 실망할 거야. 나는 그녀에게 샐머군디*** 한 접시를 만들어주려고 해. 해시도 만들고, 스튜도 만들고, 프랑스식 오믈렛 수플레도 뚝딱 만들어서 존경의 마음을 담아 그녀에게 보낼 거야. 우리 유대의 언덕에는 바람이 거세게 몰아치고 있지만, 저 아래 배틀리 교구의 블레셋 평야에

---

*   엘런 너시.
**   토머스 캠벨의 시 「병사의 꿈(The Soldier's Dream)」 4연 2행.
*** 고기, 해산물, 계란, 채소, 과일 등 다양한 재료를 한 접시에 담아낸 모둠 요리로, 샐러드와 비슷하다.

서는 아닐 거야. 그 바람은 대부분의 두 발 달린 인간이 위스키 한 잔을 마셨을 때와 똑같은 영향을 내 머리에 주는 것 같아. 모든 게 장밋빛으로 보이고, 어떻게 추는지만 알면 당장이라도 지그를 추고 싶어. 나는 돼지나 당나귀의 본성을 가진 게 분명한 게, 둘 다 강풍에 영향을 많이 받는 동물이잖아. 어느 방향에서 바람이 불어오는지 모르겠는데, 나는 원래 이런 걸 모르긴 했어. 근데 브리들링턴 베이라는 거대한 양조통이 어떻게 작동하는지, 지금 파도 위에 어떤 효모 거품이 일고 있는지 정말 알고 싶어.

브룩 부인이라는 분이 선생님을 구하는 것 같아. 나는 그녀가 나를 썼으면 해서 페그 울러라고 하는 다른 여성분에게 편지를 써서 그렇게 말했어. 진심으로, 이곳 집에서 완전한 자유를 누리며 그저 마음 가는 대로 사는 건 즐거워. 그렇지만 나는 이솝이라는 이름의 왜소한 늙다리 남자가 쓴 개미와 베짱이에 관한 우화를 기억하고 있지. 베짱이는 여름 내내 노래만 부르다가 겨우내 굶어 죽었어.

이제는 멀리 사는 내 혈육, 패트릭 보아너게*는 리즈와 맨체스터 철도의 거칠고, 종잡을 수 없고, 모험적이고, 낭만적이며, 방랑 기사 같은 역무원이 되어 운명을 좇아 떠났어. 리즈와 맨체스터라니, 거긴 대체 어디야? 다들 팔미라라고 부르는 타드모르** 같은 황야의 도시 아니야? 나는 엘런 부인이 윌리엄 웨이트먼에 관해 뭐라도 듣고 싶다는 열망에

---

* 샬럿은 남동생 브랜웰 브론테를 성미가 급하고 과격해 '천둥의 아들(Boanerges)' 이란 별명이 붙은 야고보와 요한에 비유했다.

** '종려나무'라는 뜻으로, 솔로몬 왕이 하맛소바를 정복한 뒤 수리아 광야에 세운 요새지.

불타고 있다는 걸 알고 있지. 그는 엘런 부인이 가슴 깊이 사모하고, 그 모습을 기억에서 지울 수 없는 사람이잖아. 나는 그녀를 괴롭히려고 한마디도 들려주지 않을까 해. 사실 해줄 말이 정말 없는 게, 웨이트먼 씨를 만날 일이 별로 없어. 늘 그렇듯 그가 멋지고 쾌활하고 사근사근해 보이는 주일에나 보는 거지. 웨이트먼 씨가 웨스트모얼랜드에서 돌아온 뒤에 진득하게 얘기해볼 기회가 한 번 있었는데, 그때 그는 아그네스 월턴에 대한 애정과 존경이 담긴 변덕스럽고 열띤 마음을 통째로 쏟아냈어. 웨이트먼 씨가 그녀를 사랑하는지 아닌지는 말할 수 없지만, 그게 그렇게 들린다는 것만큼은 말할 수 있어. 그는 자리를 비운 동안 우리에게 엄청 많은 사냥감을 보내줬어. 야생 오리 한 쌍, 검은뇌조 한 쌍, 자고새 한 쌍, 도요새 한 쌍, 물떼새 한 쌍, 거대한 연어 한 마리를 보내줬지. 최근에 그의 소소한 특징 하나를 알게 됐는데, 거기서 그가 성격이 좋다는 게 살짝 느껴졌어. 지난 토요일 밤에 그는 한 시간 동안 우리 아빠와 함께 응접실에 앉아 있었고, 그가 떠날 때 아빠가 그에게 말을 걸었어. “무슨 일 있으신가요? 오늘 밤에 기운이 없어 보이시는데요.” “아, 모르겠네요. 가여운 여자아이 한 명을 봤는데, 유감스럽게도 빈사 상태여서요.” “저런, 이름이 무엇인가요?” “수전 블랜드라고, 존 블랜드 감독의 딸입니다.” 수전 블랜드는 주일 학교에서 내가 가장 오래 알고 지낸 최고의 모범생인데, 그 이야기를 듣고 최대한 빨리 수전을 보러 가야겠다고 생각했어. 월요일 오후에 가봤더니 수전은 몹시 아파서 허약해진 상태였고, 딱 봐도 어떤 나그네도 돌아오지 못하는*

그곳으로 가고 있는 것 같았어. 수전과 좀 앉아 있다가 수전의 어머니께 약간의 포트 와인이 수전에게 도움이 된다고 생각하시는지 여쭤봤어. 수전의 어머니께서는 의사가 와인을 추천했고, 얼마 전 웨이트먼 씨가 와인 한 병과 절임 한 병을 전해주고 갔대. 그리고 웨이트먼 씨가 불쌍한 사람들에게 항상 친절하다고도 덧붙이셨는데, 웨이트먼 씨에 대한 애정이 깊어 보였어. 이건 웨이트먼 씨가 완전 이기적이거나 허영덩어리는 아니라는 걸 증명해줘. 그의 성격에는 분명 단점이 있지만, 장점도 있어. 그에게 하느님의 축복이 있기를! 장점이 그만큼 있으면, 어느 정도 단점도 있겠지 싶어. 난 그의 잘못된 행동과 약점을 많이 알지만, 여기서 그는 비난하는 사람보다 언제나 옹호하는 사람을 더 많이 만나게 될 거야. 확실히 내 생각만으로 그의 성격이 이렇다 저렇다 결론짓기는 부족하겠지만, 뭐 어쩌겠어? 사람들은 힘닿는 한 올바르게 처신해야 해. 이 모든 걸 보고 웨이트먼 씨와 내가 아주 호의적인 관계라고 생각하지는 말아줘. 우리는 전혀 그렇지 않아. 우리는 거리를 두고, 서먹서먹하고, 속마음도 나누지 않아. 말도 거의 안 해. 설령 말을 한다고 해도 지극히 사소하고 별거 없는 말을 나눌 뿐이야. 지금 네가 웨이트먼 씨에게 내 성격을 어떻게 생각하는지 물어보면, 처음에는 발랄하고 수다스러운 사람이라고 생각했지만, 알고 보니 생각도 못 해본 변덕스럽고 불안정한 성격이었다고 말할 거야. 웨이트먼 씨는 내가 그의 태도에 따라 내

* 『햄릿』 3막 1장 79-80행.

태도를 결정하고, 그가 정중하게 대할 때만 발랄하고 수다스러우며, 그가 무례할 정도로 스스럼없이 대할 때는 내가 어색하고 힘들어도 어느 정도는 속을 드러내지 말아야겠다고 생각했다는 걸 몰라. 이렇게 내색하지 않는 게 편하다는 걸 알아버려서 계속 그럴 생각이야.

친애하는 넬*에게

네가 보낸 지난번 편지는 아주 중대한 문제들을 다루고 있어서 답장을 하루도 미룰 수가 없겠어. 자, 넬, 내가 너에게 내 생각 하나랑 조언 하나를 써보려고 하는데, 이걸 너희 할머니께서 하시는 말씀이라고 받아들여. 근데 일단 얘기를 하기 전에 빈센트 씨의 귀에 대고 속삭일 말이 있는데, 이 말이 빈센트 씨에게 닿을 수 있다면 좋겠다.

성 크리소스토무스와 성 시므온과 성 유다의 이름으로, 어째서 그 쾌활한 젊은 신사는 남자답게 나서서 너에게 해야 할 말을 직접 하지 않고 친척들과 시간만 낭비하고 있는 거야? 저기요 빈센트 씨, 어느 화창한 아침에 걸어서, 아니면 마차를 타고 브룩로이드로 가세요. 그곳에서는 엘런 양이 응접실에 앉아 유대인 바구니에 넣을 작고 하얀 드레스를 만들고 있을 겁니다. 그리고 "엘런 양, 그대와 이야기를 나누고 싶습니다"라고 말하세요. 물론 엘런 양은 "잘 부탁드려요, 빈센트 씨"라고 정중하게 대답할 겁니다. 방 안의 모든 사람이 나가고 당신과 엘런 양만 남으면, 그녀 옆의 의자에 앉은 다음 그녀에게 그 장난감 같은 유대인 바구니 일감을 내려놓고 당신의 말을 들어달라고 하세요. 그런 다음

---

* 엘런 너시의 애칭. 샬럿은 엘런 너시를 '넬, 엘리너 부인, 메넬라오스 부인' 등 다양한 애칭으로 부르며 애정 어린 마음을 표현했다.

또렷하고, 분명하고, 공손하지만, 결단력 있는 목소리로 시작하세요. "엘런 양, 그대에게 질문이 있습니다. 아주 중요한 질문입니다. 저를 좋을 때나 궂을 때나 남편으로 맞아 주시겠습니까? 저는 부자는 아니지만, 우리 두 사람을 부양할 정도는 됩니다. 저는 대단한 사람은 아니지만 솔직하고 진실한 마음으로 그대를 사랑합니다. 엘런 양, 그대가 세상 물정에 밝다면 이것이 멸시받지 않을 청혼이라는 걸 아실 겁니다. 다정하고 애정 어린 마음과 적당한 능력이 갖춰졌으니까요." 빈센트 씨, 이렇게 하시면 성공하실 겁니다. 자꾸 헨리에게 감상적이고 사랑에 번민하는 편지만 보내시면, 당신의 청혼이 어떻게 될지는 안 봐도 뻔합니다.

빈센트 씨 얘기는 이쯤 해두고, 넬, 이제 네가 까맣고 쓴 알약을 삼킬 차례야. 일명 친구의 조언이지. 지금은 내가 빈센트 씨를 잘 모르니까 곤란해. 내가 그를 좀 안다면, 내 생각을 그냥 단도직입적으로 말했을 거야. 빈센트 씨는 바보야? 빈센트 씨는 악한에, 사기꾼에, 위선자에, 멍청이에, 천치야? 빈센트 씨가 이 모든 것에, 아니 이 중 하나라도 해당한다면 그와 시시덕거리는 건 쓸데없는 일이야. 당장 그의 말을 끊고, 번개처럼 빠르고 날카롭게 그의 희망을 꺾어버려.

빈센트 씨가 이보다 나은 사람이야? 적어도 상식이란 걸 갖춘, 착하고 순한 사람이야? 그런 거라면 넬, 그 문제를 고려해봐. 지금 너는 빈센트 씨에게 넌더리가 나고 지독한 반감이 들겠지만 네가 그를 잘 모른다는 사실을 잊지 마. 네가 빈센트 씨와 알게 된 건 사나흘밖에 안 됐잖아. 오랫동안 가까이 지내며 친해지면 네 마음이 놀랄 만큼 많이 열릴 수도 있지. 이제 너에게 한 가지 사실을 말해주려고 하는데, 네 기분이 상할 수도 있고 네가 원하는 이야기가 아닐 수도 있어. 내가 아는 네 성격이라면, 물론 나는 꽤 잘 안다고 생각하는데, 결혼 전에는 절대 사랑하지 말라고 하고 싶어. 결혼식이 끝난 후에, 몇 달에 걸쳐 자리를 잡고 네가 너의 못난 반쪽으로 받아들인 존재에 익숙해지고 난 후에 너는 최고로 다정하고 행복한 아내가 될 거야. 비록 그 사람이 네가 바라는 모든 것을 입증해 보이지 못하더라도 너는 그의 소소하고 어리석은 행동과 기벽에 관대해지고 그런 게 큰 눈엣가시처럼 걸리지도 않을 거야. 중요한 문제가 있을 때 그가 너를 따를 만한 분별이 적당히 있다면 더 그럴 거고.

상황이 이렇다 보니, 넬, 프랑스인들이 '위대한 열정^{Une grande passion}'이라고 부르는 것이 깨어날 때까지 기다리는 낭만적인 어리석음에 빠지지 않으면 좋겠어. 그래, '위대한 열정'은 '위대한 어리석음^{Une grande folie}'이야. 내가 전에도 너에게 그렇게 말했는데, 한 번 더 말할게. 매사의 평범함은 지혜이며, 감각의 평범함은 최고의 지혜란다. 넬, 네가 내 나이가 되면(나는 네 할머니니까 적어도 예순이야) 우리가 젊을 때 충격적이고 혐오스러웠던 세상의 냉정한 가르침 대부분이 지혜를 토대로 한다는 걸 알게 될 거야. 예전에 네가 나에게 어린아이처럼 천진하게 "샬럿, 나는 어떤 젊은 숙녀도 실제로 청혼이 들어오기 전에는 사랑에 빠지면 안 된다고 생각해"라고 말하지 않았어? 그때 내가 뭐라고 답했는지는 잊어버렸지만, 이제 심사숙고해서 내린 답을 말할게.

"완벽하게 맞는 말이야." 이 말이 적절하지. 그리고 네가 항상 그 말을 지키면 좋겠어. 나는 더 열심히 지킬 거야. 어떤 젊은 숙녀도 청혼이 실제로 들어오기 전에는 사랑에 빠지면 안 된다, 확인 완료. 여자는 결혼식을 올리고 신혼 6개월이 지나면 사랑을 시작할 수 있지만, 아주 조심스럽고, 침착하고, 적절하고, 이성적으로 시작돼. 여자가 너무 많이 사랑한 나머지 남편의 거친 말이나 싸늘한 눈빛에 마음 아파한다면 그녀는 바보야. 여자가 너무 많이 사랑한 나머지 남편의 뜻이 그녀의 법이 된다면, 그리고 남편이 원하는 걸 알아내려고 남편의 표정을 관찰하는 습관에 빠지면, 그녀는 곧 무시당하는 바보가 될 거야. 우리 식구 중 한 명*이 젊은 숙녀를 좋아했다가 그녀의 마음이 자기보다 더 커졌다는 걸 알자마자 그녀에게 일종의 경멸을 품었던 일을 전에 말하지 않았어? 내가 무슨 말을 하는지 알 거야. 너의 귀를 아낀다면 그 일에 관해 말하지 마. 그렇지만 나에게는 두 명의 연구 대상이 있지. 너는 조용하고 차분한 성격이 주는 성공과 신망, 존경을 이해할 수 있는 연구 대상이야. 메리 테일러는 고결하고, 따뜻하고, 관대하고, 헌신적이며, 심오한 감정을 드러낼 때 따라오는 경멸과 후회, 오해를 이해할 수 있는 연구 대상이고. 그러한 감정들은 너무 자유롭게, 너무 노골적으로 드러나서 진가를 인정받지 못하거든. 메리에게 신의 가호가 있기를. 이 세상에서 메리보다 더 고결한 사람은 절대 없을 거야. 메리는 사랑하는 이를 위해 기꺼이 죽음

* 　남동생 브랜웰 브론테.

을 택할 위인이야. 메리의 지성과 학식은 최고지. 하지만 메리는 지난번 여기 왔을 때 웨이트먼 씨가 메리를 보고 미쳤다고 생각할 만한 행동을 한두 번 했었어. 메리가 정말 잘못 처신했다고는 조금도 의심하지 마. 메리의 행동은 아주 드물게 극단적이고 변칙적인 행동이었을 뿐이니까. 하지만 그건 정말 부정적인 인상을 남겼어. 나는 그걸 이해하니까 그걸로 메리를 낮게 평가하진 않았지만, 과연 메리가 결혼을 할지는 의문이네.

결국 네가 받아들일 만한 조언을 해주지 못하니 편지를 마무리하는 게 좋겠어. 내가 할 말은 아주 짧게 한 문장으로 쓸 수 있어. 빈센트 씨를 받아줄 수 없다고 확신한다면 받아주지 마. 반대로, 빈센트 씨를 사랑할 수 없다는 이유로 거절하진 마. 월터 미첼에 관해서는, 누군가에 대한 사랑 때문에 죽을 사람은 아닌 것 같아. 그에게 상처를 준다는 양심의 가책을 느끼지 않을 자신이 있다면 그에게 진지함을 섞지 않고 가볍게 애정 표현을 할 수도 있겠지. 이 충고를 진심으로 말하는 건 아니지만, 이 편지의 대부분도 마찬가지야.

동봉한 편지는 머시가 쓴 몇 줄에 대한 답이야. 방금 헨리가 보낸 편지를 받았어. 헨리의 설명은 앤의 설명보다 이 문제를 더 혼란스럽게 해. 헨리는 아버지께서 이 일에 개입하고 계시고, 네 재산이 부족하다는 이유로 반대하실 수 있대. 엘런, 너는 신중하니까 지금 단계에서 이 일을 극히 소수에게만 알리겠지. 머시도 똑같이 신중해야 한다는 사실을 머시의 마음에 심어줘. 일단 네가 거절할지 수락할지 정했다면 그게 딱히 중요하지는 않을 거야. 헨리 목사님께서는 젊은 숙녀들이 "예"를 뜻하면서 "아니요"라고 말한다는 주제에 부정적이라는 의견을 강경하게 설파하는데, 개인적인 감정이 섞인 건 아니래. 나도 그게 아니길 바라. 나는 헨리가 그런 분별없는 행동에 반감을 표하는 것에 꽤 동의해. 마음이 긍정을 선포할 때 입으로 부정의 말을 더듬거리는 건 정말 어리석은 일이야. 더 정확히 말하면, 그건 스스로 아주 쓸모없다고 고백하는, 대단하신 자기 부정이지. 나는 천 파운드를 벌자고 그런 거짓말을 하진 않을래. 바로 답장을 써서 상황이 어떻게 돌아가는지 알려줘. 너 왜 내가 히포크라테스*를 존경한다고 말했어? 그건 망할 '거짓말'이잖아. 히포크라테스에게서 존경할 만한 점을 찾아보려 했는데 실패했어.

<hr>

* 맥락상 월터 미첼을 의미하는 것으로 보인다.

선생님께

선생님의 편지를 받고 마치 『블랙우드』에 글을 실을 수 있다는 허가증이 들어 있는 윌슨 교수님*의 편지를 받은 것처럼 기뻤습니다. 확실히 선생님께서는 저를 높이 추켜세우지도 않으셨고, 제 상상에 아주 찬란한 희망을 주지도 않으셨지만, 전반적으로 강직하고 신사답게 글을 쓰신다는 점을 알 수 있습니다. 그리고 선생님의 솔직하고 정중한 답장에 진심으로 감사드립니다. 그렇다면 퍼시 씨와 웨스트 씨가** 기독교인 편집자의 마음에 인상을 남길 신사들이 아니라고 보시나요? 글쎄요, 저는 몇 번의 눈물을 흘리고 엄청난 고통을 겪으며 그들을 망각에 부치지만 제가 극복해내기를 바랍니다.

선생님께서 생각하신 대로 그 사건이 세 번째 권까지 길어질 수도 있었던 게 맞습니다. 저는 리처드슨의 힘과 인내심에 움직였고, 실감개를 붙잡고 실이 세 배로 늘어날 때까지 밤낮으로 실잣기를 할 수도 있었을 겁니다. 하지만 선생님께서는 가장 냉혹한 아트로포스***처럼 편지 초입부터

---

*　　『블랙우드 에든버러』에 비평을 기고했으며, 에든버러대학교에서 도덕철학 교수를 지냈다.

**　　샬럿이 어릴 적 썼던 작품의 주인공들.

***　　그리스 신화에서 운명의 세 여신 중 하나로, 생명의 실타래를 잘라 인간의 죽음을 결정하는 일을 맡고 있다.

딱 잘라 말씀하셨습니다. 만약 사무엘 리처드슨 씨가 해리엇 바이런 양과 루시 셀비 양이 처음으로 쓴 편지를 선생님께 보내 검토를 요청했다면, 선생님께서 불멸의 찰스 그랜디슨 경에게도 주저하지 않고 똑같이 딱 잘라 말씀하셨으리라고 생각합니다. 선생님, 해리엇 바이런 양과 루시 셀비 양의 편지는 매우 잘 쓴 편지입니다. 해리엇 양은 죽어가는 백조처럼 감미롭게 그녀만의 찬양을 노래하고, 해리엇 양의 친구들은 사막의 야생 당나귀들처럼 다 함께 후렴을 노래합니다. 자신의 머릿속에서 세상을 짜내어 창조하고, "아버지도 없고 어머니도 없고 족보도 없고 시작한 날도 없고 생명의 끝도 없는"(『히브리서』 7:3) 수많은 멜기세덱* 같은 주민들로 그 세상의 안을 채우는 것은 교화적이고 유익한 일입니다. 그런 존재들과 매일 대화를 나누고 그들의 눈부신 옷차림과 환상적인 모습에 눈이 익으면 실제 삶에서 존경할 만한 면모를 드러낼 수 있게끔 훌륭하게 계획된 마음가짐을 얻게 됩니다. 선생님, 혹시 그런 세상에 익숙하시다면 그들의 모습과 특징이 '고독의 기쁨'이라 불리는 '내면의 눈'의 망막에 얼마나 뚜렷하고 생생하게 박혀 있는지 알게 되실 겁니다. 어떤 것들은 너무 추악해서 선생님께서는 그것들을 미혹에 빠진 어느 이교도가 자신의 신전을 위해 조각한 기괴한 것이라 비유하실 수 있고, 어떤 것들은 기이할 정도로 아름다워서 피그말리온 조각상에 생명이 찾아와 세밀하게 조각된 이목구비에 생기를 불어넣고, 앞을 보

* 『창세기』에 등장하는 인물로, 살렘의 왕이자 제사장.

지 못하는 대리석 눈에 빛을 밝혔을 때 그 모습에 피그말리온이 놀랐던 것처럼 선생님께 놀라움을 안겨줬을 겁니다.

선생님, 유감스럽게도 4, 50년 전 『레이디스 매거진^{Lady's magazine}』이 푸르른 월계수처럼 번성하고 있을 적에 저는 존재하지 않았습니다. 그랬다면 문학적 명성을 좇는 제 열망이 그에 마땅한 격려를 받았으리라고 확신합니다. 퍼시 씨와 웨스트 씨는 그들의 야심에 걸맞은 무대에 영웅처럼 나섰을 것이고, 저는 『더원트 수도원』, 『애비』, 『에설린다』의 저자들과 승리를 놓고 경쟁을 벌였을 것입니다. 선생님, 저는 『레이디스 매거진』을 읽어왔고 거기에 실린 이야기들도 알고 있습니다. 제가 인용한 제목이 정확하다고 확신하지는 못하는데, 그건 제가 그 이야기들이 발표된 잡지를 읽었던 게 아주 오래전 일이기 때문입니다. 저는 비판하거나 반대하는 방법을 채 알기도 전에 그 이야기들을 읽었습니다. 그것은 저희 어머니와 이모가 소장하신 오래된 책들이었는데, 그 책들은 바다를 건너다 난파를 겪고 소금물에 젖어 색이 바랬습니다. 저는 그걸 휴일 오후에 특별한 보상으로 읽거나 수업에 집중하지 않고 몰래 읽었습니다. 제게 그만큼의 감흥을 주는 것은 두 번 다시 볼 수 없을 겁니다. 암울했던 어느 날 저희 아버지께서는 바보 같은 사랑 이야기가 담겨 있다는 이유로 그 책들을 태워버리셨습니다. 진심으로 제가 『레이디스 매거진』에 기고할 수 있던 시절에 태어났다면 좋았을 겁니다.

정식 소설 출판사에 지원해서 제 등장인물 모두를 세 번째 권까지 오래도록 볼 수 있다는 건 꽤 구미가 당기는 이야기지만, 멀리 보면 이 소중한 원고를 넣어두고, 제가 어떤 종류든 목표라는 게 있는 무언가를 만들 영감이 생길 때까지 기다리고, 그때가 오기 전까지 제가 젊은 신사라면 약사의 도제로 들어가고, 젊은 숙녀라면 양장점의 견습생으로 일하는 게 좋을 것 같습니다.

제 정치관에 관해 간단히 말씀을 주셨는데, 제가 공중의 권세 잡은 자인 전하를 수장으로 모시는 토리당 소속의 극토리파라고 생각하시는 것 같습니다. 제가 그 이야기를 계속 썼다면 손턴 영감을 보수당의 어리석고 냉혹한 면을 대표하는 인물로 딱 맞게 만들었을 거라는 걸 완벽하게 증명했을 겁니다. 아마 퓨지주의자도 한 명 넣어서 워런표 최고의 구두약을 발라 고교회파를 제대로 조롱했을 겁니다.

선생님께서 제가 여자인지 남자인지 확신하지 못하신다는 사실이 재미있군요. 물론 처음에는 그 주제에 대해 수수께끼처럼 굴 의도가 전혀 없었지만, 의도치 않게 처음에 단서를 드리지 않았으니 인제 와서 굳이 단서를 드리지는 않으려 합니다. 제 손글씨 아니면 선생님께서 제 문체와 심상에 드러난다고 말씀하신 숙녀 같은 특징을 통해서는 어떤 결론도 끌어내지 못하실 겁니다. 몇몇 젊은 신사들은 머리를 말고 코르셋을 입습니다. 리처드슨과 루소는 종종 노년의 여성과 똑같이 글을 씁니다. 불워, 쿠퍼, 디킨스, 워런은 기숙 학교 소녀들처럼 글을 씁니다. 선생님, 친절하고 솔직한 편지에 진심으로 감사드립니다. 그리고 남자인지 여자인지, 흔히들 사용하는 'C T'가 찰스 팀스인지 샬럿 톰킨스인지 알려드리는 예의조차 갖추지 못한 익명의 작가가 일부만 완성한 중편 소설을 선생님께서 읽어주셨다는 것에 놀랐습니다.

제가 어떻게 선생님에 대해 알게 되었는지, 어떻게 선생님의 거처를 알았는지, 어떻게 선생님께 조언을 구할 생각을 하게 되었는지 물으셨는데요. 선생님, 그건 전부 수수께끼입니다. 자신의 힘으로 무언가를 통제하는 것, 벌리 경*처럼 고개를 끄덕일 수 있고 편지에서조차 현명하고 중요한 인물처럼 보이는 것은 매우 즐거운 일입니다.

저는 선생님께서 선생님의 아버지** 못지않게 훌륭하신 분이라는 걸 새삼 느꼈습니다.

---

* 영국 극작가 리처드 브린즐리 셰리든의 풍자극 〈비평가(The Critic)〉의 등장인물. 무언가를 안다는 듯이 고개를 끄덕이며 지혜로운 척하지만, 실상은 빈약한 판단력을 지닌 정치적 인물이다.

** 새뮤얼 테일러 콜리지(Samuel Taylor Coleridge, 1772-1834). 시인이자 낭만주의의 선구자로 하틀리 콜리지의 아버지.

엘런 너시에게, 1841년 3월 3일 로던, 어퍼우드 하우스

친애하는 엘런에게

오랫동안 너에게 편지를 쓰지 못했네. 전에 내가 일을 구할 생각이라고 네게 말했었고, 그 말을 했을 때 내 결심은 꽤 확고했어. 여러 번 실망해도 노력을 접을 생각은 없었어. 두세 번 정도 심하게 좌절한 끝에, 서신과 면접으로 많은 어려움을 겪은 후에, 나는 마침내 성공했고 새로운 보금자리에 정착했어. 바로 로던에 있는 어퍼우드 하우스의 화이트 씨 댁이야.

집이 그리 큰 건 아닌데 무척 쾌적하고 관리가 잘되어 있어. 부지도 멋지고 넓어. 나는 이 일자리를 구할 때 급여 면에서 큰 희생을 감수했고, 그걸 통해 위안을 얻길 바랐는데, 이 위안이라는 단어는 좋은 음식과 음료나 따뜻한 불, 푹신한 잠자리를 의미하는 게 아니라, 납 광산이나 대리석 채석장에서 캐낸 게 아닌 생기 넘치는 표정과 생각, 마음으로 이루어진 사회를 의미해. 내 급여는 실제로 연간 16파운드가 안 되는데, 명목상으로는 20파운드지만 거기서 세탁비가 빠지는 거지. 내가 맡은 학생은 두 명이고, 여덟 살짜리 여자아이랑 여섯 살짜리 남자아이야. 고용주에 관해서는 내가 여기에 어제 막 도착한 상황이라고 말하면 너는 내가 그들의 성격에 대해 할 이야기가 많지 않다는 걸 알겠지. 나는 누군가의 성격을 단번에 파악하는 능력이 없어. 한 사람의

성격을 판단하기 전에 다양한 상황과 다양한 관점에서 먼저 봐야 해. 그래서 지금까지는 화이트 씨 부부가 좋은 사람들 같다고만 말할 수 있어. 배려심이나 예의가 부족하다고 불평할 이유가 아직 없거든. 내 학생들은 제멋대로 굴고 통제가 안 되지만, 보아하니 성품이 좋아. 너에게 다음번 편지를 쓸 때는 많은 이야기를 할 수 있으면 좋겠다. 나는 그들을 기쁘게 할 수 있기를 간절히 바라고 그러도록 노력할 거야. 내 역할을 잘 해내고 있다고 느낄 수만 있다면, 그와 동시에 건강을 유지할 수 있다면 난 그럭저럭 행복할 거야. 하지만 가정교사의 일이 내게 얼마나 힘든 일인지는 나만 알지. 내 온 마음과 본성이 이 일을 얼마나 싫어하는지는 나만 아니까. 내가 이 일로 자책한다거나 이 감정을 극복하기 위해 할 수 있는 어떤 것도 하지 않고 있다는 생각은 하지 말아줘. 내게 정말 힘든 일 몇 개는 네 눈에 별거 아닌 것처럼 보이겠지. 나는 아이들이 허물없이 무례하게 구는 걸 밀어내는 게 너무 어려워. 내게 아무리 필요한 거라도 하인이나 여주인에게 요청하는 것도 너무 힘들어. 부엌에 가서 치워달라고 부탁하기보다는 내가 불편을 감수하는 게 정신적으로 덜 힘들어. 나는 바보야. 하느님만 아시겠지만 나도 어쩔 수가 없어.

이제 엘런, 가정교사가 친구들에게 놀러 오라고 하는 게 잘못됐다고 생각하는지 말해줄래? 당연히 여기서 지내라는 뜻은 아니고, 한두 시간 정도만 말하는 거야. 이게 완전히 잘못된 행동이 아니라면 내가 어떻게든 네 얼굴을 볼 수 있게 해줘. 근데 한편으로는 내가 정말 바보 같고 무리한 요구를 하고 있다는 느낌이 드는데, 그래도 로던에서 브래드 퍼드까지는 6킬로미터밖에 안 되니까…. 빈센트 씨는 잘 지내?

아마 올해 너는 어여쁜 얼굴의 우리 친구, 하워스의 부목사가 보낸 연가 한 편을 받았겠지. 나는 집을 떠나기 며칠 전에 귀한 연가 한 편을 받았는데, 우리가 1년 전에 받은 것들을 처리했던 방법보다 더 나은 방법을 알았어. 그 잘난 나리의 성격에 대한 묘책과 계략은 내가 전문이니까. 그는 내가 그를 잘 안다는 걸 알아. 그리고 너는 그가 오랫동안 얼마나 조용하고 공손했는지 상상도 못 할 거야. 내가 그를 비난하는 글을 쓰는 게 아니라는 걸 알아줘. 그럴 일은 절대 없어. 나는 그를 매우 좋아해. 나는 그의 관대하고 솔직한 기질과 다정한 성격을 존경해. 하지만 사랑의 온갖 속임수, 농간, 불성실에 있어서 30여 킬로미터 안에는 그 신사의 상대가 될 만한 자가 없어. 그는 자기가 아는 서른 살 아래의 모든 여자에게 자기가 지독하게 반했다고 설득하려고 해. 할 말이 더 많은데 그거까지 쓸 시간이 없네. 사랑하는 엘런, 잊지 말고 얼른 답장 줘. 안녕.

C 브론테

친애하는 엘런에게

우리는 네가 오겠다고 약속했던 목요일에 오랫동안 애타게 너를 기다렸어. 나는 창밖을 내다보느라 눈이 정말 피곤했어. 단안경을 손에 쥔 채로, 때로는 안경을 코에 얹은 채였지. 그렇지만 네 잘못은 아니야. 나는 네가 언리에 가길 잘했다고 생각하고, 우리가 겪은 실망에 관해서는 그저 다들 인생의 어느 시점에 겪어야 하는 실망을 겪은 셈이지. 근데 지금은 너에게 말하려 했던 수백 가지를 잊어버려서 해줄 수가 없어. 이 집에서 계획 하나가 부화 중이고, 에밀리와 나는 너와 의논하고 싶었어. 이 계획은 아직 시작 단계라서 껍질 틈으로도 엿볼 수 없고, 훌륭하고 어엿하게 자란 닭이 될지 아니면 삑삑 울기도 전에 썩어 죽어버릴지는 미래의 신탁이 희미하게만 보여주는 문제야. 사랑하는 넬, 이 모든 은유의 수수께끼에 당황하지 마. 델포이의 신탁 같아 보여도, 평범하고 일상적인 일을 말한 거니까. 난 달걀과 닭에 관한 비유를 들어서 설명한 거야.

요점을 말하자면 아빠와 이모가 우리의, 다시 말해 나와 에밀리, 앤이 학교를 세우는 일*에 관해 조금씩 이야기하고

* 학교를 설립하려던 브론테 자매들의 계획은 단 한 명의 학생도 모집하지 못한 채 1845년 실패로 끝났다.

계셔! 너도 알다시피 내가 그걸 얼마나 바라는지 여러 번 말했잖아. 하지만 그런 모험에 필요한 자본이 어디서 나올지는 전혀 몰랐어. 사실 이모가 돈이 있으시다는 건 알았지만, 이 일에 돈을 빌려주시는 일은 절대 없을 거라고 늘 생각했거든. 하지만 이모가 돈을 빌려주시겠다고 하셨고, 더 정확히 말하면 학생들을 확보하고 이런저런 게 충족되면 돈을 빌려주겠다고 하셨어.

이 말은 꽤 좋게 들리지만, 여전히 이 계획에 찬물을 살짝 끼얹는 문제들을 고려해야 해. 나는 이모가 이런 모험에 150파운드가 넘는 돈을 빌려주실 거라는 기대는 안 하거든. 그리고 품위 있는 (결코 화려하지 않은) 학교를 세우는 게, 그 정도의 자본금만으로 학교를 여는 게 가능할까? 너희 앤 언니가 답을 줄 수 있다는 생각이 들면 언니에게 물어봐줘. 그게 아니라면 그 주제로는 아무 말도 하지 마. 빚지는 건 우리 중 누구도 마음속에 잠시도 받아들일 수 없는 일이라서 말이야. 우리는 작고 소박하게 시작하는 건 상관없으니 확실하고 안전한 기반에서 시작하면 돼.

우리가 학교를 세울 수 있는 장소와 그럴 수 없는 장소를 모조리 짚어보는 동안 나는 벌링턴이나 그 근처를 생각했어. 거기에 잭슨 양의 학교 말고 다른 학교가 있었는지 기억나? 이건 물론 대충 생각해본 거야. 이걸 실행할 수 없는 이유는 수백 가지야. 우리는 거기에 연줄도 없고 지인도 없어. 집에서도 너무 멀어. 하지만 이스트라이딩 지역이 웨스트라이딩 지역보다 사람이 적은 것 같아. 물론 자고로 계획이란 결정하기 전에 조사도 많이 하고 고민도 해야 하는데, 어떤 계획이 됐든 실행까지 시간이 오래 걸릴까 봐 걱정돼. 네가 우리 계획의 일원으로 합류할 정도로 상황이 바뀔 수 있을까? 지금으로서는 이 질문에 답할 방법이 없네.

존경하는 우리 친구 윌리엄 웨이트먼의 이름을 꺼내지 않고 이 편지를 끝낼 수는 없지. 웨이트먼은 여전히 꽤 유쾌하고, 상냥하고, 속 편하고, 사근사근하고, 관대하고, 소탈하고, 교묘하고, 변덕스럽고, 성직자답지 않아. 그는 아그네스 월턴과 계속 편지를 주고받았어. 지난봄에는 애플비에 가서 한 달 넘게 머물렀어. 그 사이에 그는 우리 아빠에게도 편지를 여러 번 썼고, 내가 본 편지에서 그는 월턴 양과 결혼하려는 확고한 계획이 있는 듯했어. 그리고 훈훈한 얼굴, 명랑하고 솔직한 성격, 부단히 갈고닦은 재능으로 월턴 양의 마음을 얻을 수 있다면, 월턴 양이 여기에 만족할 수 있고, 예민한 마음에 대한 자부심과 섬세한 감정을 더 바라지 않는다면, 그는 틀림없이 성공할 거야.

최대한 빨리 답장 써서 로던으로 보내줘. 내 미래의 상황이 확실하고 뚜렷해질 때까지는 지금 일을 계속할 거야. 안녕 사랑하는 엘런.

CB

친애하는 엘런에게

오늘은 토요일 저녁이야. 아이들을 재우고 이제야 앉아서 네 편지에 답장을 쓰려고 해. 나는, 가정부이자 가정교사는, 다시 혼자가 되었어. 화이트 씨 부부가 태드캐스터 근처의 브룩 홀에 있는 덩컴 부인 댁에서 지내고 있기 때문이지. 솔직히 말하면 화이트 씨 부부가 자리를 비운 동안 혼자 지내는 건 내 생활에서 단연코 가장 행복한 부분이긴 해. 아이들도 이제 제법 잘 다루고 있어. 하인들은 매우 조심스럽고 세심하게 나를 대해주고, 화이트 씨 부부의 부재는 항상 편안하고 명랑하고 사람들과 말을 잘 섞는 사람인 척해야 하는 무거운 부담을 덜어줘. 그 사람들의 생각과 감정은 나로선 도무지 이해하기 어렵고, 아마 그들도 내 생각과 감정을 (내가 그것들을 거리낌 없이 내보인다면) 이해하기 어려울 거라 생각해.

마사 테일러는 큰 기회를 누릴 듯하고, 메리도 마찬가지야. 넌 놀라겠지만 메리는 자기 오빠인 존과 함께 바로 유럽으로 돌아갈 거래. 근데 거기서 계속 지내려는 게 아니라 한 달 동안 여행과 휴양을 즐기러 가는 거야. 그렇게 돼서 다행이야. 여태까지 마사가 자기 언니보다 먼저 기회를 누렸던 건 좀 그랬잖아. 나는 메리가 보낸 장문의 편지와 브뤼셀에서 샀다는 멋진 검은색 실크 스카프와 아름다운 양가죽 장

갑이 들어 있는 선물 꾸러미를 받았어. 물론 선물을 받고 어떤 의미에서는 기뻤어. 그들이 아주 멀리 떨어진, 유럽에서 가장 화려한 수도의 자극적인 것들에 둘러싸인 가운데 나를 생각해줬다는 게 기뻤지만, 그걸 받으려니 맘이 불편했어. 메리와 마사는 용돈이 넉넉하지 않았을 거야. 조금 저렴한 걸로 마음을 표현했다면 좋았을 텐데 말이야.

메리의 편지에는 메리가 본 그림과 대성당, 더할 나위 없이 정교한 그림들과 유서 깊은 대성당의 이야기가 적혀 있었어. 메리의 편지를 읽는 동안 목 안에 차오른 게 무엇인지 잘 모르겠어. 속박과 한결같은 일을 견딜 수 없다는 격렬한 마음인지, 부富가 달아줄 날개를 갖고 싶다는 강렬한 소망인지, 보고 깨닫고 배우고픈 절실한 갈증인지 모르겠네. 내면의 무언가가 잠시 뚜렷하게 부푸는 것 같았어. 써 보지 못한 능력들을 자각하자 괴로웠고, 그러고는 모든 것이 무너졌고 나는 절망했어.

사랑하는 넬, 나는 너 말고 누구에게도 그런 고백을 안 할 거고, 너에게 '말'보다는 편지로 고백할래. 이 반항적이고 터무니없는 감정은 찰나에 불과했어. 5분 안에 진정시켰거든. 그 감정이 다시 살아나는 일이 없었으면 하는데, 그건 정말 고통스러웠어. 너에게 말했던 계획은 그 이상의 진척이 없었고, 지금 봐서는 앞으로도 그럴 것 같아. 하지만 나와 에밀리, 앤은 그 계획을 계속 마음에 두고 있어. 그 계획은 우리의 북극성이고, 우리는 우리를 낙담하게 하는 모든 상황 속에서 그 북극성에 기대고 있어. 넌 내 어조 때문에 내가 불행하다고 생각할 수도 있을 것 같은데, 전혀 아니야.

오히려 내가 있는 곳이 가정교사에게 좋은 곳이라는 걸 알고 있어. 가끔 낙담하고 괴로워하는 건 내 직업에 대한 타고난 재능이 없다는 확신이 들 때야. 가르치는 일만 한다면 수월했겠지만, 다른 사람 집에서 살고, 내 실제 성격과 거리를 두고, 겉으로 차갑고 쌀쌀맞고 무관심한 태도를 유지하는 게 너무 힘들어.

네가 헨리와 함께 서식스에 갔다니 잘됐다. 우리의 실망은 쓰라렸지만, 이제 다 지나갔고, 너에게도 변화가 생겨서 좋아. 당분간은 우리가 학교를 세우려고 한다는 걸 아무에게도 말하지 말아줘. 아직 실행에 옮기지 않은 계획은 언제 어떻게 될지 모르니 말이야. 사랑하는 넬, 편지 좀 자주 보내줘. 너도 알잖아. 네 편지가 소중하다는 거. 너희 형제자매들에게 안부 전해주고, 이만 줄일게.

(네가 나를 부르기로 한 대로) 너의 사랑스러운 아이 CB

나는 건강히 잘 지내는데, 한 가지 마음속에 아리는 느낌이 있어. (안 하려고 했지만, 이야기를 꺼내야겠어) 앤에 관한 이야기야. 앤은 견뎌야 할 게 너무 많아. 나보다도 훨씬, 훨씬 더 많아. 앤을 생각할 때면, 늘 앤이 고통을 견디며 핍박받는 이방인이라는 생각이 들어.* 네가 상상만으로는 표현할 수 없는 수준으로 지독하게 무례하고, 거만하고, 포악한 사람들 사이에 놓인 채로 말이야. 나는 앤의 본성에 감춰

---

* 앤은 1840년부터 약 5년 동안 에드먼드 로빈슨 목사의 저택 소프 그린 홀에서 가정교사로 일했다.

진 감수성을 알아. 앤이 마음에 상처를 입었을 때 내가 곁에 머물면서 연고를 발라줄 수 있다면 좋겠어. 앤은 나보다 더 외롭고, 친구를 사귀는 능력도 부족해. 이 이야기는 여기까지만 할게.

엘리자베스 브랜웰에게, 1841년 9월 29일 로던, 어퍼우드 하우스

이모께

울러 양에게 제안*을 받아들이겠다는 편지를 보낸 뒤로 아직 아무 연락도 받지 못했어요. 계약하는 데 예상치 못한 문제가 발생한 게 아니라면 이렇게까지 답이 없는 이유를 모르겠네요. 그동안 화이트 씨 부부와 다른 사람들이 계획 하나를 제안해줬는데, 지금 이모께 알려드리려고요. 제 친구들은 계속 잘되고 싶다면, 개교를 여섯 달 뒤로 미루고, 그사이에 어떻게든 유럽 대륙에 있는 학교에 다니기를 권했어요. 친구들이 말하기를, 영국에는 학교가 너무 많고 경쟁도 치열해서 우위를 점할 구체적인 대책이 없으면 매우 힘든 싸움이 될 거고, 실패할 수도 있대요. 그리고 이모께서 저희에게 친절하게 빌려주신 100파운드가 지금 당장 다 필요하진 않을 거래요. 왜냐하면 울러 양이 저희에게 가구를 빌려주기로 했거든요. 그리고 그 투자로 성공적인 결과를 내려면 적어도 그 돈의 절반을 제가 말씀드린 대로 사용해야 하고, 그래야 원리금 전액을 더 빨리 돌려드릴 수 있을 거예요.

저는 프랑스나 파리로는 가지 않으려고요. 벨기에 브뤼셀로 갈 생각이에요. 브뤼셀까지 가는 데 드는 비용은 제

* 마거릿 울러는 샬럿에게 듀스베리 무어 소재의 힐드 하우스 스쿨의 인수를 제안했다.

일 비싸면 5파운드일 거예요. 브뤼셀에서 드는 생활비는 영국에서 드는 생활비의 절반이 조금 넘고, 교육 시설은 유럽의 다른 어느 곳과 비교해봐도 비슷한 수준이거나 그 이상이에요. 저는 반년 안에 프랑스어에 익숙해질 수 있을 거예요. 이탈리아어 실력도 확 늘 거고, 조금이지만 독일어도 배울 수 있을 거고요. 제 건강이 지금만큼 계속 좋다면 말이에요. 마사 테일러는 지금 브뤼셀의 일류 학교에서 지내고 있어요. 저는 마사가 있는 샤토 드 코클베르에 갈 생각은 없어요. 학비가 어마어마하거든요. 그래도 제가 마사에게 편지를 보내면 마사가 영국 영사 부인인 젱킨스 부인의 도움을 받아 저렴하고 괜찮은 거처와 훌륭한 보호를 받을 수 있는 환경을 마련해줄 수 있을 거예요. 마사를 자주 만날 수 있어서 마사가 브뤼셀에 대해 잘 알려줄 거고요. 그리고 마사의 사촌들이 도와주면 시간이 지나고 제가 지금껏 알고 지낸 것보다 더 발전적이고, 세련되고, 교양 있는 인맥을 쌓게 될 거예요.

이런 이점들은 저희가 학교를 열었을 때 어마어마한 가치가 될 거예요. 만약 에밀리가 저와 단 반년이라도 그 유익을 함께 경험할 수 있다면 훗날 저희는 지금 결코 도달할 수 없는 세계에 발을 디딜 수 있을 거예요. 앤이 아니라 에밀리를 말씀드리는 이유는 저희 학교가 괜찮으면 나중에 앤에게도 기회가 올 수 있기 때문이에요. 이 글을 쓰면서 제 말이 타당하다는 걸 이모께서 이해해주시리라고 생각해요. 이모께서는 늘 돈을 최대한 효율적으로 쓰는 걸 좋아하시고, 질이 좋지 않은 물건을 사들이는 건 좋아하지 않으시잖아요. 그리고 베푸실 때는 기품 있게 베푸실 때가 많으시고요. 그리고 50파운드나 100파운드를 이렇게 쓰면 잘 쓰는 걸 거라고 확신해요. 물론 저는 이 주제에 관해 도움을 구할 친구가 이모 말고는 없어요. 저는 이런 기회가 저희에게 허락된다면 저희의 인생에 큰 전환점이 될 거라는 확고한 신념이 있어요. 아빠는 이게 야망만 넘치는 무모한 계획이라고 생각하시겠지만, 야망 없이 성공하는 사람이 어디 있겠어요? 아일랜드를 떠나 케임브리지대학교에 가셨을 때의 아빠는 지금의 저처럼 야망이 넘치는 사람이셨어요. 저는 우리 모두 계속 나아갔으면 좋겠어요. 저는 저희가 재능이 있다는 걸 알고, 그 재능을 제대로 활용하고 싶어요. 이모, 저희를 도와주시면 좋겠어요. 이모께서 거절하시진 않으시겠죠. 이모께서 허락하신다면, 제 불찰로 이모께서 친절을 베푼 걸 후회하시는 일은 없을 거예요. 모두에게 안부 전해주시고, 이모께서도 건강 잘 챙기시고요. 사랑하는 이모, 이만 줄입니다.

　이모의 다정한 조카
　C. 브론테 드림

엘런에게

요즘은 외국에 있는 친구들에게 편지 대신 백지를 보내는 게 유행이네.

나는 한두 주 전에 스물여섯 살이 되었고, 인생의 무르익은 이 시절에 학생, 완전한 학생이 되었고, 이 역할은 전반적으로 아주 만족스러워. 처음에는 권위를 행사하는 대신 권위에 따르고, 명령을 내리는 대신 복종하는 게 무척 낯설었지만, 그런 상황이 마음에 들어. 나는 오랫동안 건초만 뜯으며 지냈던 소가 신선한 잔디밭에 다시 찾아온 것 같은 열정을 품고 여기에 돌아왔어. 내 비유를 보고 비웃지 마. 나는 복종하는 건 자연스러운데, 명령하는 건 너무 부자연스러워.

여기는 통학생이 마흔 명 정도, 기숙사생이 열두 명인 큰 학교야. 교장인 에제 부인은 교양과 성품 면에서 캐서린 울러 양과 정확히 똑같아. 엄격한 면이 살짝 누그러진 것 같은데, 그건 에제 부인이 어떤 일에도, 누구에게도 실망한 적이 없어서 성격이 틀어진 적도 없기 때문이야. 한마디로 말하면, 에제 부인은 미혼이 아니라 기혼이야. 이 학교에는 교사가 세 명 있어. 블랑슈 양, 소피 양, 마리 양이야. 앞의 둘은 성격이 까탈스럽지 않아. 한 명은 아직도 미혼이고 다른 한 명도 그렇게 될 거 같아. 마리 양은 재능 있고 창의성도 풍부하지만, 쌀쌀맞고 제멋대로 굴어서 나와 에밀리를 빼고 학교 전체를 지독한 적으로 돌렸어. 일곱 명이나 되는 남자 선생님들은 프랑스어, 그림, 음악, 노래, 작문, 산수, 독일어 등 다양한 과목을 맡아 가르치고 있어.

이 집에 있는 사람들은 우리와 다른 여자아이 한 명, 부인의 자녀들을 맡아 보는 여자 가정교사를 제외하고 전부 가톨릭 신자야. 영국 여성의 위치는 하녀와 보모 겸 가정교사 사이 어딘가에 있어. 국가와 종교가 다르다는 건 우리와 나머지 모든 이들 사이에 두꺼운 경계선이 그어지는 거야. 우리는 무리의 한가운데서 철저하게 고립되어 있지만, 나는 절대 불행하다고 생각하지 않아. 지금 내 삶은 가정교사의 삶과 비교하면 훨씬 마음에 들고, 내 본성과도 정말 잘 맞아. 쉴 틈 없이 바쁘게 지내니 시간이 너무 빨리 가. 지금까지 에밀리와 나는 둘 다 몸 상태가 좋아서 잘 해낼 수 있었어. 아직 언급하지 않은 사람이 한 명 있는데, 바로 에제 부인의 남편 되는 분인 에제 씨*야. 에제 씨는 수사학 교수고, 이성적으로는 권위적이지만 기질적으로는 툭하면 화를 내고 짜증이 많은 사람이야. 작고 사악하고 못생긴 이 존재는 천의 얼굴을 하고 있어. 때로는 정신 나간 수고양이의 얼굴을 빌려오고, 때로는 미쳐 날뛰는 하이에나의 얼굴을 빌려오지만, 아주 드물게 이런 위험한 매력을 버리고 네가 말하는 점잖고 신사다운 분위기와 크게 다르지 않은 분위기를 보여줘. 지금 에제 씨는 내가 쓴 번역본이 별로 정확하지

---

* 샬럿은 에제 선생을 깊이 연모했으며, 재능이 출중하고, 열정적이며, 신경질적인 에제 씨의 성격을 바탕으로 『빌레트』의 등장인물인 폴 에마뉘엘을 만들었다.

않다고 낙인을 찍고는 화가 잔뜩 나 있어. 실제로는 번역본이 정확하지 않아서가 아니라 에제 씨가 그 글을 읽을 때 기분이 나빠서였는데 말이야. 에제 씨는 나에게 그래서 그런 거라고 말하지는 않았지만, 내 책의 여백에 비난을 적고, 어째서 내 작문이 내 번역보다 항상 더 나을 수 있는 건지 간결하고 단호하게 물었고, 그게 자기로서는 도무지 이해가 안 된다고 덧붙였어. 사실은 몇 주 전에 에제 씨가 허세를 부리면서 제일 어려운 영어 작문을 프랑스어로 번역할 때 사전이나 문법책을 사용하는 걸 금지했어. 그래서 번역이 꽤 고된 일이 되었고 가끔은 영어 단어를 넣을 수밖에 없었는데, 에제 씨는 그걸 보고 눈이 튀어나오려 했어.

에밀리와 에제 씨는 맘이 하나도 안 맞아. 에제 씨가 나에게 아주 모질게 굴 때면 나는 울어버리고, 그러면 모든 상황이 끝나.

에밀리는 일을 열심히 하고, 내가 실제로 겪은 것보다 훨씬 더 큰 어려움을 이겨내야 했어. 배움을 위해 프랑스 학교를 찾는 사람들은 프랑스어에 대한 상당한 지식을 미리 쌓아둬야 해. 안 그러면 시간을 엄청나게 낭비할 거야. 교육 과정은 외국인이 아니라 내국인에게 맞춰져 있고, 이렇게 큰 학교들은 한두 명의 이방인만을 위해 정규 과정을 바꾸지 않기 때문이지. 에제 씨가 우리에게 제공하겠다고 한 몇몇 개인 교습은 큰 호의로 보일 거고, 그게 이미 학교에서 엄청난 시샘과 반감을 불러일으켰다는 것을 알 수 있어.

아마 너는 이 편지가 짧다고 한마디 할 텐데, 너에게 말하고 싶은 게 잔뜩 있지만 시간이 없어. 나한테 답장을 쓰고, 기독교적 사랑을 마음속에 소중히 간직해! 브뤼셀은 아름다운 도시야. 벨기에인은 영국인을 싫어하고, 겉으로 보이는 벨기에인의 도덕성은 우리보다 엄격해. 가슴 윗부분에 손수건을 두르지 않고 코르셋을 차는 건 예의가 없고 불쾌하다고 생각해. 머시와 어머니께 안부 전해주고, 사랑하는 엘런, 이만 줄일게.

바다가 갈라놓은
C 브론테

엘런에게

네가 내게 다시 편지를 쓸 뜻이 없나보다고 진지하게 생각하고 있었는데, 그래도 우리 비난은 하지 말자. 편지 보내줘서 고마워.

내가 9월에 집에 돌아갈지는 모르겠어. 에제 부인이 에밀리와 나에게 반년 더 머물라고 제안하면서, 지금 있는 영어 교사를 해고한 다음, 나를 영어 교사로 쓰고 에밀리에게도 매일 일정 시간 학생 몇몇에게 음악을 가르치는 일을 맡기겠다고 했어. 이 일을 하게 되면 우리는 프랑스어와 독일어를 계속 공부할 수 있고, 식사도 무상으로 제공될 거야. 근데 급여는 없어. 이 제안은 친절하지만, 브뤼셀처럼 거대하고 이기적인 도시와 아흔 명에 가까운 학생(기숙사생과 통학생을 포함)이 있는 거대하고 이기적인 학교에 있다는 것만으로도 관심을 불러일으킬 거고, 또 그만큼 감사해야 한다는 분위기가 은연중에 있어. 이 제안을 받아들이는 쪽으로 맘이 기우는데, 네 생각은 어때?

네 편지에 마음이 불편해졌어. 그 편지 대부분이 얼마나 중요한지는 거의 감만 잡는 정도지만, 그 정도 내용만으로도 속속들이 알고 싶어졌으니까 네가 빨리 다시 편지를 써서 모든 걸 설명해줬으면 해.

나는 가끔은 영국에 있었으면 좋겠다 싶고, 잠깐씩 향수

병을 앓는다는 사실을 인정할게. 그래도 대체로 지금까지는 마음을 아주 단단히 먹고 있고, 내가 좋아하는 일에 늘 깊이 몰두하고 있어서 그런지 브뤼셀에서 행복한 시간을 보내고 있어. 에밀리는 프랑스어, 독일어, 음악, 그림 실력이 빠르게 늘고 있어. 에제 씨 내외는 에밀리의 특이함 속에 있는 소중한 면을 알아보기 시작했어.

벨기에인의 국민성을 이 학교에 다니는 소녀들의 성격으로 평가한다면 매우 차갑고, 이기적이고, 동물적이고, 열등해. 게다가 벨기에인은 매우 반항적이어서 교사들이 감당하기 어려워. 벨기에인의 원칙은 뼛속까지 썩었어. 우리는 그 원칙들을 피해 가는데, 어려운 일은 아니야. 우리에게는 프로테스탄트 주의와 영국적 사고방식이 새겨져 있기 때문이지.

사람들은 개신교인들이 가톨릭 국가에 거주하러 갔다가 자신의 신앙을 바꿀 기회를 마주할 때 겪는 위험에 관해 이야기해. 가톨릭으로 개종할 수만 있다면 뭐든 하고 싶어 하는 모든 개신교도에게 해줄 조언은 바다 위를 건너 유럽 대륙으로 넘어가서, 한동안 정성을 다해 미사에 참석하고, 그 미사의 빈껍데기 같은 의식과 모든 사제들의 돈만 바라는 멍청한 모습을 잘 기록하라는 거야. 그런 다음 로마 가톨릭 교리를 아주 모자라고 유치한 헛소리로 보는 게 아닌 다른 관점에서 봐도 계속 가톨릭으로 개종하고 싶으면 당장 가톨릭 신자가 되라고 해. 그게 다야. 나는 감리교와 퀘이커교, 고교회파와 저교회파 극단주의가 바보 같다고 생각하지만, 로마 가톨릭은 못 이기지.

이와 동시에 성경을 봉인한 책으로* 여기지만 수많은 개신교도보다 훨씬 더 선한 가톨릭 신자들도 있다는 걸 말해둘게.

너희 어머니와 머시에게 안부 전해주고, 이만 줄일게. 육신으로는 떠나 있을 때도 가끔 심령으로 있을,

CB

---

* 『이사야』 29장 11절에서 '봉인한 책'은 성경을 제대로 이해하지 못하는 영적 무지의 상태를 의미한다.

친애하는 엘런에게

네 편지가 도착했을 때는 내가 아직 영국에 돌아오지 않았었어. 이모가 편찮으시다는 연락을 처음 받은 건 11월 2일 수요일이야. 우리는 당장 집에 돌아가기로 했지. 다음 날 아침, 두 번째 편지가 이모가 세상을 떠나셨다는 걸 알려줬어. 우리는 주일에 앤트워프에서 배를 타고 밤낮으로 이동해서 화요일 아침에 집에 왔어. 물론 장례식까지 모든 게 끝나 있었지. 우리는 이모를 더 이상 볼 수 없어. 아빠는 꽤 건강하셔. 우리는 집에서 앤을 만났고, 앤도 꽤 건강해. 넌 내 편지를 오랫동안 받지 못했다고 말하는데 나는 3주 전에 너에게 편지를 보냈어. 네가 이 편지에 답장을 보내면 더 자세히 써줄게. 나는 마사 테일러가 세상을 떠나기 전날까지도 마사가 아팠다는 걸 몰랐어. 나는 마사가 위험한 상태였다는 걸 몰랐다가 다음 날 아침에 코클베르로 급히 달려갔고, 다 끝났다고, 마사가 지난밤에 세상을 떠났다는 이야기를 들었어. 메리는 브뤼셀로 보내졌어. 그 뒤로 메리를 자주 만났어. 메리는 그 일로 인해 조금도 무너지지 않았어. 하지만 마사가 앓는 동안 메리는 마사에게 어머니 이상, 자매 이상의 존재가 되어 아주 다정하고, 아주 끈기 있게 마사를 지켜보고 간호하고 돌봤어. 메리는 이제 차분하고 진지해 보여. 격한 감정을 터뜨리지도 않고 괴로움을 부풀리는 일도 없어. 나는 마사의 묘를 보고 왔어. 마사의 유해가 묻힌 타국의 그곳을 말이야. 이제 이모, 마사 테일러, 웨이트먼 씨가 다 떠나버렸네. 모든 게 참 서글프고 공허한 것 같아. 웨이트먼 씨의 병명은 마사와 똑같았어. 웨이트먼 씨도 같은 기간을 아팠고, 같은 방식으로 세상을 떠났지. 이모의 병명은 내부 폐색이었어. 이모도 2주 동안 아프셨어.

안녕, 사랑하는 엘런.

네게

내가 지난번에 보낸 짧은 편지를 받았는지 모르겠지만, 너에게 다른 편지를 보낼 기회가 생기면 그 기회를 잡을게. 물론 난 이제 안정적으로 자리를 잡았어. 일이 과도하게 많지도 않고, 영어를 가르치는 것 말고 독일어 실력을 늘릴 시간도 있어. 나는 잘 지낸다고 생각해야 하고, 나에게 주어진 행운에 감사해야겠지. 감사하는 마음이 들면 좋겠어. 만약 내가 항상 좋은 기분으로 있고, 동료애든 우정이든 뭐라고 부르든 그걸 그리워하거나 갈망하지 않는다면 나는 아주 잘 지낼 거야. 전에 말했듯이 에제 씨 내외는 이 집에서 내가 정말 호감을 느끼고 존경하는 사람들이야. 물론 내가 항상 그 부부와 함께 있을 수는 없고 자주 그러지도 못해. 내가 처음 돌아왔을 때 그들은 나한테 자기네 응접실을 내 응접실이라고 생각하고, 내가 교실에 바쁜 일이 없을 때마다 거기에 머물라고 했어. 그렇지만 그럴 수가 없어. 그곳은 낮에는 개방되어서 음악 선생님들이 끊임없이 드나들고, 저녁에는 에제 씨 부부와 아이들이 그곳에서 시간을 보내는데, 나는 그 시간을 방해할 생각이 없고, 그러지도 않을 거야. 그래서 나는 수업 외의 시간에 대부분 혼자 보내지만, 아무 문제 없어.

나는 이제 정기적으로 에제 씨와 셔펠 씨에게 영어를 가르치게 됐어(에제 씨의 첫째 부인은 셔펠 씨의 현 부인과 자매였어). 그들은 놀라운 속도로 성장하고 있어. 특히 에제 씨가 그래. 이미 에제 씨는 영어를 제법 말하기 시작했어. 영국인처럼 발음할 수 있게 가르치려는 내 노력과 그걸 따라 하려는 그들의 부질없는 시도를 보고 들었다면 너는 한없이 웃었을 거야.

카니발은 막 끝났고 사순절의 암흑과 금욕이 시작됐어. 사순절 첫날 우리는 아침으로 우유를 넣지 않은 커피를 마셨고, 점심에는 식초를 뿌린 채소와 소금에 절인 생선 조금, 저녁에는 빵을 먹었어. 카니발은 그저 가면극과 요란한 종교의식에 불과했어. 에제 씨는 나와 학생 한 명을 시내에 데려가서 가면들을 구경하게 해줬어. 엄청난 인파와 모두가 즐기는 축제 분위기에 활력을 느꼈지만, 가면들은 별거 없었어.

딕슨 씨 댁에 몇 번 가봤는데 매우 친절하게 대해주셨어. 아마 이 편지는 톰 씨가 보내줄 거야. 딕슨 양은 확실히 우아하고 기량이 뛰어난 사람이야. 딕슨 양에 대한 내 의견은 영원히 변함없어. 딕슨 양이 브뤼셀을 떠나면 나는 갈 데가 없을 거야. 그녀와 어울리는 시간이 사라지면 아쉬울 거야.

메리 워커가 결혼할 예정이고 조 테일러 씨가 몸이 매우 좋지 않다는 소식을 들었어. 테일러 씨에게 무슨 일 있어?

메리 테일러한테 편지 두 통을 받았어. 메리는 아팠다는 말도 하지 않고 불평도 하지 않지만, 메리의 편지는 아주 행복한 사람의 편지가 아니야. 메리에게는 나에게 에제 씨가 그런 것처럼 잘 대해주고, 책을 빌려주고, 가끔 대화를 나눌 사람이 아무도 없어.

머시와 너희 어머니께 안부 전해주고, 어떤 기회와 변화가 있었는지도 알려줘. 또 조지 앨버트 부인을 만나면 안부 전해줘.

마음 같아서는 더 쓰고 싶지만, 그러면 끝이 없을 것 같아 이만 줄여야겠어. 안녕, 사랑하는 넬. 내가 이렇게 말해도 너는 내 말을 거의 듣지 못할 거 같아. 우리 사이에서 굽이치며 울부짖는 영국해협의 모든 파도에 묻혀 이 소리는 들리지 않을 거야.

아-안-녀-엉.

C B

B에게

네가 나에게 편지를 썼다고 들었어. 근데 그 편지를 평소처럼 받지 못한 게 엄청 아쉽네. 네 소식을 정말 듣고 싶었는데 말이야. 주소도 정확하게 쓰고 영국 우편 요금 1실링 6펜스도 낸 거 맞지? 그걸 안 내면 편지는 절대 가지 않아. 이틀 전에 아빠가 연락을 주셨어. 집에서는 다들 꽤 잘 지내고 있는 거 같네. 그저 에밀리가 너무 혼자서만 지내는 게 마음이 아프지만, 어쨌든 너랑 앤이 조만간 휴일을 보내러 돌아오니 잠시라도 집에 활기가 돌겠지. 너는 몸이나 기분이 좀 좋아졌어? 앤은 계속 좋은 상태고? 아빠가 널 보고 오셨다고 들었는데, 아빠는 기운이 좀 있고 괜찮아 보이셨어? 나한테 편지를 보낼 때 이 질문들에 답 좀 해줘. 알고 싶으니까. 그리고 네 학생이랑 그 가족들과도 어떻게 지내는지 자세히 알려줘. 네가 잘 지내고 있고 평판이 좋다는 이야기를 대강 들었는데, 그래도 자세히 듣고 싶어.

나야 뭐 늘 그렇듯 아주 건강하고 그럭저럭 지내지만, 인간을 극도로 혐오하고 뚱한 사람이 되어가는 걸 느껴. 너는 이게 새로운 소식이라고 할 것도 아니고, 나에게 박애주의와 감상주의라는 정반대되는 특성이 있는 줄은 전혀 몰랐다고 말하겠지. 그건 그래.* (번역하면 그건 사실이라는 뜻이야) 하지만 사실 여기 있는 사람들은 정말 도움이 안 돼.

이 집에 매일 같이 보이는 백이십 명 중에서 내가 존경할 만한 사람은 한두 명뿐이야. 내가 어리석게 까탈을 부리는 게 아니고, 그들에게 괜찮은 자질이 없어서 그래. 그들은 지적이거나 정중하거나 마음씨가 곱지도 않고 호감이 가지도 않아. 그들은 아무 존재도 아니야. 나는 그들을 미워하지 않아. 미움조차도 너무 따뜻한 감정이거든. 그들은 아무 감정도 없고 어떤 것에도 자극받지 않아. 하지만 한 사람만은 아무것도 신경 쓰지 않고, 아무것도 두려워하지 않고, 아무것도 좋아하지 않고, 아무것도 미워하지 않고, 아무것도 아닌 존재가 되고, 아무것도 하지 않으며 하루하루를 보내는 게 지겹네. 그래, 나는 그들을 가르치다가 그들의 멍청함을 참지 못하고 얼굴이 빨개질 때가 있어. 하지만 꾸짖거나 큰 소리로 화낸 적은 없어. 내가 따뜻하게, 내가 로 헤드에서 종종 그랬던 것만큼 따뜻하게 말하면, 그들은 내가 미쳤다고 생각할 거야. 여기서는 심하게 화내는 사람이 아무도 없어. 그런 일은 들어본 적이 없어. 그들의 피를 탁하게 만드는 무감각이라는 점액은 너무 끈적거려서 끓어오르는 일이 없어. 그들은 서로의 관계에 있어서 매우 기만적이지만, 다투는 일이 거의 없고, 그들에게 우정이란 생소하고 어리석은 것이야. 겁은 백조 에제 씨는 이 규칙의 진짜 유일한 예외야(부인의 경우 항상 침착하고, 항상 이성적인 건 예외가 아닌 일상이야). 하지만 지금 나는 학생이 아니라 에제 씨와 별로 대화를 나누지 않아. 에제 씨와는 거의 접점이 없지.

*　　das ist wahr. 원문은 독일어이다.

가끔 에제 씨는 나에게 책을 한 아름 안겨주며 친절한 마음을 보여주셨고, 그래서 나는 내가 누리는 모든 기쁨과 즐거움에 대해 에제 씨에게 여전히 마음의 빚을 지고 있어.

동료애를 찾아볼 수 없다는 걸 빼면 불평할 건 없어. 할 일이 엄청 많지도 않고, 충분한 자유를 누릴 수 있고, 방해받는 일도 거의 없어. 맘 편히, 변화 없이, 조용하게 지내고 있는데, 시지윅 부인을 생각하면 여기에 매우 감사해야지.

빨리 나에게 편지를 쓰고, 앤에게는 그 편지에 짧은 편지를 같이 넣어 달라고 해줘. 내게 이런 친절을 베푸는 건 진정한 사랑일 거야. 생각할 수 있는 뭐든 말해줘.

별나고 형이상학적인 사실을 말하자면, 나는 저녁에 넓은 기숙사에 혼자 있을 때, 하얀색 커튼이 달린 침대 몇 개 말고는 다른 동료가 없을 때면, 그 어느 때보다 강박적으로 오래된 생각, 그리운 얼굴들, 저 아래 세상*에 있는 옛 풍경들이 떠올라.

앤에게 안부 전해주고,

이만 줄일게.

앤에게

나에게 편지 보내줘

너의 다정한 언니**

CB

---

*　샬럿과 브랜웰이 만든 상상의 세계인 앵그리아.

**　Schwester. 원문은 독일어이다.

방금 에제 씨가 들어와서 작은 독일어 성서를 선물로 주
셨어. 좀 뜻밖인데, 에제 씨는 며칠 동안 나에게 거의 말을
걸지 않았거든.

E. J.에게

너에게 편지를 쓸 기회가 또 한 번 생겼으니 이 기회를 잡아 몇 줄 휘갈겨 볼게. 이제 휴일이 절반 이상 지나갔고, 생각했던 것보다 꽤 나아졌어. 지난 두 주는 날씨가 정말 맑았고, 이번에는 작년 이맘때처럼 미친 듯이 덥지 않았어. 그래서 나는 이곳저곳 다니며 브뤼셀 거리에 더 익숙해지려고 했어. 이번 주에는 파리에서 돌아온 블랑슈 양 말고는 교사가 없어서 식사 시간을 제외하곤 늘 나 혼자였는데, 블랑슈 양의 성격이 너무 기만적이고, 너무 비열해서 그녀와 어울리지를 못하겠어. 그녀는 내가 질색하는 걸 알고 지금은 나에게 절대 말을 걸지 않아. 참 다행이지.

하지만 여기에서 말 걸어줄 사람 하나 없이 항상 혼자 지내다 보면 심하게 우울해져서 가끔은 밖에 나가 브뤼셀의 큰길을 몇 시간씩 이리저리 돌아다녀. 어제는 묘지*에 들러 인사를 하고 그 너머의 언덕까지 올라갔는데 저 멀리 지평선까지 들판만 펼쳐져 있었어. 돌아왔을 땐 이미 저녁이었어. 하지만 나는 좋아하는 게 하나 없는 그 집으로 돌아가기가 싫어서 이자벨 거리 근처의 골목을 요리조리 돌면서 집에 돌아가는 상황을 계속 피했어. 어느 순간 나는 성녀 구

---

* 마사 테일러가 묻힌 개신교 묘지.

둘라 맞은편에 있었고, 종소리가, 너도 그 소리를 알겠지만, 저녁 경배를 알리며 울리기 시작했어. 나는 혼자 들어가서 (너는 이 행동이 나답지 않다고 말하겠지만) 노파 몇 명이 기도를 드리고 있는 통로를 저녁 미사가 시작될 때까지 돌아다녔고, 미사가 끝날 때까지 거기에 있었어. 그랬는데도 나는 성당을 떠날 수 없었고, 억지로 집으로, 엄밀히 말하면 학교로 갈 수도 없었어. 문득 엉뚱한 생각이 떠올랐어. 대성당의 외진 구역에는 예닐곱 명이 고해소 옆에 무릎을 꿇고 있었어. 고해소 안에는 신부님 한 분이 계셨고. 나는 정말 나쁜 행동이 아니라면, 내 삶을 변화시키고 한순간의 흥미를 불러일으키는 데 도움이 된다면, 무엇을 해도 상관없을 것 같았어. 나는 가톨릭 신자로 둔갑해서 참된 고해를 하고, 참된 고해가 무엇인지 알아봐야겠다고 생각했어.* 너는 날 잘 아니까 이게 이상하다고 생각하겠지만, 사람이란 혼자 있을 때 별난 공상을 하잖아. 고해자는 고해하느라 정신이 없었어. 고해자들은 신도석이나 신부님이 계시는 회랑에 들어가지 않고, 계단에 무릎을 꿇고 창살 너머에서 고해성사를 봐. 고해신부와 고해자 모두 아주 낮은 목소리로 속삭여서 목소리가 거의 들리지 않아. 고해자 두세 명이 갔다가 돌아오는 걸 지켜본 후에 나도 다가가서 막 자리가 난 곳에 무릎을 꿇었어. 거기에서도 10분 동안 무릎을 꿇고 기다려야 했는데, 반대편에 내가 보지 못한 또 다른 고해자가 있었더라고. 마침내 그 고해자가 떠났고, 창살 안쪽의 작은 나

---

* 샬럿은 이 경험을 바탕으로 『빌레트』 15장에서 루시 스노우의 고해성사 장면을 묘사했다.

무문이 열렸고, 신부님이 나를 향해 귀를 기울이고 있는 모습이 보였어. 나는 고해를 해야 했지만, 그들이 어떻게 고해를 시작하는지 하나도 아는 게 없었어. 웃기는 상황이지. 나는 한밤중에 홀로 템스강에 있었을 때와 똑같은 기분이 들었어. 나는 외국인이고 개신교 신자로 자랐다고 말하면서 시작했어. 그러자 신부님이 나에게 개신교인이냐고 물어보셨어. 뭔가 거짓말을 할 수가 없어서 "네"라고 말했지. 신부님은 그렇다면 "고해성사의 특권을 누릴 수 없다"라고 하셨어. 그래도 나는 고해성사를 하기로 결심했고, 결국 신부님은 그게 참된 교회로 돌아오는 첫 번째 단계일 수 있으니 허락하겠다고 했어. 나는 정말로 고해성사를 했어. 진짜 고해성사 말이야. 내가 다 끝낸 후 신부님은 자기 주소를 알려주셨고, 내가 매일 아침 공원 거리에 있는 그의 집에 와야 한다고 했고, 나를 논리적으로 설득해서 개신교도가 되는 게 잘못되고 극악무도한 행위라는 걸 깨우치게 해줄 거라고 말했어!!! 나는 꼭 가겠다고 굳게 약속했어. 물론 모험은 거기까지고, 두 번 다시 그 신부님을 만나는 일이 없기를 바라. 이건 아빠에게 말하지 않는 게 좋을 것 같아. 아빠는 그게 그저 희한한 일이었다는 걸 이해하지 못하실 거고, 아마 내가 가톨릭으로 개종할 거라고 생각하실 거야. 너와 아빠, 태비와 다른 목사님들도 잘 지낼 거라 믿고, 네가 바로 편지를 보내주길 바라며, 이만 줄일게.

    C. B.

엘런에게

지난번 편지를 받고 기뻤지만, 편지를 읽고 나서 그 내용에 마음이 아팠어. 너희 언니가 세상을 떠난 지 얼마 되지도 않았는데, 멀리 떨어진 카운티에 있는 너에게 너희 오빠가 심하게 아프니 돌아오라는 소식이 들려오고, 네가 집에 돌아온 후에 너희 앤 언니까지 병에 걸렸다고 하니 마음이 너무 안 좋아. 어제 메리 딕슨이 보낸 편지를 보니 앤 언니는 이제 좀 나아졌지만 조지 오빠는 회복될 가망이 없다고 하던데, 그게 정말이야? 조지 오빠와 너를 생각하면 아니길 바라. 조지 오빠를 잃게 되면 너희 어머니와 언니들이 너무 큰 충격을 받을 텐데, 신의 섭리가 그런 불행을 오랫동안 막아주면 좋겠다. 사랑하는 엘런, 얼른 나에게 편지를 써서 브룩로이드의 상황이 어떤지 알려줘. 이 문제를 걱정하지 않을 수가 없어. 너희 가족은 내게 가장 오래되고 다정한 친구잖아. 너희 가족에게 닥친 고난의 시기가 금방 지나갈 거라고 믿어. 이미 오래 겪었어.

메리 테일러는 해야 할 일을 하며 잘 지내고 있어. 종종 메리에게서 소식을 듣거든. 메리와 너의 편지는 몇 안 되는 나의 즐거움 중 하나야. 메리는 나더러 브뤼셀을 떠나 자기에게 오라고 조르지만, 지금은 아무리 그러라는 유혹을 받아도 그렇게 하는 게 옳다고 생각하면 안 돼. 불확실한 것을 위해 확실한 것을 떠나는 건 경솔함의 극치일 테니까 말이야.

그렇기는 해도 내게 브뤼셀은 이제 더없이 쓸쓸한 곳이야. 메리 딕슨이 떠난 이후로 나는 친구가 없었어. 휠라이트 박사님 댁에 친절한 지인들이 좀 있었는데, 지금은 그들도 없어. 그들은 8월 말에 떠났어. 나는 완전히 혼자야. 나는 벨기에인들을 그다지 중요한 존재로 생각할 수가 없어. 에제 부인은 정치적이고, 말주변만 좋고, 이해타산적인 사람이야. 나는 더 이상 에제 부인을 믿지 않아. 많은 사람 속에서 철저히 혼자라는 건 희한한 상황이지. 때로는 이 고독이 나를 심하게 압박해. 최근 어느 날에는 더는 참을 수 없을 것 같아서 에제 부인에게 가서 사직서를 냈어. 에제 부인에게 결정권이 있었다면, 분명 나는 금방 자유의 몸이 되었을 거야. 하지만 다음 날 에제 씨는 내가 격앙된 채로 보냈던 사직서에 관해 듣고, 내가 떠나선 안 된다는 결정을 격하게 말했어. 그때는 에제 씨를 화날 때까지 자극하지 않고는 내 의지를 밀어붙일 방법이 없어서 조금 더 지내기로 약속했어. 그 조금이 얼마나 길어질지는 모르겠네. 무의미한 상태로 영국에 돌아가고 싶지는 않아. 그러기에는 나이를 너무 많이 먹었어. 그래도 학교를 열 만한 괜찮은 기회를 보면 놓치지 않을 거야.

엘런, 나 할 말이 정말 많아. 소소하고 이상하며, 별나고 당혹스러운 많은 이야기를 편지에는 털어놓고 싶지 않은데, 어쩌면 어느 날, 더 정확히 말하면 어느 날 저녁, 우리가 또 한 번 하워스나 브룩로이드에서 벽난로 앞 낮은 철제 펜스에 발을 올려두고 앉아 머리를 말고 있을 때 너에게 말해 줄 수 있겠지.

여기는 아직 불을 피우지 않아서 나는 감기를 심하게 앓았는데, 그거 빼고는 건강해. 조지 딕슨 씨가 이 편지를 영국으로 가져갈 거야. 그는 생긴 것도, 행동하는 것도 훌륭한 청년이야. 그냥 겉만 봐서는 척추가 없어 보이는데 말이야. 여기서 척추는 그의 몸에 있는 지극히 건강한 척추를 말하는 게 아니라, 그의 근성을 뜻해.

안녕, 엘런. 네가 이걸 받을 때쯤에는 조지 오빠가 조속히 기운을 차렸으면 좋겠다. 그는 무척 고통스러워하고 있었잖아. 너희 앤 언니도 잘 지내기를 바라. 어머니와 언니들에게 안부 전해주고, 조지 오빠에게는 행운을 전해주고, 사랑하는 넬, 너 자신에게는 무엇이든 네 마음에 드는 걸로 전해줘.

CB

친애하는 엘런에게

네가 영국 남부에 있다는 소식을 듣고 적잖이 실망했어. 너를 곧 보는 게 내가 집에 돌아왔을 때 가장 즐거운 일이 될 거라고 믿었는데, 지금으로서는 우리의 만남이 무기한으로 미뤄질 것 같네. 다들 내가 집에 돌아왔으니 무엇을 할 계획인지 물어보고, 다들 내가 당장 학교를 열 거라고 기대하는 것 같아. 엘런, 솔직히 그게 바로 내가 하고 싶은 일이야. 나는 무엇보다도 그러고 싶어. 학교를 시작할 돈은 충분하고, 이제는 성공의 가능성을 높여줄 충분한 자격을 갖추면 좋겠어. 하지만 아직도 나는 그 목표에 이르기 위한 발을 내딛지 못하고 있어. 그 목표가 지금 내 손에 닿을 것처럼 보이고, 긴 시간을 그 목표에 도달하려고 노력해왔으면서도 말이야. 넌 이유가 뭐냐고 묻겠지. 그건 우리 아빠 때문이야. 너도 알다시피 우리 아빠가 이제 노년에 접어들고 계시잖아. 그리고 네게 말하려니 마음이 아프지만, 아빠의 시력이 떨어지고 있어. 몇 달 동안 나는 아빠와 떨어져 있으면 안 되겠다고 생각했고, 지금은 내 사심만을 좇으려고 (적어도 브랜윌과 앤이 없는 한) 아빠를 떠나는 게 너무 이기적이라는 생각이 들어. 나는 이 문제에 있어서 하느님의 도우심으로 나 자신을 부인하고 기다리려고 노력할 거야.

브뤼셀을 떠나기 전까지 정말 고통스러웠어. 내가 아무

리 오래 산대도 에제 씨와의 이별로 치러야 했던 대가는 잊지 못할 거야. 충실하고 친절하며 이해관계를 따지지 않는 친구였던 그에게 슬픔을 안겨준 건 나에게 너무 슬픈 일이었어. 헤어질 때 에제 씨는 나에게 교사로서 능력을 갖췄음을 증명하는 일종의 수료증을 줬는데, 그가 교수로 재직 중인 아테네 로열^{Athénée Royal}의 직인이 찍혀 있었어. 에제 씨는 내가 그의 어린 딸 중 한 명을 데려갔으면 했지만, 에제 부인이 좋아하지 않을 거란 걸 아니까 거절했어. 그리고 내 벨기에인 학생들이 내가 떠난다는 소식을 듣고 그렇게까지 아쉬워하는 걸 보고 놀랐어. 그건 그들의 냉정한 성격과는 다른 모습이었어.

엘런, 내가 언제쯤 너를 만날 수 있을까? 나야 당연히 할 말이 많고, 아마 너도 내게 말해줄 게 많겠지. 그렇지만 우리 둘 다 그걸 글로 남기고 싶어 하지 않을 거야. 오랫동안 메리 테일러의 연락이 없어서 좀 걱정되네. 조가 이자벨 거리에 들러서 네가 보낸 편지를 전해주려 했는데 그때는 내가 이미 떠났을 때였어. 조는 그 편지를 다시 영국까지 가져다줬어.

엘런, 내가 느끼는 감정을 너도 느끼는지 모르겠지만, 지금은 내 모든 생각과 감정이 약간의 우정과 애정을 제외하고는 예전과 달라진 것 같을 때가 있어. 내 안의 열정이었던 것이 미적지근해지고 힘을 잃었어. 환상은 거의 품지 않아. 지금 내가 바라는 건 적극적인 노력, 삶에 대한 의지야. 하워스는 아주 쓸쓸하고 조용한, 이 세상에서 멀리 떨어진 곳에 묻힌 곳 같아. 더 이상 내가 어리다는 생각은 안 해. 실제로도 곧 스물여덟 살이 되고, 나도 다른 사람들처럼 일을 하면서 세상의 거친 현실을 씩씩하게 마주해야겠어. 하지만 지금 내가 할 일은 이런 감정을 억누르는 거고, 그러려고 애써볼 거야. 사랑하는 엘런, 얼른 답장 줘.

이만 줄일게.

너에 관한 한 변함없는 친구
C 브론테

1844년 1월 23일

너희 오빠 헨리에게 안부 전해줘. 방금 앤과 브랜웰이 요크로 돌아갔어. 둘 다 일터에서 놀랄 정도로 좋은 평가를 받았어.

선생님께

선생님의 답장을 기다려야 한다는 건 알지만, 휠라이트 부인께서 브뤼셀에 가시는 길에 제 편지를 부쳐주시겠다고 하셔서 이렇게 선생님께 편지를 쓸 좋은 기회를 놓치지 말아야겠다고 생각했습니다.

이제 학기가 거의 마무리되고 방학이 다가오니 다행입니다. 선생님께 좋은 일이니 제가 다 좋네요. 선생님께서 너무 무리하셔서 건강이 조금 상하셨다고 들었거든요. 그래서 선생님의 긴 침묵에 대해 서운한 티를 조금도 내지 않으려 했습니다. 안 그래도 이미 일에 치여 힘드실 선생님께 저까지 부담을 보태기보다는, 차라리 반년 동안 선생님의 소식을 모른 채 지내는 쪽을 택하는 게 나을 것 같았기 때문입니다. 지금은 한창 작문 수업으로 바쁘실 시기일 테고, 조만간 시험을 치른 뒤 성적 발표와 시상이 이어지겠죠. 그러는 내내 선생님께서는 생기 없이 삭막한 교실에서 온종일 진이 빠지도록 설명하고 질문하며 말씀을 계속하시고, 저녁에는 그 지루한 작문을 일일이 읽고 교정하며 거의 다시 쓰다시피 하실 테죠. 아, 선생님! 제가 지난번 편지를 썼을 때는 슬픔으로 가슴이 미어져서 이성을 거의 잃다시피 했는데, 다

---

* 샬럿이 에제 선생에게 쓴 네 통의 편지는 모두 프랑스어로 쓰였다.

시는 그러지 않겠습니다. 제 마음만 앞세우지 않도록 노력할 것이고, 물론 선생님의 편지가 제게는 최고의 기쁨이지만, 선생님께서 마음 편히 편지를 쓰실 여유가 생기실 때까지 차분히 기다리겠습니다. 물론 제가 가끔 짧은 편지를 보낼지도 모릅니다. 선생님께서 그래도 된다고 허락해주셨으니까요. 프랑스어를 다 잊어버리게 될까 봐 너무 걱정입니다. 언젠가는 선생님을 꼭 다시 뵙게 될 거라고 믿기 때문입니다. 그날이 언제일지, 어떤 방식일지는 모르겠지만, 제가 이토록 간절히 바라니 선생님을 다시 뵙게 될 날이 분명 오겠지요. 그날이 왔을 때 선생님 앞에서 입도 떼지 못한 채 침묵만 지키고 싶지는 않습니다. 어렵게 다시 뵙고서 정작 한마디도 드리지 못한다면 너무 속상할 겁니다. 그런 슬픈 상황이 일어나지 않도록 대화체로 쓴 프랑스어 원서를 매일 반쪽씩 열심히 외우고 있는데, 저는 이런 배움의 과정이 참 즐겁습니다, 선생님. 프랑스어를 소리 내 읽고 있으면 마치 선생님과 이야기하고 있는 것 같은 기분이 들기 때문입니다.

최근에 맨체스터에 있는 큰 기숙학교의 수석 교사 자리를 제안받았습니다. 연봉은 100파운드, 그러니까 2,500프랑입니다. 저는 이 제안을 수락할 수 없습니다. 제안을 수락하면 아버지와 떨어져 지내야 하는데, 차마 그럴 수가 없기 때문입니다. 그렇지만 저는 계획 하나를 세웠습니다. (누구나 은둔하며 지내다 보면 머리가 쉴 새 없이 돌아가고, 바쁘게 지내고 싶고, 활동적인 삶에 뛰어들고 싶어지는 법입니다) 저희 목사관 건물은 꽤 큽니다. 조금만 손보면 기숙사생 대여섯 정도는 수용할 수 있을 겁니다. 지체 높은 집안의 아이들을 그 정도 인원만 모을 수 있다면, 그 아이들을 가르치는 데 전념할 생각입니다. 에밀리는 가르치는 일을 그리 좋아하지 않지만, 그래도 집안 살림은 맡아줄 겁니다. 그녀는 다소 내성적이기는 해도 워낙 따뜻한 심성을 지녔기에 아이들의 행복을 위해서라면 무슨 일이든 발 벗고 나설 겁니다. 그녀는 속도 매우 깊습니다. 그리고 질서와 근검절약, 엄격한 운영, 성실함은 기숙학교에 꼭 필요한 요소이고, 저는 이 모든 것을 기꺼이 책임질 겁니다.

일단 제 계획은 여기까지입니다, 선생님. 이미 아버지께 이 계획을 말씀드렸고, 아버지께서도 좋은 생각이라고 하십니다. 이제 학생들을 모으는 일만 남았습니다. 상당히 까다로운 문제죠. 저희는 마을에서 멀리 떨어져 살고 있고, 사람들은 저희를 장벽처럼 둘러싼 산을 넘는 고생을 굳이 사서 하긴 싫겠지요. 그러나 어려움이 없는 일에는 가치도 따르지 않는 법이며, 이런 장애물을 극복해 내는 건 매우 보람 있는 일입니다. 제가 성공할 거라고 장담할 수는 없지만, 성공하기 위해 노력할 겁니다. 노력한다는 사실만으로도 제게 큰 의미가 될 겁니다. 제가 가장 두려운 건 게을러져서 일도 구하지 못하고, 타성에 젖어 무기력해지는 상황입니다. 몸이 게을러지면 정신은 혹독한 대가를 치르게 됩니다. 제가 글을 쓸 수만 있다면 이런 무기력에 빠지지 않을 텐데 말입니다. 한때는 하루 종일, 몇 주, 심지어 몇 달 내내 글을 쓸 때도 있었는데, 당대 최고의 작가인 사우디와 콜리지에게 제가 쓴 원고 몇 편을 보내드렸을 때 두 분 모두 흔쾌히 호평을 해주셨으니 그 시간이 아주 헛되지만은 않았습니다. 하지만 이제 글을 쓰기에는 눈이 너무 나빠졌습니다. 무리해서 글을 쓰다가는 아예 시력을 잃게 될지도 모릅니다. 이렇게 약해지는 시력은 제게 너무나 가혹한 시련입니다. 선생님, 제가 이런 시련을 겪지 않았다면 어떤 일을 했을지 상상하실 수 있으신가요? 저는 책을 한 권 써서 제 문학 선생님, 그러니까 제 유일한 스승이신 선생님께 헌정했을 겁니다. 제가 선생님을 얼마나 존경하는지, 선생님의 친절과 조언에 얼마나 깊은 은혜를 입었는지 프랑스어로 몇 번 말씀드린 적이 있는데, 한 번쯤은 영어로 말씀드리고 싶거든요. 하지만 그런 일은 있을 수도 없고, 그런 생각조차 해서는 안 되겠지요. 작가의 길은 제 앞에서 닫혔습니다. 제 앞에는 오직 교사의 길만 열려 있습니다. 물론 그 길은 작가의 길만큼 매력적이지는 않지만, 그래도 괜찮습니다. 저는 그 길을 걸어갈 것이고, 설령 그 길의 끝까지 가보지 못한다 해도 그것이 제 불성실함 때문은 아닐 겁니다. 선생님의 상황도 저와 다르지 않으십니다. 선생님께서는 변호사가 되고 싶어 하셨지만, 운명 혹은 섭리가 선생님을 교사의 길로 이끌었습니다. 그래도 선생님께서는 그 안에서 행복을 찾으셨지요.

부인분께 제가 존경한다고 전해주세요. 마리아와 루이즈, 클레르가 벌써 저를 잊었을까 봐 걱정됩니다. 프로스페르와 빅토린은 저를 잘 알지 못합니다. 그래도 저로서는 다섯 명 모두 기억에 선연합니다. 특히 루이즈가 그렇습니다. 그녀의 자그마한 얼굴에는 그녀만의 개성과 순진무구함,

진실함이 가득했습니다.

선생님, 이만 줄입니다.

선생님께 늘 감사드리는 제자

C. 브론테 드림

7월 24일

선생님을 재촉하는 것 같아 답장을 서둘러달라는 부탁은 따로 드리지 않았습니다. 하지만 선생님께서는 좋은 분이시니, 제가 답장을 얼마나 손꼽아 기다리는지 잊으실 리 없습니다. 네, 저는 정말 간절한 마음으로 답장을 바랍니다. 그거면 충분합니다. 어찌 되었든 선생님의 뜻에 맡기겠습니다. 사실 선생님의 답장을 받더라도, 저를 가엾이 여기시는 마음에 그 답장을 쓰신 거라면 너무나 큰 상처가 될 것 같거든요.

휠라이트 부인께서는 브뤼셀에 가시기 전에 파리에 잠시 들르시려는 것 같습니다. 하지만 부인은 불로뉴에서 제 편지를 부쳐주실 겁니다. 다시 한번 작별을 고합니다, 선생님. 작별 인사를 편지로 드리는 것조차 마음이 너무 아프네요. 아, 언젠가는 반드시 선생님을 다시 뵐 날이 올 겁니다. 꼭 그래야만 합니다. 저는 충분한 여비가 모이는 대로 바로 브뤼셀에 갈 생각이고, 그때 선생님을 다시 뵐 수 있을 겁니다. 설령 그 시간이 아주 짧은 순간일지라도 말입니다.

선생님께

오늘 아침에는 기분이 무척 좋았습니다. 지난 2년 동안 이런 일이 거의 없었는데, 제가 잘 아는 신사분이 브뤼셀을 지나는 길에 선생님께 쓴 편지를 전해주시기로 하셨습니다. 그분이나 그분 여동생*이 직접 전해드릴 테니, 선생님께서 이 편지를 무사히 받으셨다는 걸 저도 확신할 수 있겠죠.

편지를 길게 쓰지는 않겠습니다. 이 편지를 바로 넘겨드려야 해서 길게 쓸 시간이 없기도 하고, 또 너무 길게 쓰면 선생님께서 지루해하실까 봐 걱정되기 때문입니다. 5월 초와 8월에 제가 보낸 편지를 받으셨는지 여쭤보고 싶습니다. 선생님, 저는 그때부터 반년 동안 선생님의 답장을 기다렸습니다. 반년의 기다림이라니, 그건 정말이지 너무나 긴 시간입니다! 그래도 불평은 하지 않겠습니다. 이제 선생님께서 제게 답장을 쓰시고 그 신사분이나 그분의 여동생 편에 보내주신다면, 제게는 그간의 사소한 슬픔이 잊히고도 남을 만큼 큰 보상이 될 것입니다.

아무리 짧은 편지라 해도, 저는 그걸로 충분합니다. 선생님, 부디 안부만 전해주세요. 그리고 부인분과 자제분들, 교사들과 학생들은 어떻게 지내는지도 꼭 알려주시고요.

* 조 테일러와 그의 여동생 메리 테일러.

저희 아버지와 여동생*이 선생님께 안부를 전해달라고 부탁했습니다. 저희 아버지의 백내장 증세는 갈수록 심각해지고 있지만, 다행히 아직 앞을 보지 못하실 정도는 아닙니다. 제 여동생들은 잘 지내고 있지만, 가여운 남동생은 늘 아프기만 하네요.

선생님, 이만 줄입니다. 조만간 선생님의 소식을 들을 수 있기를 간절히 바랍니다. 그런 상상을 하는 것만으로도 저는 마냥 기쁩니다. 선생님께서 제게 베풀어주셨던 친절이 제 기억 속에서 희미해지는 일은 절대 없을 것이고, 그 기억이 계속 남아 있는 한, 선생님을 향한 제 존경심 또한 변치 않을 테니까요.

선생님의 한결같은 제자
C. 브론테 드림

브뤼셀에 있을 때 선생님께 받은 책들을 모두 제본했습니다. 이 책들을 보고 있으면 무척 즐겁습니다. 마치 작은 도서관 같거든요. 여기에는 베르나르댕 드생피에르 전집과 파스칼의 팡세, 시집 한 권, 독일어 원서 두 권 그리고 (그 무엇보다 소중한) 에제 교수님의 아테네 로열 시상식 연설문 두 편이 있습니다.

1844년 10월 24일

*　　에밀리 브론테.

테일러 씨가 돌아왔길래, 저는 혹시 제게 온 편지가 있는지 물어봤습니다. "아니요, 아무것도요." "조금만 참아보자" 저는 말합니다. "테일러 씨의 여동생이 곧 올 테니까." 테일러 양이 돌아왔습니다. "에제 씨가 네 앞으로 보낸 건 없어" 그녀가 말합니다. "편지도, 쪽지도 없어."*

그 말의 의미를 온전히 받아들인 뒤, 만약 누군가가 이런 상황에 놓여 있다면 제가 무슨 말을 해줄까 속으로 떠올렸습니다. "당신은 이 사실을 받아들여야 합니다. 무엇보다 당신 탓이 아닌 부당한 불행 때문에 자신을 괴롭히지 말아야 합니다." 저는 울지도, 불평하지도 않으려 온 힘을 다했습니다.

하지만 불평 한마디 없이 스스로에게 폭군이 되어 자신을 가혹하게 억누르려고 하면 우리의 몸과 마음은 이에 격렬히 반발합니다. 겉으로는 평온해 보일지라도 속에서는 견디기 힘든 고통을 겪게 됩니다.

밤이든 낮이든 저는 쉼도 평온에도 이르지 못합니다. 잠이 들면 지독한 악몽을 꾸고, 그 꿈속에서 선생님은 언제나 엄하고 냉소적이며 저에게 짜증이 나 있습니다.

---

* 샬럿은 1844년 10월 24일 에제 선생에게 쓴 편지를 조 테일러에게 맡겨 전달했고, 이후 오랫동안 답장을 기다렸다. 또한 답장이 온다면 조 테일러나 메리 테일러를 통해 받게 될 거라고 생각했다.

선생님, 다시 편지를 드리는 것에 용서를 구합니다. 이 고통을 덜어보려는 몸부림마저 없다면 제가 이 삶을 어떻게 견딜 수 있을까요?

선생님께서 이 편지를 읽으시면 제게 화가 나실 거란 걸 압니다. 선생님께서는 제가 지나치게 흥분했고, 우울한 생각 같은 걸 하고 있다고 말씀하시겠죠. 그럴지도 모릅니다, 선생님. 저는 해명하려 하지 않으며, 어떠한 비난을 받더라도 겸허히 받아들입니다. 제가 아는 단 하나의 사실은, 선생님과의 우정을 완전히 잃는 상황을 받아들일 수도 없고, 그러지도 않을 거라는 점입니다. 쓰라린 후회로 가슴이 한없이 찢기느니, 차라리 가장 혹독한 육체적 고통을 겪는 편이 나을 겁니다. 선생님께서 저와의 우정을 완전히 끊어내신다면 저는 깊은 절망에 빠질 겁니다. 만약 제게 조금, 아주 조금의 우정이라도 내어주신다면 저는 그것만으로도 만족하고 행복할 것이며 살아갈 이유와 일할 힘을 얻을 겁니다.

선생님, 가난한 이들은 살아가는 데 그리 많은 것이 필요하지 않습니다. 그들은 그저 부자의 상에서 떨어지는 빵 부스러기를 구할 뿐입니다(『누가복음』 16:20-21). 하지만 그들에게 그 빵 부스러기가 주어지지 않으면 그들은 굶어 죽고 맙니다. 저는 더 이상 사랑하는 이들이 저에게 많은 애정을 주기를 바라지 않습니다. 그토록 티 없이 온전한 우정을 어떻게 다뤄야 할지 모르기 때문입니다. 저는 그런 것에 익숙하지 않습니다. 하지만 제가 브뤼셀에서 선생님의 제자로 있던 시절, 선생님께서 잠시나마 제게 약간의 관심을 보여주신 적이 있었습니다. 저는 그 작은 관심이라도 붙잡

으려 필사적으로 매달립니다. 마치 생에 매달리듯 그 관심
에 매달립니다.

어쩌면 선생님께서는 제게 이렇게 말씀하실지도 모릅니
다. "샬럿 양, 저는 더 이상 당신에게 아주 조금의 관심도 없
습니다. 당신은 더 이상 제 사람이 아닙니다. 저는 당신을
잊었습니다."

그렇다면, 선생님, 솔직하게 말씀해주세요. 분명 충격을
받긴 하겠지만 상관없습니다. 아무것도 모르는 채 불안해
하는 것보다는 덜 끔찍할 테니까요.

이 편지를 다시 읽어보고 싶지는 않습니다. 이대로 보낼
생각입니다. 그렇지만 이 편지를 읽은 차갑고 이성적인 누
군가는 "그녀가 제정신이 아니군"이라고 말할 거라는 생각
이 어렴풋이 듭니다. 이에 대한 앙갚음으로 제가 바라는 유
일한 것은 그들이 제가 지난 여덟 달 동안 견뎌야 했던 그
고통을 단 하루만이라도 겪게 되는 것입니다. 과연 그때 그
들이 제정신을 유지할 수 있을지 두고 봐야죠.

사람은 힘이 남아 있는 한, 고통을 말없이 견딥니다. 하
지만 그 힘이 다하면, 말을 신중히 고르지 않은 채 내뱉습니
다.

선생님의 행복과 번영을 기원합니다.

CB

선생님께

반년이라는 침묵의 시간이 흘렀습니다. 오늘은 11월 18일이고, 제가 마지막으로 편지를 드렸던 게 아마 5월 18일인 것 같습니다. 그러니 이제 제가 했던 약속을 어기지 않으면서도 선생님께 다시 편지를 드릴 수 있게 되었습니다.

올여름과 가을은 제게 너무나 길었습니다. 솔직히 말씀드리면 지금까지 저는 스스로에게 부과한 선생님과의 단절을 견디기 위해 처절한 노력을 기울여야 했습니다. 선생님, 그게 얼마나 힘든 일인지 가늠하기 어려우시겠지만, 이렇게 한번 생각해보세요. 선생님의 자제분 중 한 명이 수천 킬로미터나 떨어진 타지에 홀로 있는데, 반년 동안 편지도 보내지 못하고, 소식도 듣지 못하고, 어떻게 지내는지도 모른 채 지내야 한다면 어떠실지 말입니다. 그러면 그러한 의무를 다하는 데 따르는 시련이 어떤 건지 바로 이해하실 수 있으실 겁니다. 사실 선생님의 답장을 기다리는 동안 선생님을 잊어보려고도 해봤습니다. 다시는 만날 일이 없을 거란 걸 알면서도 가슴 깊이 존경하는 이에 대한 기억은 마음을 지독하게 괴롭히고, 그렇게 1, 2년을 불안 속에 시달리다보면 마음의 평화를 되찾기 위해 무엇이든 하겠다는 각오를 하게 되기 때문입니다. 저는 할 수 있는 모든 수단을 동원했습니다. 마음을 쏟을 만한 일거리*를 찾으려 애쓰고, 선생님에 대해 이야기하는 즐거움마저 스스로에게 엄격히 금지했습니다. 심지어 에밀리에게도 선생님 이야기를 꺼내지 않았습니다. 하지만 제 안의 후회도, 조바심도 결국 극복할 수 없었습니다. 제 마음을 온전히 다스리는 법도 모른 채 후회와 기억의 노예가 되고, 제 머릿속을 폭군처럼 장악한 끈질긴 생각의 노예가 되어버렸다는 사실에 자괴감이 듭니다. 왜 저는 더도 말고 덜도 말고 선생님께서 저를 대하시는 딱 그만큼의 우정으로만 선생님을 대하지 못하는 걸까요? 그럴 수만 있다면 저는 더없이 평온하고 자유로웠을 테고, 10년도 별일 아니라는 듯 침묵할 수 있었을 텐데요.

저희 아버지께서는 잘 지내시지만, 시력을 거의 잃으셔서 더 이상 글을 읽거나 쓰지 못하십니다. 하지만 의사는 당장 수술을 하기보다는 몇 달만 더 기다려보자고 합니다. 저희 아버지께 올겨울은 그저 긴 밤이나 마찬가지일 겁니다. 아버지께서는 좀처럼 불평하는 일이 없으시고, 그런 아버지의 인내심을 보면 정말 존경스럽습니다. 만약 하느님의 섭리가 제게도 똑같은 불행의 운명을 주신다면, 적어도 그 고통을 견딜 수 있도록 아버지만큼의 인내심을 함께 주시기를 바랍니다! 선생님, 육체적 고통이 극심할 때는 곁에 있는 모든 이들이 그 고통을 함께 짊어져야만 한다는 게 가장 괴로운 것 같습니다. 영혼의 고통은 숨길 수 있지만, 육체를 공격하고 그 기능을 파괴하는 고통은 숨길 수 없기 때문입니다. 이제 저희 아버지께서는 글을 읽거나 쓰는 일을

---

* 샬럿은 에제 선생과 브뤼셀에서 보낸 시간을 『교수』에 녹여냈으며, ‘스승과 제자’를 주제로 한 시를 썼다.

제게 맡겨주시고, 또 그 어느 때보다 저를 많이 믿어주시는데, 그런 점이 제게는 큰 위안이 됩니다.

선생님, 부탁드리고 싶은 게 하나 있습니다. 이 편지에 답장하실 때 저에 관한 이야기가 아니라 선생님 이야기를 조금 더 해주시면 좋겠습니다. 선생님께서 제 이야기를 하신다면 그건 저를 혼내시는 내용일 게 분명하기 때문입니다. 이번에는 선생님의 다정한 모습을 보고 싶습니다. 자제분들 이야기도 들려주세요. 루이즈와 클레르, 프로스페르가 곁에 있을 때는 선생님께서 인상을 쓰신 적이 한 번도 없었거든요. 학교와 학생들, 교사들 이야기도 해주세요. 블랑슈 양, 소피 양, 쥐스틴 양은 아직 브뤼셀에 있나요? 휴가 때 어디로 여행을 다녀오셨는지도 말씀해주세요. 라인란트는 다녀오셨나요? 쾰른이나 코블렌츠는요? 어떤 말씀이든 좋으니 선생님 이야기를 들려주시면 좋겠습니다. 예전 보조 교사에게 편지를 쓴다는 건(아니요, 저는 보조 교사였던 시절을 떠올리고 싶지 않습니다. 그때의 제 모습을 부정합니다), 그러니 다시 말씀드리면, 옛 제자에게 편지를 쓴다는 게 선생님께 그리 즐거운 일이 아니실 거라는 걸 잘 압니다. 하지만 선생님의 답장은 제 삶의 전부나 다름없습니다. 저는 선생님의 마지막 편지로 반년 동안 버티며 살아갈 수 있었습니다. 이제 저는 새로운 편지가 필요하고, 선생님께서 제게 분명 편지를 써주실 거라고 믿습니다. 그렇게 믿는 이유는 선생님께서 제게 특별한 정이 있으시기 때문이 아닙니다. 사실 그 마음이 그리 깊지는 않으실 테니까요. 오히려 선생님께서는 인자한 성품을 지니셨기에, 아주 잠깐의 번거로움을 피하려고 누군가를 오랜 고통 속에 방치하지 않으실 것이기 때문입니다. 선생님께 편지를 보내지 못하게 하시고 답장도 주지 않으시는 건 제 유일한 기쁨이자 마지막으로 남은 특권을 앗아가시는 일입니다. 그리고 제 손으로 그 특권을 내려놓는 일은 절대 없을 겁니다. 선생님, 제게 답장을 써 주시는 것만으로도 선생님께서는 제게 큰 은혜를 베푸시는 셈입니다. 선생님께서 저를 꽤 좋게 봐주시는 한, 제가 여전히 선생님의 소식을 들을 수 있다는 희망을 품고 있는 한 말입니다. 저는 깊은 상심에 빠지지 않고 고요한 마음을 유지할 수 있습니다. 하지만 쓸쓸하고 긴 침묵의 시간이 선생님과 멀어지고 있다는 경고처럼 느껴질 때, 매일같이 답장을 기다리고 또 실망하며 감당할 수 없는 비참함 속으로 다시 내던져질 때, 선생님의 글과 조언을 읽으며 누리는 달콤한 기쁨이 부질없는 환상처럼 사라질 때면, 저는 열병을 앓고, 먹지도 자지도 못한 채 야위어만 갑니다.

제가 내년 5월에 다시 편지를 드려도 될까요? 1년을 꾹 참고 기다릴 수 있다면 좋겠지만 제겐 불가능한 일입니다. 1년이라는 시간은 너무 깁니다.

C. 브론테 드림

영어로 한마디만 더 드려야겠습니다.* 좀 더 밝은 내용으로 편지를 쓸 수 있었다면 좋았을 텐데, 다시 읽어보니 어딘

---

* 샬럿은 이 편지의 마지막 두 문단을 영어로 작성했다.

가 우울해 보이네요. 친애하는 선생님, 그래도 저를 용서하시고 제 슬픔에 짜증이 나시더라도 넘어가주세요. "마음에 가득한 것을 입으로 말함이라(『마태복음』 12:34)"라는 성경 말씀처럼, 두 번 다시 선생님을 뵐 수 없다고 생각하면 저는 밝은 마음을 유지하기가 어렵기 때문입니다. 이 편지에서 틀린 부분들을 보시면 제가 프랑스어를 잊어가고 있다는 걸 알아채실 겁니다. 제 나름대로 구할 수 있는 프랑스어 원서를 모조리 찾아 읽으며 매일 조금씩 외우고 있지만, 브뤼셀을 떠난 뒤로 프랑스어를 들어본 건 단 한 번뿐입니다. 그때 들은 프랑스어는 마치 음악처럼 들렸습니다. 들리는 단어 하나하나가 선생님을 떠올리게 했기에 너무나 소중했습니다. 선생님 덕분에 저는 진심으로 프랑스어를 사랑하게 되었습니다.

친애하는 선생님, 이만 줄입니다. 부디 하느님께서 선생님을 살뜰히 보살펴주시고, 선생님만을 위한 축복을 내려주시기를 기도합니다.

C. B. 드림

엘런에게

네가 종종 내게 하는 말을 나도 똑같이 너에게 해보려 해. "몸 좀 잘 챙겨." 넌 지독하게 추운 날에 지붕도 없는 마차를 타고 100여 킬로미터를 여행할 만큼 튼튼하지도 않고, 그럴 체력도 없잖아. 다시는 그러지 마.

네가 조지와 당분간 떨어져 있기로 한 건 정말 잘한 일이야. 네가 없다고 해서 조지에게 해가 될 리는 없고, 오히려 아플 때 곁에 있던 사람들과 상황으로부터 잠시 거리를 두는 게 그에게는 더 도움이 될 거야. 사랑하는 엘런, 조지의 회복이 더디다고 해서 낙심하지 마. 조지가 걸린 병의 성격과 타격을 입은 장기(뇌)가 매우 연약하다는 걸 생각해보면 열과 염증으로 과민해진 그 장기가 단번에 건강한 상태로 돌아오긴 어렵겠지. 시간이 필요할 거야. 하지만 시간이 지나면 결국 완치될 거라고 믿어. 만약 조지의 생활 습관이 불규칙하다면 그런 기대는 하지 않았겠지만, 지금처럼만 지낸다면 희망을 품을 만한 이유가 충분하다고 생각해.

메리 테일러가 떠난 거에 대해 자세히 들은 거 있어? 그녀가 언제 배를 탔는지, 그 배에 어떤 승객이 있었는지, 출발할 때 몸 상태나 기분이 어땠는지 등등. 무슨 소식이든 아는 대로 전해줘. 어제 메리 테일러가 직접 보내준 신문을 보고 무척 놀랐어. 3월 9일 자 신문이었고, 우편 소인은 알아볼 수 없었어.『위클리 디스패치^{Weekly Despatch}』였어.

하워스에서의 시간이 어떻게 흘러가는지는 설명하기가 어렵네. 시간이 흘렀다는 걸 보여줄 만한 사건이 하나도 없었거든. 하루하루가 다를 게 없고, 전부 활기 없이 축 처진 모양새를 하고 있어. 주일과 빵 굽는 날, 토요일만이 그나마 조금 특별한 날이야. 그러는 동안 인생은 조금씩 세월에 닳아가. 난 곧 서른 살이 되는데 아직 아무것도 이룬 게 없어. 가끔 내 지난날과 앞날을 생각하면 우울해져. 하지만 불평을 늘어놓는 건 분명 잘못되고 어리석은 일이지. 지금으로서는 내가 집에 머무르는 게 맞는 것 같아. 한때는 하워스가 내게 큰 기쁨을 주던 곳이었지만 지금은 그렇지 않아. 마치 우리 모두 이곳에 묻혀버린 것만 같아. 나는 진심으로 여행하고 일하며 행동하는 삶을 살고 싶어. 사랑하는 엘런, 내 헛된 소망으로 널 귀찮게 해서 미안해. 이제 남은 소망은 접어두고, 그걸로 널 귀찮게 하지 않을게.

꼭 편지 보내줘. 네 편지가 얼마나 큰 환영을 받는지 안다면 넌 분명 더 자주 보냈을 거야. 네 편지와 프랑스 신문은 우리 황야 너머의 바깥세상에서 나를 찾아오는 거의 유일한 전령이자 언제나 크게 환영받는 전령이야.

프랑스 신문 이야기가 나와서 말인데, 유감이지만 너에게 그걸 보내줘야 하는 줄은 미처 몰랐어. 만약 알았다면 당연히 보냈을 거야. 그때는 헌즈워스에서 너에게 신문이 간다고 알고 있었거든. 하지만 이제는 네가 먼저 받게 될 거야. 그러니 정기적으로 보내줘.

허드슨 씨 부부가 널 보고 뭐라고 하셨어? 거의 7년이나

지났는데도 네가 여전히 어려 보여서 놀라지 않으셨어?

답장 쓸 때 조지가 어떤지 말해주는 거 잊지 마. 너희 어머니와 언니에게 안부 전해주고. 아직도 사이크스 부인과 함께 지내? 울러 양에 대해 아는 소식 있어? 얼른 답장 써줘. 사랑하는 엘런, 안녕.

C 브론테

조 테일러를 만나면 엘런 테일러의 브래드퍼드 주소를 알아봐줘.

3월 24일

네가 헤더시지에 가버리면 정말 아쉬울 거야. 또다시 너와 멀어지는 거잖아. 그들은 네가 얼마나 오래 머물길 바랄까? 헨리는 지금 당장 프레스콧 양의 마음을 확실히 잡아두는 게 현명할 거야. 반년은 기다리기엔 너무 긴 시간이고, 그사이 어떤 안 좋은 상황이 벌어질지 모르니 말이야.

선생님께

옥타보 판형으로 한 권짜리 짧은 시 모음집을 출판하실 수 있는지 알려주시면 좋겠습니다.

만약 출판사 부담으로 시집을 출간하는 것에 동의하지 않으신다면 저자의 자비 출간 형태로 진행해주실 수 있는지요?

이만 줄입니다.

C 브론테 드림

주소
P 브론테 목사
요크셔 브래드퍼드 하워스

* Aylott and Jones. 런던 패터노스터 로에 위치한 작은 출판사로, 신학 서적을 주로 출판했다.

친애하는 울러 양에게

저는 아직 평소처럼 브룩로이드에 다녀오지 못했어요. 사실 제가 거기 다녀온 지 벌써 1년이 넘었지만, 엘런에게서 소식을 자주 들었고 울러 양께서 우스터셔에 가셨다는 소식도 들었는데, 울러 양의 정확한 주소는 듣지 못했어요. 주소를 알았더라면 진작 울러 양에게 편지를 보냈을 거예요.

철도 주식이 폭락했다는 소식을 들으셨을 때 저희가 어떻게 헤쳐 나가고 있을지 궁금해하셨을 것 같아요. 울러 양께서 다정하게 물어봐주신 데 대해 저희의 소소한 원금이 다행히 아직 줄어들지 않았다는 답을 드립니다. 울러 양의 말씀대로 요크와 노스 미들랜드는 매우 좋은 노선이지만, 솔직히 저는 적절한 때에 맞춰 현명하게 행동하고 싶어요. 최고의 노선이라고 해도 지금의 프리미엄이 몇 년 동안 지속될 거란 생각이 들지 않고, 저희는 너무 늦기 전에 가진 주식을 팔고 당장은 수익성이 낮아도 어느 정도 안전한 투자처에서 수익을 확보하기를 바라고 있어요. 하지만 저는 여동생들에게 저와 똑같은 시각으로 이 일을 보라고 설득할 수 없고, 에밀리의 의견에 정면으로 반박해서 에밀리의 기분을 상하게 하기보다는 손해볼 위험을 감수하는 편이 나을 것 같아요. 제가 브뤼셀에 있을 때는 멀리 떨어져 있어서 제 투자분을 관리할 수 없었는데, 에밀리가 저 대신 아주 훌륭하고 유능하게 관리해줬어요. 그래서 에밀리에게 계속 맡겨 두고 그 결과를 받아들이려고요. 확실히 에밀리는 객관적이고 힘이 넘쳐요. 그리고 제가 원하는 만큼 에밀리가 순종적이거나 설득에 잘 넘어오지 않더라도 저는 완벽함이 인간의 몫이 아니라는 걸 기억해야 하고, 사랑하는 사람들, 가까운 관계에 있는 사람들을 흔들림 없는 깊은 존경으로 바라볼 수 있는 한, 그들이 때때로 터무니없고 고집스러운 생각으로 저를 괴롭히는 건 아무것도 아니에요. 사랑하는 울러 양, 자매들이 서로에게 품는 애정의 가치를 저만큼이나 잘 알고 계시겠지요. 자매들이 나이대가 비슷하고 교육 수준과 취향, 감수성이 비슷할 때 그것만큼 좋은 건 이 세상에 없다고 생각해요.

브랜웰의 소식을 궁금해하셨죠. 브랜웰은 일을 구할 생각이 전혀 없고, 저는 브랜웰이 인생에서 중요한 직책을 맡지 못할 정도로 무능력해진 건 아닌지 걱정이 되기 시작했어요. 게다가 브랜웰의 수중에 마음대로 쓸 돈이 있다면 브랜웰은 자신의 손해를 막는 일에만 그 돈을 쓸 거예요. 브랜웰의 자제력은 거의 무너진 것 같아요. 남자들이 이상한 존재라고 생각하지 않는지 제게 물어보셨죠. 사실 저는 그렇다고 생각하고, 그렇게 생각할 때가 많았어요. 그리고 남자들을 양육하는 방식도 뭔가 이상한 게, 남자들은 유혹으로부터 반절만치도 보호받지 못해요. 소녀들은 흡사 무르고 어리석은 존재인 것처럼 보호하면서, 소년들은 현존하는 모든 것 중에 타락에 빠질 일이 거의 없고, 최고로 현명한 존재인 양 이 세상에 자유롭게 풀어놓아요.

브롬스그로브가 마음에 드셨다니 다행이에요. 그렇지만 무어 부인과 함께라면 울러 양께서 마음에 들어 하지 않으실 곳은 아마 없을 거예요. 울러 양께서 즐겁게 지내신다는 소식을 들을 때마다 저는 묘한 만족감이 드는데, 그건 이런 세상에도 정말 인과응보라는 게 있다는 걸 제게 보여주거든요. 울러 양께서는 열심히 일하셨고, 청년 시절과 인생의 전성기에 모든 즐거움, 거의 모든 휴식을 거부하셨지만, 이제는 자유의 몸이 되셨죠. 울러 양께 활기차고 건강한 시간이 많이 남아 있고, 그 시간 동안 자유를 만끽하실 수 있으시면 좋겠어요. 그 밖에도 제가 만족감을 느끼는 데는 또 다른 매우 이기적인 이유가 있어요. 소중한 아내와 자랑스러운 어머니뿐 아니라 ‘독신 여성’도 행복할 수 있는 거 같아요. 그게 참 좋아요. 요즘 저는 미혼 여성과 결혼하지 않을 여성의 존재에 대해 깊이 생각하고, 남편이나 형제의 도움 없이 조용히 끈기 있게 삶을 일구고 마흔다섯 살이 넘어도 규율이 갖춰진 정신, 소소한 기쁨을 즐기는 성향, 피할 수 없는 고통을 감내할 용기, 타인의 고통에 대한 공감, 힘닿는 데까지 타인의 빈곤을 덜어주려는 의지가 있는 미혼 여성보다 이 세상에 더 존경할 만한 인물은 없다는 생각에 이르렀어요.

전에 한번 라우스 밀에서 무어 부인을 뵌 적이 있어요. 무어 부인께 안부 전해주세요. 이 편지를 오늘 자 우편으로 보내고 싶어서 서둘러 마무리해야겠어요. 이만 줄일게요.

애정을 가득 담아

C 브론테 드림

시간 되실 때 답장 주세요.

선생님께

요청하신 원고를 보내드립니다.

이 시는 제 가족 세 사람의 작품입니다. 각 작품이 누구의 작품인지는 서명으로 구분하실 수 있습니다.*

이만 줄입니다.

진심을 담아,

C 브론테 드림

1846년 2월 6일

무게 문제로 두 꾸러미의 소포로 보내드립니다.

* 샬럿의 시 19편, 에밀리의 시 21편, 앤의 시 21편이 포함된 이 시집은 『커러, 엘리스, 액턴 벨의 시 작품들(Poems by Currer, Ellis and Acton Bell)』이라는 제목으로 5월 22일, 4실링의 가격에 출간되었다. 총 판매 부수는 단 두 권에 그쳤지만, 『크리틱』과 『아테네움』 등에서 좋은 평가를 받았다.

선생님께

현재 C. E & A 벨은 출판 목적으로 서로 다른 이야기 세 편으로 구성된 소설*을 준비 중이고, 각 이야기는 일반 소설책 크기로 세 권을 묶어서 함께 출판하거나 제일 괜찮아 보이는 순서대로 한 권씩 출판할 수 있습니다.

이를 자비로 출간할 계획은 없습니다.

그들은 선생님께서 출판을 진행하실지 물어봐달라고 했습니다. 물론 원고를 적절히 검토하여 성공을 기대할 만한 수준인지 확인하신 뒤의 일입니다.

이 제안을 거절하시는 경우 다른 출판사에 문의해야 하므로 속히 답변주시기 바랍니다.

이만 줄입니다.

진심을 담아
C 브론테 드림

---

*   에밀리의 『폭풍의 언덕(상, 하)』과 앤의 『아그네스 그레이』는 1847년 12월, 토머스 코틀리 뉴비에서 세 권짜리 세트로 함께 출간되었다. 샬럿의 『교수』는 그녀가 세상을 떠난 후, 1857년 6월 스미스엘더에서 출간되었다.

선생님께

친절한 조언에 대해 C. E. & A 벨의 이름으로 감사드립니다. 기쁜 마음으로 몇 가지 의견 부탁드립니다.

무명의 작가가 자기 작품을 대중 앞에 성공리에 내놓기 전에 해결해야 할 큰 어려움이 있다는 것은 분명합니다. 이러한 어려움에 가장 잘 대응하는 방법을 조언해주실 수 있을지요? 가령 이번처럼 소설을 출판하려는 경우, 단행본 세 권을 동시 출간하거나 낱권으로 차례차례 출간하거나, 잡지에 기고하는 방식 중에서 어떤 경우가 출판사가 원고를 수락할 가능성이 가장 높은가요?

이와 같은 제안을 가장 긍정적으로 받아들일 출판사는 어디인가요?

이 주제에 관해 출판사에 서신만 보내도 충분한가요? 아니면 개인적으로 면담을 요청해야 하나요?

위의 세 가지 사안을 비롯하여 선생님들의 경험을 토대로 중요하다고 생각하시는 다른 사안에 관해 고견과 조언을 주신다면 저희에게 큰 도움이 될 것입니다.

이만 줄입니다.

진심을 담아
C 브론테 드림

선생님께

검토 요청 건으로 세 권짜리 소설 원고를 보내드려도 괜찮으실지 허락을 구합니다. 이 작품은 세 편의 이야기로 구성되는데 각각 단행본 한 권 분량이며, 가장 적절한 방식대로 동시에 혹은 낱권으로 차례차례 출간할 수 있습니다. 이 작품의 저자들은 전에 책을 낸 적이 있습니다.

이 작품의 검토를 수락하신다면, 저자들이 원고를 전달해 드린 후 이 작품의 장점에 대한 선생님의 고견을 언제쯤 받아볼 수 있을지 답장으로 말씀해주시기 바랍니다.

이만 줄입니다.

존경을 담아,
C 벨 드림

주소: 커러 벨 씨
요크셔
브래드퍼드
하워스 목사관

1846년 7월 4일
헨리 콜번 귀하

선생님께

저와 제 가족인 엘리스 벨과 액턴 벨은 여러 훌륭한 출판사들의 거듭된 경고를 무릅쓰고 시집 한 권을 인쇄하는 경솔한 행동을 저질렀습니다.

물론 결과는 저희가 예상했던 대로였습니다. 저희의 책은 시장의 관심을 받지 못했습니다. 이 시집을 찾거나 관심을 보이는 사람이 아무도 없습니다. 1년이라는 시간 동안 출판사는 단 두 권밖에 팔지 못했고, 그 두 권을 성공적으로 판매하기까지 얼마나 힘든 노력을 들였는지는 출판사 외에는 아무도 모릅니다.

저희는 이번에 출간한 책을 트렁크 제조업체에 넘기기 전에* 몇 부를 선물로 드리기로 했습니다. 선생님의 작품을 통해 오랜 시간 꾸준히 즐거움과 유익함을 누려온 데 대한 감사의 뜻으로, 그중 한 권을 전해드리고자 합니다.

이만 줄입니다.

존경을 가득 담아
커러 벨 드림

---

* 과거에는 헌책이나 인쇄물을 재활용하여 가죽 트렁크의 안감으로 사용했다.

스미스엘더 출판사,* 1847년 7월 15일 하워스

선생님께

동봉한 원고**에 대한 고견을 부탁드립니다. 선생님께서
이 원고의 출판을 수락해 맡아주실지를 최대한 속히 알고
싶습니다.

주소: 커러 벨 씨

브론테 양에게 보내는 편지에 동봉

요크셔

브래드퍼드

하워스

*   조지 스미스와 알렉산더 엘더가 런던에 설립한 출판사. 서점 겸 문구점으로 시작
     했다가 출판사로 확장했다.
**   『교수』의 원고. 당시 출판사 6곳이 이미 『교수』의 출판을 거절한 상황이었다.

선생님께

선생님의 5일 자 편지를 받았습니다. 감사합니다.

이 이야기에 다채로운 흥밋거리가 없다는 선생님의 말씀에도 일리가 있습니다만, 그 작품을 출간한 뒤 곧바로 같은 작가의 더 흥미진진한 작품을 이어서 낸다면 출간하는 데 큰 위험은 없을 것으로 보입니다. 첫 번째 작품으로 작가를 알리고 대중이 그 이름에 익숙해지면, 두 번째 작품이 성공할 가능성이 더 커질 수 있습니다.

저는 현재 세 권으로 이루어진 두 번째 이야기*를 쓰는 중이고, 거의 끝나갑니다. 여기에서는 『교수』보다 더 생생한 흥미를 더했습니다. 한 달 안에 이 이야기를 마무리 짓고 싶습니다. 만약 『교수』를 출간할 출판사를 찾는다면, 두 번째 이야기를 적절히 이어서 출간할 테니 대중의 관심이 (어떠한 관심이라도 불러일으킨다면) 식지 않을 수 있습니다.

이 계획에 관한 애정 어린 평가를 부탁드려도 될까요?

이만 줄입니다.

존경을 가득 담아
C 벨 드림

---

*　『제인 에어』.

스미스엘더 출판사, 1847년 9월 12일 버스톨, 브룩로이드

선생님께

선생님께서 보내신 편지에 담긴 현명한 논평과 정통한 조언에 감사드립니다. 그렇지만 저는 그 조언을 따를 상황이 아닙니다. 저는 일 때문에『제인 에어』의 교정을 세 번이나 볼 수가 없으며, 이런 상황에서 후회할 만한 부분은 거의 없습니다. 작가가 자기 작품에 온전히 몰입하기 전에는 결코 잘 쓸 수 없다는 사실을 개인적인 경험을 통해 알고 계실 겁니다. 만약 지금 제가 무심하고 냉정한 채로 삭제하고 수정하고 추가하는 것은 이미 부족할 수도 있는 작품에 더 해를 입힐 뿐입니다.『제인 에어』의 도입부는 선생님께서 예상하신 것보다 대중의 취향에 더 잘 맞을 수도 있습니다.『제인 에어』는 사실이고, 사실은 그 자체로 진지한 매력이 있기 때문입니다.* 제가 모든 사실을 말했다면『제인 에어』는 훨씬 더 고통스러운 내용이 될 수도 있었지만, 그 이야기가 매력이 아닌 불쾌감을 주지 않도록 세부적인 사실을 많이 순화하고 덜어내는 게 바람직하다고 생각했습니다.

제목에 관해서는 선생님의 제안이 좋은 것 같습니다. '자서전'이라는 말을 추가하니 훨씬 좋아 보입니다.

선생님께서 제시하신 조건을 받아들이며, 선생님의 공정

* 『제인 에어』는 샬럿이 여덟 살 때 클러지 도터스 스쿨에서 보낸 실제 경험을 기반으로 한다.

함과 정의감을 신뢰합니다. 선생님께서는 제 두 차기작에 대한 선불금으로 각 100파운드를 책정하셨습니다.* 1년 동안의 지적 노동에 대한 대가로 100파운드는 작은 액수입니다. 하지만 제 작품 활동의 최종 결과가 선생님께서 지금 예상하시는 것보다 성공적일 경우 선생님께서 현재 책정하신 금액에 비례해 추가 보수를 주실 거라는 확신이 없었다면 제 형편상 이렇게 보상이 적은 문학 활동에 시간과 관심을 쏟는 걸 정당화하지 못했을 것입니다. 선생님의 관대함과 명예에 대한 믿음으로 선생님의 조건을 받아들이겠습니다.

작품이 언제 나올지 알려주시면 감사하겠습니다. 또한 제 차기작에서 다룰 주제나 이를 다룰 방식에 관한 고견도 부탁드립니다. 그리고 제게 부족한 부분이 드러난 작품을 알려주시면, 그 작품들을 꼼꼼히 분석해 개선하겠습니다.

끝으로 지금까지 저와 함께 작업하시면서 선생님께서 보여주신 시간 엄수, 솔직함, 판단력에 감사를 전합니다.

이만 줄입니다.

존경을 담아
C 벨 드림

『교수』가 필요하지 않으실 테니 원고를 돌려주시면 감사하겠습니다. 평소와 같이 브론테 양 앞으로 보내주시면 됩니다.

* 　스미스엘더는 샬럿에게 『제인 에어』의 저작권료로 100파운드를 선지급했으며, 이후 추가 금액을 더한 총 지급액은 500파운드(약 100만원)였다.

선생님께

교정지에 구두점을 넣어서 보내주신 점에 감사드립니다. 그 작업은 너무 헷갈렸습니다. 게다가 선생님께서 사용하신 구두법이 제가 사용한 구두법보다 훨씬 정확하고 합리적이라고 생각합니다.

선생님께서 『제인 에어』의 도입부를 좋게 봐주셔서 기쁘고, 선생님을 위해서도 저를 위해서도, 대중 역시 『제인 에어』를 좋게 봐줄 거라 믿습니다.

이제부터는 교정지를 미루는 일 없이 정기적으로 보내드릴 수 있도록 하겠습니다.

이만 줄입니다.

존경을 담아,
C 벨 드림

선생님께

오늘 아침 『제인 에어』 여섯 권이 도착했습니다.* 양질의 종이, 눈에 잘 들어오는 서체, 태가 나는 겉표지가 줄 수 있는 모든 이점을 작품에 넣으셨더군요. 이 작품이 실패한다면 그 책임은 저자에게 있습니다. 선생님은 책임이 없으십니다.

이제 저는 언론과 대중의 판단을 기다립니다.

이만 줄입니다.

존경을 담아

C 벨 드림

---

* 『제인 에어』는 보통 소설책 크기인 옥타보(8절판) 판형 세 권으로 1파운드 11실링 6펜스에 출간되었으며, 샬럿은 '커러 벨'이라는 필명을 사용했다.

선생님께

　지난번 선생님께서 보내주신 편지를 읽으면서 매우 기뻤고, 다시 생각해도 매우 힘이 납니다. 저는 새커리 씨를 인정하기 때문에 그에게 인정받은 것을 영광으로 생각합니다. 이렇게 말하는 게 주제넘게 들릴 수도 있지만, 제가 새커리 씨의 글에서 동경하고, 감탄하고, 즐겼던 진정한 재능을 오래전부터 인정해왔다는 걸 말씀드리는 겁니다. 새커리 씨만큼 광석과 불순물을, 진짜와 가짜를 예리하게 구별해내는 작가는 없는 것 같습니다. 저는 또한 새커리 씨가 겉으로 보이는 엄격함 속에 깊고 진실한 감정을 품고 있다고 믿었습니다. 이제 저는 새커리 씨가 그렇다고 확신합니다. 그런 분의 좋은 말 한마디는 평범한 평론가들이 쓴 여러 장의 극찬보다 더 큰 의미가 있습니다.

　선생님께서 확신하신 대로 헬렌 번스의 모델이 된 실제 인물이 존재합니다. 그녀는 제법 사실적이었습니다. 저는 거기서 아무것도 과장하지 않았습니다. 저는 이 서사가 터무니없이 들리지 않도록 그녀에 관해 기억하는 많은 사실들을 기록하지 않으려고 했습니다. 이를 알기에 어느 잡지에서 "헬렌 번스와 같은 창작 인물은 지극히 아름답지만, 지극히 사실이 아니다"라고 단언하는 조용하고 자기 만족적인 독단주의에 미소가 지어질 수밖에 없었습니다.

『제인 에어』의 줄거리는 진부할 수 있습니다. 새커리 씨도 『제인 에어』의 줄거리가 익숙하다고 하셨습니다. 하지만 저는 어지간히 소설을 읽지 않아 그런 줄거리를 우연이라도 본 적이 없었고, 그렇기에 참신하다고 생각했습니다. 『아테네움Athenaeum』의 작품 비평은 들어볼 기회가 없었습니다.

『위클리 크로니클Weekly Chronicle』은 제가 마시 부인이라는 쪽으로 기운 것 같습니다. 저는 평생 마시 부인의 글을 한 줄이라도 읽어보는 즐거움을 누린 적이 없지만, 그녀의 작품을 꼭 읽어보고 싶고, 그럴 기회가 있다면 절대 놓치지 않겠습니다. 제가 저도 모르는 사이에 모방한 것이 아니기를 바랍니다.

저는 여전히 『제인 에어』의 궁극적인 성공에 대해 너무 큰 기대는 하지 않으려 합니다. 그러면서도 『제인 에어』가 성공했으면 하는 바람은 커지고 있습니다. 왜냐하면 선생님께서 『제인 에어』 때문에 너무 고생하셨기 때문입니다. 선생님의 열성적인 노력이 좌절되고, 선생님의 낙관적인 희망이 실망이 되어 돌아온다면 무척 속상할 것 같습니다. 그 희망이 너무나도 낙관적이라 걱정된다는 말씀을 거듭 드리더라도 양해 부탁드립니다. 희망을 살짝 누르는 편이 나을 겁니다. 『먼슬리 리뷰 앤 매거진Monthly Reviews and Magazines』의 비평가들은 『제인 에어』에서 무엇을 볼까요? (황송하게도 그들이 정말 읽어준다면) 『제인 에어』에 인색한 칭찬이라도 받을 수 있는 부분이 있을까요? 『제인 에어』는 학문적이지도 않고, 탐구 정신도 없으며, 공익적인 주제를 논하지도 않습니다. 한낱 가정 소설이 넓은 시야와 견고한 학식을 갖춘 자들에게 하찮게 보이진 않을지 우려됩니다.

하지만 선생님의 노력처럼 강하고 끈기 있는 노력은 어느 정도 긍정적인 결과로 이어질 것이며, 저는 그렇게 되리라고 믿습니다.

이만 줄입니다.

존경을 담아,
C 벨 드림

1847년 10월 28일

방금 『태블릿The Tablet』과 『모닝 어드버타이저Morning Advertiser』를 받았습니다. 두 신문 모두 『제인 에어』에 적대적이지는 않지만, 각 신문의 성격에 따라 매우 다른 반응이 나옵니다. 『태블릿』의 분석은 흥미로웠습니다. 몇 군데는 이상하게 풀어냈습니다. 비평가가 늘 제 뜻을 정확하게 읽어내는 건 아닌 듯합니다. 가령 그 비평가는 로체스터 씨의 혐오스러운 태도에 대한 제인의 상상할 수 없을 정도의 두려움을 언급했습니다. 저는 그런 부분이 기억나지 않습니다.

선생님께

어제 선생님의 편지가 도착했습니다. 편지를 쓰신 의도를 충분히 이해하며, 격려의 칭찬과 귀한 조언을 주신 데 진심으로 감사를 드립니다.

선생님께서는 제게 멜로드라마를 주의하고 현실에 충실하라는 조언을 주셨습니다. 제가 처음 글을 쓰기 시작했을 때 선생님께서 주장하신 원칙의 진리에 깊은 감명을 받고 현실과 진실을 유일한 지침으로 삼아 그 발자취를 그대로 따르기로 다짐했습니다. 저는 상상력을 억누르고, 로맨스를 피하고, 흥분을 억제합니다. 너무 밝은 색상도 피하고, 부드럽고 엄숙하며 진실한 것을 만들고자 했습니다.

제 작품이(첫 번째 권의 이야기) 완성되었을 때 이를 한 출판사에 보냈습니다. 그 출판사는 작품이 독창적이며 현실을 충실하게 그려냈다고 말했지만, 그런 작품은 팔리지 않을 거라서 작품을 받아들일 이유가 없다고 생각했습니다. 저는 출판사 여섯 군데를 연이어 찾아갔습니다. 그들은 모두 그 작품에 '놀라운 사건'과 '전율이 돋는 흥분'이 부족해서 이동 도서관에 적합하지 않을 것이며, 소설 작품의 성공은 주로 이동 도서관에 달려 있다 보니 이동 도서관이 외면하는 작품을 출판할 수는 없다고 말했습니다. 『제인 에어』도 처음에 똑같은 이유로 상당한 반대를 받았지만 결국 받아들여졌습니다.

선생님께 이를 말씀드리는 이유는 비난에 대한 면책을 주장하기 위해서가 아니라 선생님의 관심을 특정한 문학적 악의 근원으로 돌리기 위해서입니다. 『프레이저』에 실릴 선생님의 다음번 글에서 이동 도서관 지지자들에게 몇 마디 계몽의 말씀을 해주신다면 선생님의 힘으로 좋은 일을 하시는 것이 될 겁니다.

선생님께서는 제가 허구의 영역에 들어가면 힘을 잃으니 경험의 영역에서 멀리 벗어나지 말라는 조언도 주셨습니다. 그리고 선생님께서는 "실제 경험은 영원토록 흥미로우며, 모든 사람에게…"라고 말씀하십니다.

그것도 사실이라고 생각하지만, 친애하는 선생님, 각 개인의 실제 경험은 지극히 제한적이지 않습니까? 그리고 작가가 실제로 경험한 것에만 전적으로 또는 주로 집중한다면, 그 작가는 같은 말만 반복하고 자기 얘기만 하게 될 위험이 있지 않습니까?

게다가 상상력이란 들려야 하고 발휘되어야 한다고 주장하며 끊임없이 작동하는 강력한 능력인데, 저희가 그녀의 외침에 전혀 귀를 기울이지 않고, 그녀의 투쟁에 무정하게 반응할 수 있을까요? 그녀가 저희에게 눈부신 심상을 보여줄 때 저희가 그것을 보고 베끼려 하지 않을까요? 그리고 그녀가 짙은 호소력으로 저희의 귀에 대고 빠르고 다급하게 일러줄 때 저희는 그녀가 말하는 것을 받아적지 않을까요?

이 점에 대한 선생님의 고견을 듣고 싶기에 다음 호『프레이저』를 긴히 구해보려고 합니다.

　　이만 줄입니다.

　　감사를 담아

　　C 벨 드림

윌리엄 윌리엄스에게, 1847년 11월 10일 하워스

선생님께

『브리타니아Britannia』와 『선Sun』은 받았지만, 『스펙테이터Spectator』는 받지 못해서 조금 아쉽습니다. 혹평을 들으면 기분은 별로여도 유익할 때가 많기 때문입니다.

루이스 씨에 관해 알려주셔서 감사합니다. 그가 영리하고 솔직한 사람이라니 다행입니다. 저는 루이스 씨의 비판적인 의견을 의연한 마음으로 기다릴 수 있습니다. 비록 그 의견이 제게 불리하더라도 불평하지 않을 것입니다. 능력과 정직이란 비난해야 마땅하다고 생각하는 곳에서 비난할 수 있는 권리이기 때문입니다. 하지만 선생님의 말씀을 미루어보면 전 일부라도 인정을 받을 거라고 믿습니다.

선생님께서 말씀해주신 벨 형제의 정체에 관한 다양한 추측은 흥미로웠습니다. 그 수수께끼가 풀린다면 이를 풀기 위해 애쓸 필요가 없었다는 게 드러나겠지만, 저는 이 수수께끼를 내버려두려고 합니다. 저희는 조용히 지낼 수 있어 좋고, 다른 누구에게 해를 끼치지도 않기 때문입니다.

그 작은 시집을 발견한 『더블린 매거진Dublin Magazine』의 평론가는 자칭 세 인물이 실제로는 단 한 명이며, 그 인물은 과하게 두드러지는 자존감을 타고나 자신의 장점에 무게를 두고 깊이 생각했으며, 그 장점들이 한 명에게 집중되는 것이 너무 과하다고 생각했기에 사람들을 심히 놀라게 할 것을 배려하여 자신을 셋으로 나누었다고 추측했습니다! 참 기발한 발상이었습니다. 매우 독창적이고 인상적이지만, 정확하지는 않았습니다. 저희는 세 명입니다.

엘리스와 액턴의 산문 작품*이 곧 나옵니다. 사실 진작에 나왔어야 했습니다. 그 작품의 첫 번째 교정쇄는 지난 8월 초, 커러 벨이 『제인 에어』의 원고를 선생님께 넘겨드리기 전에 인쇄가 끝났기 때문입니다. 하지만 뉴비 씨는 스미스엘더처럼 출판사를 운영하지 않습니다. 모티머 거리 72번지는 콘힐 65번지를 이끄는 힘과는 다른 힘이 관장하는 것 같습니다. 뉴비 씨는 어영부영 약속해놓고선 지키지 않습니다. 스미스엘더의 실적은 매번 약속한 것보다 좋습니다. 제 형제들은 진이 빠질 정도로 지체되고 미뤄지는 상황으로 고통받았지만, 저는 효율적이면서도 신사다우며, 활기가 넘치면서도 신중한 운영의 장점을 인정해야 합니다.

뉴비 씨가 제 형제들에게 했듯이 행동하시는 때가 많은지, 아니면 이번이 예외적인 경우인지 알고 싶습니다. 뉴비 씨에 관해 아신다면 더 말씀해주실 수 있으신가요? 제가 무언가 알고 싶을 때 단도직입적으로 여쭤보는 것을 이해해주시기 바랍니다. 제 질문들이 성가시다면 당연히 답을 주지 않으셔도 괜찮습니다. 이만 줄입니다.

존경을 담아
C. 벨 드림

---

* 『폭풍의 언덕』과 『아그네스 그레이』는 1847년 12월에 함께 출간되었다.

선생님께

　선생님께서 11일에 보내주신 친절하고 반가운 편지를 방금 받았습니다. 바로 주된 주제를 말씀드리겠습니다.

　당연히 제 머릿속은 두 번째 작품으로 가득 차 있습니다. 지금 연재물을 시작하는 건 제게 너무 이르다고 생각합니다. 저는 아직 연재물을 낼 적임자가 못 됩니다. 저는 대중과 단단한 관계를 충분히 쌓지 못했고, 자신감도 부족하고, 지치지 않는 활기로 필력을 뽐낼 수도 없습니다. 선생님께서 말씀하신 것과 제가 생각하는 것처럼, 이것들은 연재물의 성공에 없어서는 안 될 필수 조건입니다. 저는 제 뜻을 바꾸기 전에 그 세 권짜리 소설 형식으로 한 번 더 시도해보는 편이 좋겠다고 마음을 굳혔습니다.

　그 작업 계획에 관해 곰곰이 생각해보았는데, 지금까지는 성에 차지 않는 결과만 얻었습니다. 세 번이나 시작해보려고 했지만, 세 번 다 만족스럽지 못했습니다. 그리고 며칠 뒤에 『교수』를 살펴봤습니다. 『교수』의 도입부는 매우 허술했고, 전체적인 이야기에 사건과 매력이 부족했습니다. 하지만 작품의 중후반부에는 브뤼셀, 벨기에 학교 등에 관련된 모든 것이 제가 쓸 수 있는 최선의 수준으로 쓰였습니다. 제가 보기에 『교수』는 『제인 에어』에 담긴 것보다 더 많은 핵심, 더 많은 내용, 더 많은 현실을 담고 있습니다. 『교수』는 지위, 직업, 인물 유형에 대한 새로운 시각을 제시하며, 이 모든 것은 매우 평범하고, 그 자체만으로는 크게 중요하지 않은 것 같지만,『제인 에어』에서 사람들이 가장 좋아한 부분을 구성하는 소재들보다 중요하지 않은 건 아닙니다.

제 바람은『교수』를 고쳐 쓰고, 부족한 부분을 최대한 덧대고, 일부는 줄이고, 일부는 발전시켜 세 권짜리 작품으로 만들어내는 것입니다. 그게 쉬운 일은 아니지만, 그렇다고 불가능한 일이라고는 생각하지 않습니다.

저는『교수』가 스미스엘더와의 계약에서 제외되었던 일을 잊지 않았습니다. 따라서 간략히 말씀드린 이 계획을 실행하기 전에『교수』의 타당성에 대한 선생님의 평가를 듣고 싶습니다. 그 원고를 읽거나 살펴보셨을 텐데, 현재『교수』의 가치를 어떻게 보시나요? 그리고 제가『교수』를 지금보다 더 좋게 만들 수 있다는 것을 얼마나 확신하시나요?

저는 선생님께서 타고나신 정직함뿐만 아니라 사업상 이유로 제게 아주 솔직하시리라고 확신하며, 이렇게 선생님과 상의할 수 있어 영광입니다. 이만 줄입니다.

존경을 담아
C. 벨

비로소『폭풍의 언덕』이 출간된 것 같습니다. 어쨌든 뉴비 씨는 저자들에게 여섯 부를 보냈습니다.『폭풍의 언덕』이 어떻게 받아들여질지 궁금합니다. 단연코 이 작품은『제인 에어』보다 '격렬'하고 '기발'하다는 표현이 붙을 자격이 있다고 말씀드리고 싶습니다. 『아그네스 그레이』는 루이스 씨 같은 비평가들이 마음에 들어 할 것입니다. 『아그네스 그레이』는 지극히 '사실적'이고 '있는 그대로'이기 때문입니다.

이 책들은 제대로 다듬어지지 못했습니다. 인쇄 오류가 엄청납니다. 제가 예전에 뉴비 씨에 관해 말할 때는 다소 신중하지 못했습니다. 하지만 제가 스미스엘더로부터 받은 정당한 대우를 엘리스와 액턴이 뉴비 씨에게서 받지 못했다는 사실이 무척 안타깝습니다.

선생님께

저로서는 보내드렸던 서문이 영 마음에 들지 않습니다. 서문에 가벼운 느낌이 묻어나오지는 않을지 걱정됩니다. 선생님께서 반대하지 않으신다면 동봉한 서문으로 대체하는 게 좋겠습니다.* 많이 길기는 해도 오랫동안 제가 표현하고 싶었던 것을 표현한 것 같습니다.

스미스 씨는 정말 친절하시게도 제게 『꿀단지』**를 보내주실 생각을 해주셨는데, 책을 받으면 스미스 씨께 편지를 쓰려고 합니다.

저는 선생님의 편지에 아무리 감사드려도 모자라며, 선생님의 편지가 제게 주는 기쁨을 어렴풋하게만 말씀드릴 수 있습니다. 선생님의 편지는 저희가 겨울잠쥐처럼 누워 있는 무기력한 은거 생활에 불어넣어지는 빛과 생명 같습니다. 하지만 이 점을 분명히 알아주십사 합니다. 여유가 있으시고 마음이 내키실 때가 아니라면, 저에게 편지를 써야 한다는 부담은 갖지 않으셔도 됩니다. 저는 선생님의 일정이 꽉 차 있으며, 누군가가 마음대로 이용하기에는 너무나

---

* 샬럿은 『제인 에어』 제2판의 서문에서 새커리를 '당대 최고의 사회 개혁자'라고 칭송하며 제2판을 새커리에게 헌정했다. 한편, 새커리의 아내는 정신질환을 앓고 있었는데 그녀가 『제인 에어』의 로체스터 부인과 비교되면서 새커리가 곤란을 겪었다.

** 리 헌트의 저서 『하이블라산의 꿀단지』.

귀하다는 것을 알고 있습니다.

『폭풍의 언덕』과 『아그네스 그레이』에 대한 선생님의 판단은 크게 빗나가지 않았습니다. 엘리스는 강하고 독창적인 생각을 품고 있으며, 기묘하지만 우울한 힘으로 가득 차 있습니다. 그 힘은 그가 시를 쓸 때면 간결하고 정교하고 섬세한 언어로 말하지만, 산문에서는 매력적인 장면보다 충격적인 장면에서 갑자기 폭발합니다. 그렇지만 엘리스는 나아질 것입니다. 그는 자신의 결점을 알고 있기 때문입니다. 『아그네스 그레이』는 저자의 마음의 거울입니다. 이 책들의 맞춤법과 구두법은 심히 당혹스럽습니다. 교정지에서 고친 거의 모든 오류가 최종 원고에 고스란히 보입니다. 뉴비 씨의 일 처리가 늘 이런 식이라면 그에게 다시 출판을 맡기고 싶어 하는 작가는 없을 겁니다.

이만 줄입니다.

존경을 담아
C 벨 드림

선생님께

선생님께서 말씀하신 이유대로 '편집자'를 '저자'로 바꾸는 것이 좋아 보입니다.* 저는 『폭풍의 언덕』과 『아그네스 그레이』의 저자로 여겨지는 일이 부끄럽지 않지만, 저에게는 그 영예에 대한 실질적인 권리가 없고, 그 영예가 제 것이라고 알려지면서 진짜 저자들이 누려야 할 정당한 영예를 빼앗고 싶지 않습니다.

선생님께서 『제인 에어』를 두고 나오는 비평을 매우 정확하고 친절하게 말씀해주셨는데, 그것은 칭찬보다 훨씬 중요합니다. 선하고 진중한 사람들이 『제인 에어』가 '무신론적'이고 '유해'하다고 말하는 것을 들으면 뭔가 마음이 아픕니다. 하지만 저는 이 심적 고통이 이롭다는 것을 알고 있으며, 적어도 그렇다고 믿습니다.

'속임수'와 '기교'라는 비난이 어떤 뜻인지는 아직 제대로 이해하지 못했습니다. 제가 이야기를 쓴 것은 속임수가 아니었고, 스미스엘더가 그 이야기를 출판한 것은 기교가 아니었습니다. 대체 어디에 속임수와 기교가 있다는 건가요?

『스코츠먼』을 받아보았는데, 제인 에어를 리베카 샤프**

---

* 『제인 에어』 초판에는 '커러 벨 편집'으로 표기되어 출판되었으나, 제2판에서는 '커러 벨 지음'으로 변경되었다.

에 비유한 점이 참 흥미로웠습니다. 그들이 닮았다고는 전혀 생각하지 못했습니다.

이 편지를 오늘 자 우편으로 부치고 싶으니 얼른 마무리해야겠습니다.

이만 줄입니다.

존경을 담아
C 벨 드림

** 윌리엄 메이크피스 새커리의 소설 『허영의 시장』의 주인공. 자신의 매력으로 상류층 남성을 유혹해 상류 사회로 올라가려는 냉소적인 야심가로 묘사된다.

선생님께

선생님의 편지를 읽고 나서 제가 한심스럽게 느껴졌습니다. 저는 투덜거리거나 몇몇 사람들이 약간 오해는 했어도 좋은 뜻으로 남긴 비판에 힘들었다는 기색을 내비쳐서는 안 됐습니다. 하지만 확실히 말씀드리면, 저는 제게 넘치도록 주어진 친절에 감사할 줄 모르는 사람이 아닙니다. 저는 제 노력이 받는 비난과 칭찬의 비율을 분별할 수 있습니다. 저는 비난받을 것보다 적게 받았고, 칭찬받을 것보다 많이 받았다는 사실을 압니다. 그렇기에 선한 의도라 해도 눈살을 찌푸리는 사람들을 보며 잠깐 슬퍼할 수는 있지만, 마음이 짓밟히지는 않습니다.

제 마음을 짓밟으려면 더 많은 게 필요한데, 왜냐하면 우선 저는 제 의도가 옳았다는 것을, 제가 마음속으로 종교에 대한 깊은 숭배를 느낀다는 것을, 불경함은 저에게 큰 혐오감을 안겨준다는 것을 알기 때문이고, 둘째로, 저는 저를 격려하는 사람들의 판단을 굳게 믿기 때문입니다. 제 생각에 선생님과 루이스 씨는 딜케 씨나 『스펙테이터』의 편집자만큼 훌륭하시며, 저는 어떤 상황에서도, 어떤 맹비난을 받더라도 제 친구들이 인정해준 것을 부끄럽게 여기지 않을 것입니다. 겁쟁이만이 친구의 격려보다 적의 비난을 더 중요하게 생각할 것입니다. 그러니 앞으로는 예전처럼 터놓고 말하지 않겠다는 위협을 실천에 옮기시면 안 됩니다. 부디 모든 것을 말씀해주셔야 합니다.

그 미치광이에 대한 캐버나* 양의 의견은 리 헌트의 의견과 같습니다. 그 등장인물이 충격적이라는 그들의 의견에는 저도 동의하지만, 그 인물은 그만큼 현실적이기도 합니다. 도덕적 광기라고 부를 수 있는 정신 이상의 단계가 있는데, 그 단계에서는 선한 모든 것, 심지어 인간적인 것마저 머리에서 사라지고 악귀 같은 성격이 그 자리를 대신합니다. 이렇게 광기에 사로잡힌 존재의 유일한 목표와 욕망은 남을 화나게 하고, 폭행하고, 파괴하는 것이며, 종종 초자연적인 기발함과 에너지가 그 무서운 목표를 위해 발휘됩니다. 그럴 때 그 측면이 기질과 동화되면서 결국 모든 게 귀신이 들린 것처럼 보입니다. 그러한 타락을 보면서 드는 유일한 감정이 깊은 연민이어야 한다는 것은 사실이고, 제가 그 감정에 대해 충분히 생각하지 않았다는 것 또한 사실입니다. 저는 공포를 지나치게 두드러지게 만드는 실수를 저질렀습니다. 로체스터 부인은 실제로 미치기 전에 죄 많은 삶을 살았지만, 죄는 그 자체로 정신 이상의 일종입니다. 진정 선한 사람은 죄를 그렇게 보고 연민을 느낍니다.

『제인 에어』가 요크셔에 들어왔습니다. 심지어 이 동네에도 한 부가 들어왔습니다. 얼마 전에는 한 고령의 목사님이 『제인 에어』를 읽는 것을 보았는데, 그가 외치는 소리를

---

*　아일랜드 출신의 소설가이자 전기 작가. 샬럿은 캐버나의 저서 중에서 특히 『매들린(Madeleine)』을 높이 평가했다. 프랑스를 배경으로 한 『나탈리(Nathalie)』는 『제인 에어』의 영향을 받아 유사한 면이 일부 엿보인다.

듣고 흐뭇했습니다. "아니, 그들은 ○○학교에 다녔고, ○○ 씨가 진짜 여기에 있네! 그리고 ○○ 양 (로우드, 브로클허스트 씨, 템플 양의 원형이 되는 인물을 대며)" 그는 모든 것을 알고 있었습니다. 그가 그들을 묘사한 것을 알아챘는지 궁금했는데, 그가 잘 아는 데다가 그들이 원형에 충실하며 정확하다고 표현하는 것을 들으니 뿌듯했습니다. 또 그는 ○○(브로클허스트) 씨가 "그 징계를 받아도 쌌지"라고 말했습니다.

그는 '커러 벨'을 알아보지 못했습니다. 저자가 모습을 드러내지 않고 걸어 다닐 수 있는 장점이 없었다면 어찌 되었을까요? 그 장점 덕분에 아주 고요한 마음을 유지할 수 있습니다. 이 소소한 생각은 저희끼리니 하는 말입니다.

『웨스트민스터』에 실린 단평이 루이스 씨가 쓴 게 아니라고 말씀하시는 이유는 무엇인가요? 거기에는 루이스 씨의 의견이 정확히 표현되어 있고, 루이스 씨는 『웨스트민스터』에 몇 줄을 써넣을 거라고 하셨습니다.

전 루이스 씨가 『프레이저』에 쓴 평론에 대해 감사를 전하는 편지를 써야 한다고 가끔 생각했고 실제로 편지를 쓰기도 했는데, 그가 저자의 감사를 필요로 하지 않는다는 생각이 들었고, 편지를 보내는 게 불필요한 일이 될까 두려워 그만두었습니다. 비록 표현하진 않았지만 감사함을 느끼고 있습니다.

선생님께서도 앞으로 맞이하실 새해마다 늘 즐거움이 가득하시기를 바라며, 선생님의 번영과 성공을 기원합니다.

이만 줄입니다.

커러 벨 드림

『커리어』와『옥스퍼드 크로니클』을 받았습니다.

선생님께

제가 감사 편지를 써놓고 보내지 않은 걸 후회한다는 이야기를 윌리엄스 씨께서 선생님께 전한 건 현명한 판단이었습니다. 이렇게 전 그 태만을 바로 잡을 기회를 얻습니다.

선생님의 관대한 비평에 깊이 감사드리며, 이제 저는 그 찬사가 필요 이상이거나 지나치지 않다고 확신하기 때문에 두 배로 감사를 전합니다. 선생님께서는 『제인 에어』를 엄격하게 비판하지 않고 매우 너그러우셨습니다. 제 결점들을 개인적으로 솔직히 말씀해주셔서 기쁩니다. 선생님의 공식 단평에서 그것들을 아주 가볍게 다루셨다면 저는 깊이 생각해보지 않고 그냥 지나쳤을 것이기 때문입니다.

새로운 작품들을 시작함에 있어 신중을 기하라는 선생님의 일침을 따르고자 합니다. 제 소재는 풍부하다기보다는 매우 빈약하며, 제 경험과 학식, 능력은 제가 눈에 자주 띄는 작가가 될 만큼 다양하지도 않습니다.

이 말씀을 드리는 이유는 『프레이저』에 실린 선생님의 글을 보고, 선생님께서 『제인 에어』의 작가를 분에 넘칠 만큼 높이 평가하신다는 불안한 느낌이 들어서입니다. 제가 선생님을 뵐 일이 없더라도 저를 더 높게 평가하시기보다는 올바르게 평가해주시면 좋겠습니다.

혹여나 제가 다른 책을 쓰게 되더라도 선생님께서 '멜로

드라마'라고 부르시는 것과는 무관할 겁니다. 그럴 거라 생각은 하지만, 확신은 없습니다. 또한 오스틴 양의 '온화한 눈'에 비치는 조언인 '더 많이 완성하고, 더 절제할 것'을 따르려고 노력할 겁니다. 하지만 이것도 확신하지 못합니다. 작가가 글을 가장 잘 쓸 때, 적어도 제일 막힘없이 쓸 때면, 감화가 작가 안에서 깨어나 작가의 주인이 되고, 마음대로 행동하면서 자신의 명령 외에 모든 명령을 보이지 않는 곳으로 치워놓고, 특정 단어를 받아쓰고, 단어의 성격이 격렬하든 침착하든 그 단어를 쓰는 걸 고집하고, 새로운 등장인물을 만들어내고, 사건에 뜻밖의 반전을 주고, 세심하게 공들인 오래된 생각을 거부하고, 돌연 새로운 생각을 창조해 채택합니다. 그렇지 않습니까? 저희는 이 감화에 맞서려고 해야 합니까? 저희가 정말 거기에 맞설 수 있습니까?

선생님의 새 작품이 곧 출간된다니 기쁩니다. 선생님께서 개인적인 원칙에 맞게 글을 쓰며 선생님만의 이론을 어떻게 세우실지 무척 궁금합니다. 『랜소프』에서는 그런 면이 온전히 드러나진 않았습니다. 특히 후반부가 그랬습니다. 하지만 전반부는 거의 완벽했고, 그 안에 담긴 핵심과 진실, 의의가 작품의 가치를 높여 주었습니다. 하지만 그렇게 쓰려면 많은 것을 보고 알아야 하는데, 저는 본 것도 아는 것도 거의 없습니다.

오스틴 양을 그렇게까지 좋아하시는 이유가 무엇인가요? 잘 이해가 가지 않습니다. 『웨이벌리 노블스』를 쓸 바에 『오만과 편견』이나 『톰 존스』를 쓰겠다고 말씀하시게 된 이유가 무엇인가요?

저는 선생님의 그 의견을 읽기 전까지 『오만과 편견』을 읽어본 적이 없기에 책을 구해 살펴봤습니다. 그리고 찾아낸 게 있었습니다. 정확한 다게레오타이프로 묘사한 평범한 얼굴과 꼼꼼하게 울타리를 치고 깔끔한 잔디밭을 두르고 하늘거리는 꽃들을 가꾸어놓은 정원이 있었습니다. 하지만 밝고 생생한 얼굴도, 탁 트인 시골도, 신선한 공기도, 푸른 언덕도, 아름다운 개울도 보이지 않았습니다. 저는 그녀의 신사 숙녀들과 함께 근사하지만 좁은 집에서 살고 싶지 않았습니다. 선생님께서는 아무래도 이 의견이 거슬리시겠지만, 저는 위험을 감수하겠습니다.

이제 저는 조르주 상드에 대한 찬사를 이해할 수 있습니다. 그녀의 작품 중에 읽으면서 내내 감탄한 작품은 없었지만(최고의 책, 다시 말해 제가 읽은 책 중 최고의 책인『콘수엘로』도 제게는 낯설고 터무니없는 생각과 경이로운 탁월함의 결합으로 보입니다) 그녀는 제가 제대로 이해하지 못할지라도 깊이 존경할 수 있는 사고력을 갖췄기 때문입니다. 그녀는 현명하고 견식이 넓습니다. 오스틴 양은 그저 예리하고 관찰력이 뛰어날 뿐입니다. 제가 틀렸나요, 아니면 선생님께서 성급하게 말씀하신 건가요?

시간이 되신다면 이 주제에 대해 자세히 듣고 싶습니다. 시간이 없으시거나 제 질문이 경솔했다면 답장하지 않으셔도 괜찮습니다. 이만 줄입니다.

존경을 담아
C. 벨 드림

선생님께

이렇게 곧바로 선생님을 번거롭게 해드릴 생각은 없었지만, 선생님께 편지를 한 통 더 보내야겠습니다. 저는 선생님께 동의하는 부분도 있고, 선생님과 다른 의견도 있습니다.

'감화'라는 주제로 제가 어설프게 말씀드린 내용을 선생님께서 제대로 잡아주셨습니다. 그 '감화'의 효과가 무엇이어야 하는지에 대한 선생님의 정의를 인정하며, 감화를 통제하기 위한 선생님의 규칙이 현명하다는 걸 인정합니다.

『랜소프』에 관해서는 제가 맞습니다. 저는 그 책 후반부에서 271쪽부터 끝까지만 이해합니다. 호벅 가문의 일화까지 해서 첫 부분이 가장 좋습니다. 선생님께서도 그 점을 인정하고 계십니다. 선생님께서는 "이 책의 가장 큰 장점은 문학과 문학적 삶에 대한 비평과 성찰에 있다"라고 말씀하셨습니다. 정말 그런 것이, 첫 부분에 이러한 비평이 드러나고 성찰이 이루어집니다. 저는 비평과 성찰을 좋아합니다. 비평은 공정하고 성찰은 심오하니, 두 가지 모두 유익하기 때문입니다.

선생님의 편지에서 다음 문장은 얼마나 이상한지요! 선생님께서는 "오스틴 양은 시인이 아니며, '감정(선생님께서는 가소롭다는 듯이 이 단어를 인용부호로 묶으셨습니다)'도 없고, 수사법도 없고, 시의 매혹적인 열정도 없다"

라는 사실에 제가 익숙해져야 한다고 하시고, "그녀를 가장 위대한 예술가로, 인간상을 그리는 가장 위대한 화가로, 지금까지 원하는 결과를 얻어내는 감각이 가장 뛰어난 작가로 인정할 줄 알아야 한다"라고 덧붙이셨습니다.

마지막 부분만 인정합니다. 시 없이 위대한 예술가가 존재할 수 있을까요? 제가 위대한 예술가라고 부르고, 위대한 예술가라고 따르게 될 것에 신성한 재능이 부족할 때는 없습니다. 하지만 시에 관해서는 제가 해석하는 '감정'과 선생님께서 해석하시는 '감정'이 다르다는 걸 이해하실 거라고 확신합니다. 제가 이해하는 시란 그 남성적인 조르주 상드를 높이고, 조악한 것을 신과 같은 것으로 만드는 것입니다. 제가 생각하는 '감정'이란 철저하게 숨겨졌어도 진실한 감정으로, 그 대단한 새커리에게서 독을 뽑아내고, 부식성 독일지도 모르는 것을 정화의 영약으로 바꿔주는 것입니다. 만약 새커리가 자신의 넓은 마음속에 인간에 대한 깊은 애정을 품고 있지 않았다면 그는 모두를 멸종시키기를 즐겼겠지만, 지금으로서는 그가 그저 개혁만을 원할 뿐이라고 생각합니다.

선생님의 말씀처럼 오스틴 양은 '감정'도 없고 시도 없으니 현명하고 현실적(진실보다 더 현실적)일 수는 있지만 위대할 수는 없습니다.

지금 제가 일으킨 선생님의 분노 앞에 무릎을 꿇습니다(선생님께서 총애하는 인물의 완전함에 제가 이의를 제기한 게 아닌가요?). 폭풍이 저를 스치고 갈지도 모르겠습니다. 그래도 제가 할 수 있을 때(저는 이동 도서관을 이용할 수 없어서 그게 언제가 될지는 모르겠습니다) 선생님께서 권해주신 대로 오스틴 양의 모든 작품을 부지런히 읽을 것입니다.

또 말씀드릴 게 있습니다. 선생님께서 『이집트인 아제스』의 저자를 언급하시면서 제가 "그녀의 대담한 상상과 그림 같은 공상"에 공감해야 한다고 말씀하셨습니다. 실례가 안 된다면 제가 선생님께 진실을 알려드리겠습니다. 저는 한없이 즐거운 마음으로 오스틴 양의 명확한 분별력과 예리한 명민함에 공감할 수 있습니다. 만약 선생님께서 오스틴 양의 작품에서 영감을 찾지 못하신다면, 거기에서 장황한 표현도 찾지 못하실 것입니다. 선생님의 말씀을 재차 빌리면 오스틴 양은 자신이 가진 수단으로 원하는 결과를 절묘하게 얻어냅니다. 둘 다 매우 절제되어 있고 살짝 편협하지만 터무니없지는 않습니다. 저는 『아제스』를 읽지 않았지만, 『뉴 먼슬리』에 실린 동일 작가의 이야기를 읽기 시작했고, 선생님께 가혹하게 들릴 수도 있지만, 저에게는 그 이야기가 과장되고 시시했다는 점을 솔직하게 고백합니다. 그 이야기를 읽을 때 불워의 소설들에서 제일 과장되고 무의미한 몇몇 부분이 떠올랐습니다. 저는 그 안에서 힘도, 감각도, 독창성도 보지 못했습니다.

제가 항상 선생님께서 생각하시는 것처럼 생각할 수 없다는 점을 이해해주시기 바라며, 이만 줄입니다.

감사를 담아
C 벨 드림

선생님께

선생님의 편지에 동봉된 새커리 씨의 편지를 보고 무척 기뻤습니다. 새커리 씨의 편지를 열어보기까지 시간이 좀 걸렸는데, 그건 편지를 받았다는 기쁨이 내용을 확인한 후의 고통과 섞이리라는, 한마디로 새커리 씨께서 어떤 식으로든 그 헌사를 받아주시지 않았을 것 같다는 생각 때문이었습니다.

그리고 솔직히 말씀드리면 분명 그럴 것 같았습니다. 그러나 새커리 씨는 그렇게 말씀하시지 않습니다. 그의 편지는 고상하고 간결하며 매우 다정합니다. 다만 그는 초반에 제가 놀라고 경악했던 상황에 대해 알려주십니다.

선생님께 이 상황을 말씀드리는 게 경솔한 행동은 아니라고 생각합니다. 왜냐하면 선생님께서는 이미 알고 계시기 때문입니다. 새커리 씨의 개인적인 상황은 어떤 면에서 보면 제가 로체스터 씨에게 부여한 상황과 비슷해 보이며, 그 뒤로 새커리 씨 댁의 가정교사가 『제인 에어』를 썼다는 이야기가 돌았고, 지금 나온 헌사가 모든 이들의 추측을 더 공고히 한 것 같습니다.

사실이 허구보다 생소한 때가 많다고 해도 과언이 아니죠! 이 우연의 일치는 유감스러우면서도 놀라운 일이었습니다. 물론 저는 새커리 씨의 집안 문제에 관해 아는 바가 없었습니다. 그는 제게 작가로만 존재할 뿐이었습니다. 저는 그의 성격, 지위, 인맥, 개인사에 관해서는 하나도 알지 못했습니다(지금도 아는 것이 많지 않습니다). 하지만 제 부주의한 실수로 그의 이름과 사정이 모르는 사람이 없는 소문의 대상이 되어버린 점이 너무나 유감스럽습니다.

새커리 씨가 불평 하나 없이, 저 때문에 귀찮고 성가신 일을 겪으셨는데도 그토록 친절하게 대해주셨다는 사실 때문에 더 송구스럽습니다. 새커리 씨에게 보낸 답장에서는 유감의 뜻을 반도 표현하지 못했습니다. 그 유감의 뜻이 전혀 쓸모가 없으며, 제가 끼친 피해를 메우기에는 무의미하다고 생각해 자제했기 때문입니다.

이 주제에 대해 더 말씀해주실 수 있을까요? 아니면 공교로운 이 우연의 일치로 새커리 씨가 얼마나 충격을 받으셨는지, 많이 힘들어하시진 않았는지 짐작하시는 바가 있을까요? 새커리 씨는 그 주제를 거의 언급하지 않으시다 보니 저는 정확한 진실을 알지 못해 어찌할 바를 모르겠습니다.

친애하는 선생님, 선생님께서 제 향후 문학 활동의 지침에 관해 여러 번 주셨던 조언을 제가 따로 언급하지 않는다고 해서 선생님의 친절을 마음에 새기지 않거나 관심이 없다고 생각하지 마십시오. 저는 선생님의 편지를 보관해두고 왕왕 참고합니다. 상황에 따라 선생님의 조언을 따르는 게 무리일 때도 있지만, 저는 선생님의 가르침에 담긴 정신을 이해하고, 그로부터 유익을 얻을 수 있다고 생각합니다. 세부적인 것들, 다시 말해 제가 이해하지 못하고 직접 들여다볼 수 없는 상황에는 무슨 일이 있어도 개입하지 않을 것입니다. 그렇지 않으면 트롤럽 부인이 저서 『소년공』에서 만들었던 것보다 더 말도 안 되는 혼란을 많이 만들어낼 겁니다. 게다가 공적이든 사적이든 어떤 주제에 대해서 제가 실제로 겪지 않은 감정이 영향을 미치는 일은 절대 없을 겁니다. 다만, 저는 공감 능력을 제한해야 하고, 제 관찰력으로는 정치와 사회의 가장 심오한 진실을 배울 수 있는 곳까지 꿰뚫지 못하고, 선생님께는 열려 있는 여러 지식의 문이 제게는 영원히 닫혀 있고, 도움 없이 혼자 힘으로 추측하고, 계산하고, 어둠 속에서 길을 더듬어가며 불확실한 결론에 도달해야 합니다. 물론 디킨스나 새커리 같은 작가들은 진실의 성지와 성상에 닿을 수 있어 그저 성전에 들어가 잠시 베일을 걷어 올리고 본 걸 말하기만 하면 되지만 말입니다. 하지만 저는 어떤 불리한 조건에도 제 상황에 맞게 최선을 다하려 합니다. 제 최선은 불완전하고, 조악하며, 특히 진정한 거장, 현대의 가장 위대한 거장인 새커리의 작품과 비교하면 하찮은 것이겠지만(저는 가슴 깊이 그를 존경하기 때문입니다), 그것이 꾸며내거나 위조된 것은 아니리라고 믿습니다.

이만 줄입니다.

존경을 담아
커러 벨 드림

선생님께

방금 두 번째 판 한 부를 받았고, 최대한 빨리 살펴보고 교정 사항을 전달해드리겠습니다. 또한 선생님께서 그렇게 하는 게 좋다고 생각하신다면, 세 번째 판을 통해 『폭풍의 언덕』과 『아그네스 그레이』의 저작권에 관련된 실수를 바로잡으려 합니다.

선생님의 두 번째 제안은 한눈에 봐도 매우 현명하고 행복한 제안입니다. 하지만 저는 선생님께서 제게 있다고 생각하신 솜씨가 없기에 그 제안을 받아들일 수 없습니다. 예술가의 눈을 가진 것만으로는 충분하지 않습니다. 그 첫 번째 재능이 실질적인 기술이 되려면 반드시 예술가의 손도 있어야 합니다. 저는 어렸을 적 브리스틀 판지와 도화지, 크레용과 물감을 좀 낭비했지만, 지금 제 작품집의 내용을 들여다보면 수년을 닫혀 있는 동안 어떤 요정이 제가 한때 순은 동전이라고 생각했던 것을 말라버린 나뭇잎으로 바꾸어 놓은 것처럼 보이고, 그림 모음집을 통째로 불 속에 던져버리고 싶다는 생각이 들었습니다. 저는 그것들이 가치가 없다는 사실을 알고 있습니다. 그러니 『제인 에어』의 삽화를 그려야 한다면 『제인 에어』의 저자가 아닌 다른 이가 그려야 합니다. 그렇지만 그 누구도 제 등장인물들의 초상화를 그리면서 어려움을 겪지 않았으면 합니다. 불워와 바이런의 주인공들은 무척 훌륭합니다. 그들은 모두 멋집니다. 그러나 저의 등장인물들은 다들 외모가 매력적이지 않아서 이상적인 초상화를 그리기에 적합하지 않습니다. 기껏해야 저는 늘 그런 묘사가 쓸데없다고 생각했을 뿐입니다.

선생님께서는 제2의 새커리를 쉽게 찾아내실 수 없을 겁니다. 새커리가 어떻게 검은 선과 점 몇 개만으로 그토록 섬세하고 현실적으로 미묘한 표현을 만들 수 있는지, 성격적 특성을 그토록 섬세하고 절묘하게, 알아차리기도 어렵게 만들 수 있는지 저는 모르겠습니다. 그저 놀라고 감탄할 뿐입니다. 새커리가 화가는 아닐지 모르지만, 소묘의 마법사입니다. 그의 연필이 닿으면 종이가 살아납니다. 그의 그림은 정말 참신합니다. 평범한 삽화가들이 그린 나뭇가지들을 보는 게 익숙해진 후에 뼈와 근육이 살로 덮여서 정확한 비율에 맞춰 해부학적으로 구성된 새커리의 형태를 보면 진정한 안도감을 얻습니다. 새커리에게는 모든 것이 진실입니다. 진실이 여신이라면 새커리가 그녀의 대제사장이어야 합니다.

제 서문을 다시 읽으면서 좀 아쉬운 마음이 들었습니다. 서문이 마음에 들지 않았습니다. 그 서문은 프랑스 혁명을 대하는 선생님처럼 살짝 광적인 상태일 때 썼습니다. 차분할 때 썼다면 좋았을 겁니다. 같은 것을 말하더라도 다른 방식으로 말했어야 했습니다. 100년, 200년 전에 세상을 떠난 작가에 대해서는 열광적으로 말할 수 있지만, 살아 있는 작가에게 열광하면서 대중을 지루하게 하는 건 잘못이라고 생각합니다. 앞으로 더 신경 쓰겠다고 다짐하지만, 그래도 여전히 저는 제 마음대로 생각할 겁니다.

선생님께서 속하신 런던 공화주의자 무리는 진정되었나요? 선생님의 프랑스 형제들이 매우 고상하게 행동하고 있는 걸 보면 그런 것 같군요. 노예제 폐지와 정치사범에 대한 사형제 폐지는 훌륭한 업적입니다. 하지만 그들이 노동 기구 문제를 어떻게 해결할까요? 그들이 신경 쓰지 않으면 그들의 그런 이론들은 배가 좌초될 모래톱이 될 것입니다. 라마르틴은 의심할 것 없이 라마르틴들의 국가에서 훌륭한 입법자가 되겠지만, 그 국가는 어디에 있습니까? 이 의견들이 어느 정도는 회의적이고 냉철하기를 바랍니다.

이만 줄입니다.

진심을 담아
C 벨 드림

친애하는 선생님께

선생님의 초대가 너무 반가운 나머지 단번에 응할 수밖에 없었습니다. 윌리엄스 부인과 자제분들을 뵙고 싶고, 선생님과 한가하게 담소를 나누고 싶습니다. 저희가 내일 저녁 식사 이후, 그러니까 일곱 시쯤에 찾아뵙고 선생님과 주일 저녁을 보내도 괜찮으실까요?

언제든 선생님께서 편하신 시간에 뵐 수 있으면 좋겠습니다.

이만 줄입니다.

신의를 담아
C 브론테 드림

친애하는 선생님께

저희는 어제 무사히 집에 도착했고, 하루이틀 정도면 여독이 풀릴 겁니다.

저희처럼 이렇게 급하게 런던에 가는 건 다소 성급한 결정이었지만, 그렇게 한 걸 후회하지 않습니다. 우선, 비밀은 번거로운 것이며 선생님과 스미스 씨와 함께 그 비밀을 털어내고, 더도 덜도 아닌 있는 그대로의 저를 보여드리면서 '커러 벨'이 다소 건방지게 그 남성적인 이름을 쓸 정당한 이유가 있을 거라는, 다시 말해 그가 '더 고귀한 성性'일 거라는 생각에서 나올 수 있는 잘못된 기대를 없앨 수 있어서 좋았습니다.

또한 선생님과 스미스 씨를 만나 뵙게 되어 기뻤고, 이제 두 분의 가족분들과 쌓은 즐거운 추억이 있어 매우 행복합니다. 윌리엄스 부인도 뵐 수 있었다면 더없이 좋았을 텐데요. 선생님 자제분들의 모습은 대체로 선생님의 설명과 똑같았습니다. 페니는 제대로 보지 못했습니다. 페니의 얼굴을 잘 보려고 했지만, 방 안에서 그녀가 있던 자리는 제가 애를 써도 보기 어려운 자리였습니다.

방금 『존 불John Bull』에 실린 선생님의 기사를 읽었습니다. 고대 회화와 현대 회화에 뚜렷한 차이가 생기는 이유에 관한 매우 명확하고 알찬 설명이었습니다. 저희가 전시회와

국립미술관을 둘러볼 때 선생님께서 함께 계셨다면 좋았을 겁니다. 미술 전문가의 간단한 설명을 들었다면 저희가 본 것을 더 잘 이해할 수 있었을 겁니다. 아마도 언젠가는 이런 즐거움을 누릴 수 있겠죠.

런던에 머무는 동안 저와 제 여동생에게 친절하게 대해 주신 것에 감사를 전하며, 이만 줄입니다.

진심을 담아
샬럿 브론테 드림

윌리엄스 부인의 건강이 조속히 회복되리라고 믿습니다.

엘런에게

네가 보낸 지난번 편지에는 감동적인 구절이 있었는데, 그 구절을 길게 설명하지는 않을게.

지금 글을 쓰는 건 그저 네 소식을 다시 듣고 싶어서지, 딱히 할 말이 있는 건 아니야. 넌 편지에서 메리 고햄 이야기를 많이 하지 않던데. 어찌 됐건 네가 그녀를 좋아할 이유를 찾기를 바라고, 실제로 그렇게 될 거라는 생각이 드는 게, 네가 그녀에 대해 말하는 걸 보면 시간이 흐르고 경험이 쌓여도 나빠질 사람은 아니고, 변해도 좋은 쪽으로 변할 사람 같거든. 너는 다른 젊은 숙녀 두 명이 있어서 처음에는 그녀와 거의 어울리지 못했겠지만, 네가 지난번 편지를 쓴 뒤로 그녀와 단둘이 있을 시간이 늘었을 거고 내게 그녀 이야기를 더 많이 들려줄 수 있을 거야.

네 말대로 고햄 형제는 괜찮은 사람들 같아. 고햄 부인에게는 늘 약간의 경외감이 드는데, 어딘가 차갑고 엄격하고 남을 쉽게 믿지 않는 듯해. 그녀의 성격이 우리의 오랜 친구 테일러 부인과 겹쳐 보여서 내가 괜히 그녀를 오해하는 건 아닌가 싶어. 고햄 씨는 마치 상상의 인물 같아. 예전에 네가 그에 대해 말해줬을지도 모르지만, 그랬다 해도 어렴풋한 인상조차 기억나지 않으니까 다시 알려줘.

앤은 옛 제자들로부터 로빈슨 씨 댁의 소식을 거의 매일,

줄기차게 듣고 있어. 이제 그 두 제자 모두 다른 신사와 약혼했고, 마음을 바꾸지 않는다면, 이미 두세 번 그랬지만, 아마 몇 달 안에 결혼할 거야. 그들 중 누구도 미래의 남편에 대해 사랑의 불꽃 하나 공언하지 않아. 한 명은 그녀를 이끄는 건 흥미뿐이라고 대놓고 말하고, 다른 한 명은, 가엾게도! 자기 어머니의 바람에 따라 행동하면서 자기에게 정해진 남자에게는 아예 관심이 없어. 두 자매 중 더 경솔한 쪽은 멋진 웨딩드레스와 값비싼 결혼 선물을 구경하면서 기쁨을 느껴. 생각이 더 깊은 쪽은 이런 걸로 만족을 느끼지 못하고, 미래의 운명을 깊이 생각하면서 너무나 우울해해. 앤은 최선을 다해 그녀에게 응원과 조언을 해주고, 그녀는 자신의 유일하고 참된 친구인, 조용했던 옛 가정교사에게 의지하는 거 같아. 나는 로빈슨 부인 이야기를 하려고 하면 인내심을 잃어. 이런 말을 해도 될지 모르겠지만 그녀보다 더 나쁜 어머니, 더 나쁜 여자는 아마 없을 거야. 로빈슨 부인에 관해 더 많이 들을수록 그녀에 대한 혐오감이 깊어지지만, 편지에서 부인의 이야기를 하고 싶지는 않아.

브랜웰은 여느 때와 행동하는 게 똑같아. 건강이 많이 상한 것 같아. 아빠는, 가끔은 우리 모두, 브랜웰과 함께 슬픈 밤을 보내. 브랜웰은 낮 동안 내내 잠만 자서 밤에 잠들지 못하거든. 그래도 어느 집이든 이런 시련을 겪는 거 아니겠어? 사랑하는 넬, 얼른 편지 보내주고, 이만 줄일게.

진심을 담아
C 브론테

친애하는 선생님께

요즘 저는 『근대 화가론^{Modern Painters}』을 읽고 있는데, 이 책에서 정말 큰 즐거움을 얻었고, 제 생각이지만, 조금이나마 의식이 고양되었습니다. 적어도 이 책을 읽으면서 제가 이 책에서 다루는 주제에 얼마나 무지했는지를 느꼈습니다. 지금까지 저는 예술을 비평할 때 그저 직관에만 기대왔는데, 그동안 눈을 가린 채 걸었던 것 같다는 생각이 듭니다. 이 책은 제게 눈을 준 것 같습니다. 이 새로운 감각을 시험해볼 그림이 가까이에 있었으면 합니다. 터너의 작품을 보고 싶다는 갈망 없이 그 작품을 극찬하는 이런 글을 읽을 수 있는 사람이 있을까요? 눈앞에 보이는 다른 사람의 의견이 아무리 유려하고 설득력 있는 언어로 표현되었어도, 사람들은 여전히 직접 판단하고 싶어 합니다. 저는 이 작가의 문체가 정말 좋습니다. 그 안에 에너지와 아름다움이 있기 때문입니다. 저는 저자 자체도 좋아하는데, 그 이유는 그가 정말 열렬한 숭배자이기 때문입니다. 그는 터너에게 반쪽짜리 칭찬이나 경의를 표현하지 않습니다. 그는 온 영혼을 바쳐 그를 (혹은 그의 천재성을) 칭송하고 숭배합니다. 누군가는 그런 종류의 열렬하고 진지한 찬사에 공감할 수 있고 (그가 과장되게 표현하는 사람이 아니기 때문입니다) 존경할 수도 있지만, 아마 많은 이들은 그런 찬사를 비웃을 겁니다. 스미스 씨께서 제게 이 책을 주신 데 진심으로 감사드립니다. 저는 이보다 더 큰 즐거움을 주는 책을 접한 적이 많지 않습니다.

선생님께서는 『와일드펠 홀』을 다룬 몇몇 단평을 보셨을 겁니다. 제 여동생이 부정적인 단평에 영향을 많이 받지 않기를 바랍니다. 그녀는 말을 많이 하지 않는데, 그건 놀라울 정도로 과묵하고, 평온하고, 사려 깊으며, 가장 가까운 식구에게도 속마음을 털어놓지 않는 성격 때문입니다. 하지만 저는 가끔 그녀의 기분이 가라앉는 모습을 볼 수밖에 없습니다. 사실 그녀나 저희 중 누구도 일부 비평가들이 이 책을 두고 제시한 의견이 받아들여질 것이라고는 예상하지 않았습니다. 그 책에 기술적인 흠과 예술적인 흠이 명백했다는 의견 말입니다. 하지만 작가를 아는 사람이라면 그 누구도 의도나 감정에 흠이 있다고 의심할 수 없었을 겁니다. 저로서는 그 주제가 선택된 게 운이 나빴다고 생각합니다. 그건 저자가 당장에 적극적이고 솔직하게 다룰 수 있는 주제가 아니었습니다. 소박하고 자연스럽고 차분한 묘사와 담백한 감정의 호소는 액턴 벨의 장점입니다. 저는 지금 이 작품보다 『아그네스 그레이』가 더 좋았습니다.*

제게 편지를 쓰실 때 제 여동생들을 언급하지 않도록 주의해주세요. 그 단어를 복수형으로 사용하는 걸 자제해주셨으면 한다는 뜻입니다. '엘리스 벨'은 '필명'이 아닌 다른 이름으로 언급되는 것을 허락하지 않을 겁니다. 저는 그(그

---

* 샬럿은 1850년 자매들의 작품집을 엮으면서 『와일드펠 홀의 소작인』을 제외했다.

녀)의 정체를 선생님과 스미스 씨께 폭로하는 중대한 실수를 저질렀습니다. 제가 부주의했습니다. "저희는 세 자매입니다"라는 말은 제가 알아채기도 전에 튀어나왔습니다. 저는 그것을 고백하는 순간 후회했고, 지금은 더 많이 후회합니다. 그 고백은 '엘리스 벨'의 모든 감정과 의도에 반하는 것이기 때문입니다.

이번 주 『이그재미너Examiner』에서 뉴비의 하찮은 거미줄 하나가 어느 솜씨 좋은 솔질에 말끔히 쓸려나간 것을 보고 무척 즐거웠습니다. 뉴비가 경험을 통해 배움을 얻기에 나이를 너무 많이 먹은 게 아니라면, 그는 그런 고발을 통해 '정직이 진정 최선의 수단'이라는 것을 배워야 합니다.

방금 선생님의 편지를 받았는데, 감사 인사를 드리겠다며 머뭇거릴 새가 없는 것이, 드릴 말씀이 너무나 많습니다. 저희의 삶은, 선생님께서 어느 정도 짐작하시는 대로 즐거운 일들이 많지 않고, 또 늘 그랬습니다. 그렇기에 저희는 어떤 즐거운 일이 저희에게 다가오는지를 아주 예리하게 느낍니다. 그리고 선생님의 장문 편지를 받는 게 제게 얼마나 즐거운 일인지 선생님께서 아신다면, 저를 비웃으실 겁니다.

하지만 반대로, 저는 선생님께서 어느 정도 런던 사회를 보는 것이 옳다며 저희에게 진지하게 설파하시는 모습에 미소를 짓습니다. 거기에는 이점이 있을 겁니다. 큰 이점이겠죠. 하지만 지구상의 어떤 힘도 '엘리스 벨'에게, '액턴'과 '커러'에게도, 그 이점을 사용하라고 설득할 수 없습니다. 사회에 입문하려는 시도는 선생님께서 상상하실 수 있는 것보다 더 어려울 겁니다. 절대적인 고립과 불변의 단조로 움이라는 존재는, 사실 저희가 오랫동안 익숙해져 왔던 그 것은, 활기가 넘치고 신나는 곳에서 어울리지 못하게 하고, 사교의 즐거움을 누리는 능력을 파괴하는 경향이 있는 것 같습니다.

제가 사회를 살짝 엿볼 수 있었던 유일한 순간은 가정교 사라는 직업을 가졌을 때였고, 제가 기억할 수 있는 최고로 비참한 순간은 낯선 얼굴들이 가득 찬 응접실에 있을 때였 습니다. 그럴 때면 저는 점점 생기를 잃다가 완전히 가라앉 곤 했습니다. 그리고 피로감과 고립감을 더 이상 견딜 수 없 게 되면 슬쩍 빠져나가서 진정한 혼자가 될 수 있는 구석진 곳을 찾아내고는 더없이 기뻐했습니다.

그래도 세상 경험을 쌓는 그 시도가 당장은 극심한 고통 을 안겨줄지 몰라도 훗날 도움이 될 거라는 점을 잘 압니다. 그리고 돌이켜보면, 그에 상응하는 고통 없이 중요한 것을 얻은 적은 한 번도 없었습니다. 언젠가는 선생님의 조언을 아주 일부라도 받아들이고, 가능하다면 늘 자신을 평가하 고 비난하는 그런 고질적인 자기중심주의와 거리를 두고, 시골내기 노처녀인 제가 문명화된 인류를 깊이 들여다볼 수 있는 수준에 오르도록 노력할 겁니다.

제가 선생님께서 말씀하신 선생님의 종교적, 철학적 견 해에 불편해하고, 선생님께서 여러 종파와 신조 중에 선생 님의 것으로 온전히 그리고 암묵적으로 받아들일 어떤 것 도 찾지 못한다며 비난할 수 있다고 생각하셨다는 것에 저 는 또 한 번 미소를 짓습니다. 저는 천국에서 지상으로 빛이 내려오는 것을, 진리의 신전에서 나온 그 빛살들이 이 삶과 세상의 어둠을 헤치며 쏟아지는 것을 느낍니다. 그러나 그 빛살들은 많지 않고, 희미하고, 뿔뿔이 흩어집니다. 오만하지 않고서야 어느 누가 위로 향하는 유일하고 진정한 길을 찾았다고 주장할 수 있을까요?

다만 무지와 연약, 무분별함에는 신조와 형식이 있어야 합니다. 무지와 연약, 무분별함은 지지대가 있어야 하고, 혼자 걸을 수 없습니다. 그것들이 교리는 가장 순수한 것을, 의식은 가장 단순한 것을 따르게 하세요. 그것들이 꼭 가져야 하는 것입니다.

저는 에머슨을 읽어본 적이 없지만, 선생님의 마음을 치유한 책이라면 분명 좋은 책일 겁니다. 무척 부러운 점은, 그 작가의 글은 상쾌함이 절실하고 그것을 누릴 자격이 있는 흙 위에 내리는 부드러운 비와 같았고, 그 작가의 영향력은 처참하게 짓밟힌 상황에 기운을 북돋아주는 산뜻한 바람과도 같았다는 겁니다. 에머슨이 선생님의 힘을 북돋아주었다면 그가 글을 쓴 것은 헛된 일이 아닙니다.

이렇게 자기 자신과 화해하는 느낌, 내적 평화와 힘의 느낌이 지속되기를 바랍니다! 선생님께서 항상 자신에게 관대하시기를, 공정하시기를 바랍니다! 저는 선생님께 찬사를 드리거나 아첨하지 않을 겁니다. 저는 뛰어나길 열망하는 사람의 노력을 억누르곤 하는 힘없는 칭찬은 싫지만, 만약 선생님께 훌륭하고 뛰어난 점이 없었다면, 만약 겉치레든 아니든 종종 들으셨던 칭찬보다 더 좋은 점이 없으셨다면, 선생님과의 우정에 대한 확신이 이토록 행복하지 않았

을 거고, 선생님과 편지를 주고받는다는 이점을 특권으로
느끼지도 않았을 거라고 말씀드리고 싶습니다.

윌리엄스 부인의 건강이 속히 호전되고 그녀의 근심거리
가 줄어들기를 바랍니다. 평화가 있어야 할 곳에 분열을 싹
틔우는 자들은 비난받을 만한 자들이며, 사회에서 추방당
해야 마땅합니다.

선생님과 가족분들께서 저희의 비밀을 지켜주셔서 감사
드립니다. 그렇게 계속 비밀을 지켜주신 건 저희에게 정말
친절한 행동이셨습니다. 그리고 저는 선생님께서 가장으로
계시기에 선생님 가정의 훌륭한 신중함을 신뢰합니다.

이만 줄입니다.

진심을 담아
C 브론테 드림

윌리엄 윌리엄스 씨
이 편지의 일부는 선생님의 편지를 받기 전에 쓴 것입니
다. CB 드림

친애하는 선생님께

『램블러The Rambler』에 실린 단평을 보내주셔서 진심으로 감사드립니다. 반대자들이 하는 말을 작가에게 충실히 알리고, 작가의 작품을 평가하겠다고 자처하는 것은 진정한 친구의 역할입니다. 선생님의 고견도 정말 감사드립니다. 저는 그걸 꼼꼼히 읽었으며 지당하신 말씀이라고 생각합니다.

『제인 에어』와 『와일드펠 홀』에는 여러 결점이 있는데, 앞으로 이를 피하고자 노력하는 것이 저자로서 현명한 행동이자 의무가 될 것입니다. 그들은 인기를 얻든 얻지 못하든, 칭찬받든 비난받든, 굳게 고수해야 한다고 생각하는 다른 원칙들도 있습니다. 저는 어릴 때부터 줄곧 보통의 소설 속 남자 주인공과 여자 주인공에게 관심이 가지 않았고, 자연스럽다고 믿지 못했고, 본보기로 삼고 싶어 하지도 않았습니다. 만약 이런 등장인물들을 베껴야 한다면 저는 그냥 글을 쓰지 않을 겁니다. 만약 제가 과거의 소설가 누구라도 모방해야 한다면, 그가 아무리 위대하더라도, 스콧이라 해도, 저는 글을 쓰지 않을 겁니다. 저만이 말하고 싶은 무언가가 있고 그것을 말할 저만의 방법이 있는 게 아니라면, 저는 출판할 자격이 없습니다. 제가 가장 위대한 대가들의 그 이상을 보고 하느님의 섭리 자체를 숙고할 수 있는 게 아니라면, 저는 표현할 자격이 없습니다. 상투적인 표현 대신 진실의 언어를 사용할 용기가 없다면, 저는 침묵을 지켜야 합니다.

선생님께서 『와일드펠 홀』의 두 번째 판 서문을 괜찮게 보셨다니 기쁩니다. 저도 그게 현명하다고 생각했습니다.

선생님께서 램즈게이트에서 돌아오신 후에 보내주신 편지에는 아직 감사 인사를 드리지 못했습니다. 선생님의 휴가는 짧았지만, 무척 즐겁게 보내신 듯합니다. 시골에서 누리는 상쾌하고 조용한 기쁨의 진가를 아주 잘 알아보는 사람이 고된 도시의 삶이라는 운명을 살아야 한다는 건 힘들어 보입니다. 선생님의 운명을 생각하면 새장에 갇힌 새의 운명이 선명하게 떠오릅니다. 하지만 선생님께서 이를 의연하게 견디시고 본디 의도하지 않은 자리에 있더라도 만족하는 것이 온당할 겁니다. 우리가 바로잡을 수 없는 악을 침착하게 견디는 것이 가장 참된 용기의 표식 아닐까요? 그리고 우리가 끈기 있게 인내하고 노력한다면, 섭리가 우리 혼자서는 이룰 수 없는 구원을 적절한 때에 이뤄주시지 않을까요? 선생님의 편지에 담긴 어조로 미루어보건대 지금 선생님의 마음은 반년 전보다 편안해지셨습니다. 선생님의 장래와 상황이 계속 좋아지고, 선생님 마음속의 평화가 영원토록 뿌리내리기를 바라는 건 욕심일까요? 선생님 가정의 행복은 대부분 부인분의 건강 회복과 가족분들의 기대되는 장래에 달려 있습니다. 부인분의 완전한 회복과 가족분들의 지속적인 안녕이 하나가 되어 선생님의 기운을 북돋아주고 위안이 될 수 있습니다. 스미스 씨는 자신이 엄선

해서 제게 주신 책들에 가장 행복해하시는 게 분명합니다. 저는 램의 편지들을 뭔가 표현할 수 없는 슬픈 기쁨 속에 읽었습니다. 램과 그의 누나의 삶보다 더 마음을 울리는 삶은 상상도 할 수 없었습니다. 우리는 그들의 온화한 성격 때문에 그들의 인간성을 더 좋아합니다. 하지만 찰스 램은 완벽하지 않았습니다. 그에게는 동정심이 이는 연약함이 있었습니다(그 결점만 없었어도 그의 성격이 달빛처럼 순수했을 텐데 아쉽습니다). 메리 램도 끔찍한 불운을 겪었습니다. 그들의 삶과 본성은 로맨스의 이상적인 창작물에 드러나는 것과 얼마나 달랐는지요!

그 당시 런던 문학협회에 관한 설명은 아주 생생하고 흥미롭습니다. 지금 그곳에서 볼 수 있는 것과 조금이라도 비슷한가요?

벨 형제들의 작은 시집이 스미스 씨의 손에 들어간다니 다행입니다. 시집에 커러 벨이 쓴 부분이 없었다면, 훌륭한 지원을 받아 대중 앞에 이 책을 선보인다는 가능성에 순수하게 기뻐했을 겁니다. 하지만 커러 벨이 쓴 부분은 전혀 자랑스럽지 않습니다. 대부분이 어린 시절에 쓴 것이기 때문입니다. 지금은 엉성하고 광적으로 보입니다. 엘리스 벨이 쓴 부분은 다른 성격의 것으로, 확신하건대 매우 훌륭합니다. 처음에 그 원고는 제 손에 우연히 들어왔습니다. 각 작품은 짧지만, 진심이 가득 담겨 있어 혼자 몰래 읽는 동안 트럼펫 소리처럼 제 마음을 휘저어 놓았습니다. 저는 진한 흥분을 느끼고 제가 발견한 것을 털어놓았습니다. 처음에는 용납할 수 없는 제멋대로의 행동이라며 가혹한 질책을 들었습니다. 예상했던 일이었습니다. 엘리스 벨은 유연하거나 평범한 인물이 아니기 때문입니다. 하지만 저는 애원하고, 이성적으로 설득해 그 '운문(그 작품들을 멸시조로 그렇게 불렀습니다)'을 출판해도 된다는 마지못한 허락을 얻어냈습니다. 그 저자는 결코 자기 작품을 언급하는 일이 없고, 언급할 때면 경멸을 품고 있지만, 저는 지금까지 살았던 어떤 여성도 그런 시를 쓴 적이 없다는 걸 압니다. 전반부의 응축된 에너지와 명료함, 후반부의 기묘하고 강한 파토스가 특징이며, 이는 힘이 없고 산만한, 다시 말해 인기 있는 여류 시인들의 글에서 힘이 빠지게 하는, 공만 들이고 설득력 없이 장황한 표현과는 차원이 다릅니다. 이것은 제가 주장하는 신중하고 공정한 의견이며, 정기 간행물의 모든 비평가가 다른 의견을 내놓더라도 저는 이 의견을 고수할 겁니다. 제가 소설에 있어서 새커리의 우월함을 주장하듯 말입니다.

이만 줄입니다.

진심을 담아
C 벨 드림

친애하는 선생님께

"저희는 저희의 죽은 자를 저희 앞에서 내어다가 장사했습니다."(『창세기』 23:4) 지난주 우울한 소동이 지나가고 잠잠한 시간이 찾아왔습니다. 저희는 세상을 떠난 그를 위해, 다른 사람들이 누군가를 잃고 슬퍼하듯 슬퍼할 수가 없습니다. 유일한 형제를 잃은 일은 징벌이라기보다는 자비로 여겨야 합니다. 어릴 적 브랜웰은 아버지와 자매들의 자부심이자 희망이었지만, 성인이 된 이후로는 그렇지 않았습니다. 그가 엉뚱한 황야에 들어서는 것을 보고, 바른길로 돌아오기를 바라고 기대하고 기다리며, 희망이 멀어질 때의 실의, 기도가 좌절될 때의 실망감을 알게 되고, 끝내 절망을 겪고, 이제 고결한 생애가 될 수도 있었던 것이 이른 시기에 갑작스럽게 무명으로 끝나는 걸 지켜보는 게 저희의 운명이었습니다.

저는 남동생을 잃었다는 상실감 때문에 눈물을 흘리지 않습니다. 버팀목을 빼앗긴 것도 아니고, 위안이 떠나간 것도 아니며, 소중한 동반자를 잃은 것도 아닙니다. 다만 망쳐버린 재능, 파탄 난 장래, 켜서 비추이는 빛(『요한복음』 5:35)이 될 수 있었던 것의 때아닌 쓸쓸한 소멸이 있을 뿐입니다. 제 남동생은 저와 한 살 터울이었습니다. 예전 한때는 그를 위해 열망과 야망을 품었지만, 그것들은 슬픔 속에 사라졌습니다. 그에 관해서는 실수와 고통의 기억만 남았습니다. 설명할 수 없지만, 그의 인생과 죽음에 드는 씁쓸한 연민과 그의 존재가 남긴 빈자리에 대한 그리움이 있습니다. 시간이 이런 감정을 덜어주리라고 믿습니다.

애초에 저희 아버지께서는 딸보다 하나뿐인 아들을 더 많이 생각하셨고, 오랫동안 그 아들 때문에 많이 힘들어하셨습니다. 아버지께서는 압살롬의 죽음에 내 아들아! 내 아들아! 절규했던 다윗처럼 아들을 잃고 절규하셨고(『사무엘하』 18:33), 처음에는 위로받기를 거절하셨으며(『시편』 77:2), 나중에 제가 힘을 끌어모을 수 있게 되었을 때도 가까이에서 의지가 되어드리는 것을 거절하셨습니다. 저는 이미 얼마 전부터 느꼈던 병에 걸려 몸이 아팠고, 제가 생전 처음으로 목격한 죽음의 장면에서 느꼈던 두려움과 괴로움으로 병의 고비가 더 빨리 다가왔습니다. 지난주는 제게 이상한 주였습니다. 하느님 감사합니다. 저는 저희 아버지를 생각하며 회복했습니다. 여전히 기력은 없지만요. 보통 수준의 체력만 있어도 좋겠습니다. 애석하게도 체력이 부족한 게 걸림돌이 됩니다. 저는 체력과 기운이 금방 바닥나서 해야 할 일을 할 수가 없습니다.

제 불행한 남동생은 자기 누나와 여동생이 문학계에서 무슨 일을 했는지 아무것도 몰랐습니다. 그들이 시집을 출판했다는 것도 알아차리지 못했습니다. 저희는 그가 낭비한 그의 시간과 잘못 사용된 재능을 후회하며 고통받을까 두려워서 그에게 저희의 노력에 대해 말해줄 수 없었습니다. 이제 그는 절대 알 수가 없게 되었습니다. 저는 지금 이 주제를 더 오래 생각할 수 없습니다. 너무 힘이 듭니다.

선생님의 친절한 조의에 감사드리며, 선생님 자제분들 모두 잘 지내시기를, 저희 아버지께서 겪으신 고통이 선생님을 비껴가기를 간절히 기도합니다.

진심을 담아
C 브론테 드림

엘런에게

당분간 편지들을 그냥 다 내버려두려고 했는데 너한테는 한 줄이라도 써야 할 것 같아.

지난 편지에서 에밀리가 아프다고 했었잖아. 에밀리는 아직 회복되지 않았고, 많이 아파. 네가 만약 에밀리를 본다면 가망이 없다고 생각할 거야. 이보다 더 힘없고 쇠약하고 핼쑥한 모습을 본 적이 없거든. 깊고 거친 기침이 끊이질 않고, 아주 조금만 기침해도 숨을 가쁘게 헐떡거려. 이 증상에는 가슴과 옆구리 통증도 동반돼.

에밀리의 맥박은 에밀리가 딱 한 번 재는 걸 허락해줬을 때 분당 115회였어. 이러한 상태인데도 에밀리는 의사의 진찰을 단호하게 거부해. 에밀리는 자기 기분을 설명하지 않을 거고, 자기 병을 언급하는 것도 허락하지 않을 거야. 우리 상황은 몇 주 동안 매우 고통스러웠고 지금도 그래. 이 모든 게 어떻게 끝날지는 하느님만 아시겠지. 에밀리를 잃는 끔찍한 일이 생길 수 있고, 심지어 그게 현실이 될 수 있다는 생각을 했던 게 한두 번이 아니야. 하지만 섭리는 그런 생각을 멀리하지. 에밀리는 내가 이 세상에서 가장 큰 관심을 쏟는 존재야.

메리 로빈슨 양이 서그던 가문의 친척인 헨리 클래펌 씨와 결혼했어. 그녀에게는 조금 부족한 상대고, 그녀도 그렇게 생각하는 거 같아. 앤에게 보낸 편지에서도 자신이 행복하다고 말하지 않았어.

로빈슨 부인도 결혼했어. 이제는 스콧 부인이지. 그녀의 딸들은 부인의 기분이 최고로 좋은 상태라고 했어. 클래펌 부인이 엄청난 이목을 끌고 있다는 소식도 들었어. 그녀는 자부심에 차서 우월한 척하면서 키슬리 신사들을 격노하게 했어. 클래펌 부인과 그 자매가 우리를 보러 올 것 같아. 그들은 우리 집까지 마차를 타고 갈 수 있냐고 묻는 편지를 보냈고, 우리는 "그렇다"라고 대답했어. 그들이 마차를 타고 그 가파른 굽이를 한 번만 지나 보면, 그 시도를 선뜻 다시 하진 않겠지. 우리는 될 수 있으면 그들과 엮이고 싶지 않고, 그들의 거만함과 약점을 너무 많이 알게 돼서 유감스러워.

얼른 답장 주고, 사랑하는 엘런, 이만 줄일게.

진심을 담아
C 브론테

친애하는 선생님께

마음이 조금 안정을 찾으면 편지를 더 길게 쓰겠습니다. 지금은 제 마음을 울린 선생님의 진심이 담긴 그 편지에 대해 아주 짧은 감사 인사만 드릴 수 있을 것 같습니다.

에밀리는 지금 여기 어디에도 없습니다. 그녀의 쇠약해진 유해는 집 밖으로 나갔습니다. 저희는 에밀리의 소중한 머리를 교회 복도 아래, 오래전 세상을 떠난 저희 어머니와 두 언니, 가엾고 불행했던 남동생의 머리 옆에 뉘었습니다. 저희 집안의 후손이 얼마 남지 않았다고, 저희 가여우신 아버지께서는 그렇게 생각하십니다.

글쎄요, 이 상실은 저희의 몫이지 에밀리의 몫이 아니며, 바람 부는 소리가 들리고 매섭고 날카로운 추위를 느낄 때 비바람이 더 이상 에밀리에게 고통을 주지 않는다는 걸 알기에 어느 정도 서글픈 위안을 얻습니다. 그런 가혹함은 그녀의 무덤에 닿을 수 없습니다. 그녀의 열병은 수그러들었고, 그녀의 불안은 진정되었고, 그녀의 깊고 힘없는 기침은 영원히 잠잠해졌습니다. 기침 소리는 밤에도 아침에도 들리지 않습니다. 별나게 강인한 정신과 깨질 듯 연약한 몸이 저희 앞에서 대치하는 일도 없습니다. 그건 한 번 보면 결코 잊을 수 없는 무자비한 대치죠. 서글픈 평온함이 저희 곁에 가득하고, 그 가운데서 저희는 체념하고 받아들이려고 합니다.

저희 아버지와 여동생 앤은 건강과 거리가 멉니다. 제 경우는, 하느님께서 지금까지 큰 은혜로 저를 붙드셨습니다. 저는 제 짐을 감당하고 다른 사람들도 조금 도와줄 정도는 된다고 생각합니다. 저는 아프지 않습니다. 매일 해야 할 일을 할 수 있고, 애도 중인 저희 집안에 희망과 활기를 불어넣어 주는 역할을 할 수 있습니다. 저희 아버지께서는 거의 쉴 새 없이 말씀하십니다. "샬럿, 너는 견뎌내야 한다. 네가 실망을 안겨주면 나는 주저앉고 말 거다." 선생님께서는 이 말이 섭리를 자극한다고 생각하실 수 있습니다. 제 여동생 앤이 소리 없이 깊은 슬픔에 잠긴 모습을 보면 앤을 향한 걱정이 치밀어서 저는 감히 머뭇거릴 새가 없습니다. 누군가는 나머지의 힘을 북돋아주어야 합니다.

그래서 지금 저는 어째서 저희가 돈독할 때 에밀리가 저희를 떠나갔고 그녀의 능력이 기대되는 전성기에 뿌리째 뽑혔는지, 어째서 지금 그녀의 존재가 짓밟힌 풋옥수수밭처럼, 풍성하게 열매를 맺은 채 뿌리 뽑힌 나무처럼 누워 있는지 묻지 않을 겁니다. 제가 말하려는 건 그저 노동을 끝낸 뒤의 휴식, 폭풍이 지나간 뒤의 고요함이 달다는 것이며, 에밀리가 이제 그 사실을 안다는 걸 거듭 말할 뿐입니다.

진심을 담아
C 브론테 드림

친애하는 선생님께

제 여동생은 훨씬 좋아지고 있습니다. 힘이 빠지고 무기력해지는 일도 줄었고, 기운이 생겼습니다. 이러한 변화로 감사와 희망을 품게 됩니다.

제가 작업 중이던 작품을 다시 시작한 것을 선생님과 스미스 씨께서 좋아해주시니 다행입니다. 그게 단순한 시작 이상의 의미이기를 바랐는데, 그건 제가 긴 공백 후에 이 작품을 어떻게 다시 이어 나갈지, 아주 오랫동안 막혀 있거나 모든 게 중단된 상황에서 어떻게 흐름을 잡아야 할지 모르기 때문입니다.*

두 분 모두 반대하시는 점을 솔직하게 전해주셔서 진심으로 감사드립니다. 첫 번째 장에 관해 말씀하신 내용은 충분히 고려하겠습니다. 지금은 그 장을 빼기가 망설여집니다. 제가 전에 『제인 에어』의 로우드 부분에 관해 말씀드린 것처럼 그건 사실입니다. 부목사들과 그들의 행동은 그 삶을 그저 있는 그대로 포착한 것입니다. 반대하시는 이유를 더 자세히 말씀해주시면 좋겠습니다. 이 장 때문에 언론이 이 작품을 가혹하게 다룰 수도 있다고 생각하셔서 그러신 건가요? 선생님께서 지금 '커러 벨'의 정체를 알고 계셔서

---

* 샬럿은 1848년 9월 24일 브랜웰이 세상을 떠난 후 『셜리』의 집필을 중단했다.

이 장면이 여자답지 않다고 느끼셔서인가요? 이 작품이 본질적으로 결함이 있고 모자라기 때문인가요? 처음의 두 이유는 제게 중요하지 않지만, 마지막 이유라면 중요합니다.

앤과 저는 선생님께서 저희를 위해 저희 시의 모든 단평을 꼼꼼하게 챙겨두신 것을 보고 정말 친절하시다고 생각했습니다. 선생님의 말씀대로 일부 단평은 읽은 보람이 있었습니다. 오랜 동지인『크리틱』이 또 한 번 저희를 좋게 말한 것에 기뻤습니다. 저는 흥미로운 사실 하나에 놀랐습니다. 바로 단평 네 편이 다 똑같았다는 점입니다. 어떻게 이런 일이 일어났을까요? 제 생각에는 베낀 것 같습니다.

『쿼털리Quarterly』를 향한 선생님의 아낌없는 분노에 감동했지만, 사교계 가십과 새커리 씨의 이름이 언급된 경우를 빼고는 커러 벨을 위해 일부러 화를 내지는 마세요. 커러 벨은 전혀 기분이 상하지 않았지만, 그 구절과 다른 한두 구절은 매우 부당하다고 생각했습니다. 하지만 진실의 싹이 없는 비방은 전혀 모욕적이지 않습니다. 그것은 뿌리를 내리지 못한 식물과 같아서 곧 시들어버릴 겁니다.

그 평론가가 자신이 얼마나 어리석은 실수를 저질렀는지 알았다면 확실히 조금은 부끄러움을 느꼈을 겁니다. 새커리 씨와 커러 벨이 서로 아예 모르는 사이라는 점,『제인 에어』의 저자가『허영의 시장Vanity Fair』을 읽기도 전에 이미『제인 에어』를 썼다는 점, 새커리 씨의 사생활을 빗대어 한 말로 오해될 여지가 조금이라도 있다는 걸 커러 벨이 알았더라면『제인 에어』를 그 신사에게 헌정하기는커녕 그런 행동이 무분별하고, 무례하고, 변명의 여지가 없는 일로 간주

하고 피했을 것이라는 점을, 그녀는 전혀 모르고 있었으니 말입니다.

　이만 줄입니다.

　진심을 담아
　C 브론테 드림

친애하는 울러 양에게

울러 양의 편지에 답장을 미뤘던 건 제 여동생의 건강이 회복되고 나면 울러 양의 요청에 긍정적으로 답할 수 있을 거라는 막연한 희망에서였어요. 하지만 그건 제게 허락되지 않았네요. 제 여동생의 폐병은 서서히 진행되면서 심해졌다가 괜찮아졌다가를 반복하지만, 그 병의 성격은 의심할 여지가 없습니다. 저희가 겪은 슬픈 일 이후에 찾아온 기침, 옆구리와 가슴의 통증, 살이 빠지고 기력과 식욕이 줄어드는 증상을 보면 애매하다고 볼 수가 없어요. 그녀는 마음속으로 묵묵히 받아들여요. 저는 그녀가 진정한 기독교인이라고 믿어요. 그녀는 이 삶 너머를 바라보고, 이 세상이 아닌 다른 곳을 자기 집과 안식처라고 여깁니다. 하느님께서 좀처럼 사라지지 않는 질병의 시련 중에 그녀와 우리 모두를 지지하시고, 영혼과 육체를 갈라놓는 투쟁을 견뎌내야 하는 마지막 때에 그녀를 도우시기를!

저희는 큰 애정을 쏟으며 에밀리에게 매달려 있을 때, 저희가 그랬듯 서로 사랑할 때, 음, 저희가 서로 떨어지지 않는다면 함께 어울리고 보살피면서 완벽한 행복을 찾을 수 있을 것만 같았을 때 에밀리가 저희를 떠나는 모습을 지켜봤어요. 에밀리를 묻고 나서 곧바로 앤의 건강이 나빠지기 시작했고, 저희는 폐결핵이 앤을 또 다른 희생양으로 삼았고, 앤이 살 거라고 기대하는 건 헛된 일이라는 충고를 들었어요. 종교에 기대지 않고 이성만으로 이런 일들을 감당해야 했다면 너무나 버거웠을 거예요.

지금까지 저희 아버지와 저에게 주어진 힘에 정말 감사해야 할 이유가 있어요. 하느님께서는 특히 노년기에 긍휼을 베푸시는 것 같습니다. 제 경우는, 과거였다면 도저히 견디지 못했을 것 같은 시련이 실제로 닥쳤을 때 무너지지 않고 버텨냈어요. 그러나 실은 에밀리가 죽은 이후로 저희가 상실을 겪었던 직후의 순간보다 훨씬 고독하고 심각하고 무기력한 고통의 순간이 있었어요. 가족의 죽음이라는 위기는 극심한 고통을 낳고, 그 후의 외롭다는 생각 때문에 무력해질 때가 있어요.

저희의 힘으로는 위안을 구할 수 없다는 걸 배웠어요. 위안은 하느님의 전능하심 안에서 구해야 해요. 꿋꿋함은 선한 것이지만, 그 꿋꿋함이 흔들리면서 우리가 얼마나 약한지를 깨닫게 돼요.

울러 양을 비롯하여 울러 양의 소중한 모든 이들에게 안부를 전하고, 저와 제 여동생에게 늘 친절하게 마음을 써주신 데 진심으로 감사드려요.

이만 줄입니다.

신의를 담아
C 브론테 드림

친애하는 선생님께

제 여동생이 결국 평온하게 집을 떠났습니다. 그녀는 월요일에 숨을 거뒀습니다. 임종을 목전에 두고 그녀는 행복하다고 말했고, 죽음이 아주 서서히 다가온다는 것에 하느님께 감사드렸습니다. 전 이렇게 금방일 줄은 몰랐습니다. 지금은 더 쓸 수가 없습니다.

신의를 담아
C 브론테 드림

친애하는 선생님께

지난번 편지를 쓸 때는 제가 무슨 말을 썼는지 모르겠습니다. 그때는 과열되고 탈진한 상태였습니다. 지금은 나아졌고 꽤 담담해졌습니다.

제 여동생 앤이 세상을 떠났다는 소식을 전해드렸는데요. 앤이 크게 고생하지 않고, 상황을 받아들이고, 하느님을 믿으며, 괴로운 삶에서 해방된다는 것에 감사하고, 그녀 앞에 더 나은 삶이 놓여 있음을 깊게 확신하며 세상을 떠났다는 말을 이제야 덧붙입니다. 앤은 임종 직전 자신의 믿음과 희망을 믿고, 바라고, 선언했습니다. 앤의 조용한 기독교적 죽음은 근엄하고 소박하고 감정을 잘 드러내지 않았던 에밀리의 끝이 그랬던 것처럼 제 마음을 찢어놓지는 않았습니다. 저는 앤을 하느님께 보내드렸고, 하느님께서 그녀에 대한 권리를 가지셨다고 생각했습니다.

저는 에밀리를 놓아줄 수가 없었습니다. 그때 저는 에밀리를 붙잡고 싶었고 지금은 매 순간 그녀를 되찾고 싶습니다. 앤은 어릴 적부터 일찍 세상을 떠날 준비를 하는 듯했습니다. 에밀리의 정신은 나이가 들어서도 에밀리를 지탱할 만큼 강해 보였습니다. 그 두 사람이 모두 떠났고, 가엾은 브랜웰도 떠났습니다. 이제 저희 아버지에게는 여섯 명의 자녀 중에서 가장 약하고, 가장 별 볼 일 없고, 가장 미래가 없는 저만 남았습니다. 폐결핵이 그 다섯 명을 전부 앗아 갔습니다.

지금 앤의 유해는 다른 이들의 유해와 떨어진 곳에 잠들어 있습니다. 앤의 유해가 돌아와 세 번이나 장례식을 치르는 고통을 아버지께 안겨드리지 않도록 앤을 여기 스카버러에 묻었습니다.

저는 잠시 바닷가에서 지내게 되었습니다. 여기서 휴식을 취할 수도 없지만, 집에 갈 수도 없습니다. 얼마 동안은 답장을 보내지 못할 겁니다. 제 소식이 없어도 병에 걸렸거나 게으르기 때문이라고 생각하지는 마세요. 7일 이후로는 스카버러에서 편지를 받을 수 없습니다.* 다음 주소가 어디일지는 모르겠습니다. 한두 주 정도 동부 해안을 돌아다니며 조용하고 인적이 드문 곳에만 머물 겁니다. 제가 봤을 때 아무도 저를 걱정할 필요가 없습니다. 친구들과 지인들은 지금이 제일 고통스러울 때라고 생각하는 듯합니다. 그들은 정말로 잘못 생각하고 있습니다. 앤은 지금 잠들어 있습니다. 앤이 끈질긴 고통을 겪으며 급격하게 쇠했던 그 길고 외로운 시간은 무엇이었을까요?

어째서 인생은 이토록 공허하고, 찰나이고, 씁쓸한지 모르겠습니다. 왜 저보다 젊고 훨씬 나은 사람들이 미처 이루지 못한 계획과 함께 세상을 떠나는지 이해할 수 없지만, 저는 하느님께서 지혜롭고 완전하며 자비로우시다는 걸 믿습니다.

* 샬럿과 엘런은 작은 어촌 마을인 파일리로 여행을 떠났다.

저희 아버지께 듣기로는, 아버지와 하인들은 앤과 이별했을 때 앤을 더 이상 볼 수 없을 거라는 걸 아셨습니다. 다들 이 상황을 받아들이려고 합니다. 저 역시도 그 사실을 알고 있었고, 앤이 가장 행복하다고 느낄 곳에서 숨을 거두기를 바랐습니다. 앤은 스카버러를 사랑했습니다. 평화로운 태양에 그녀의 마지막 나날이 금빛으로 반짝였습니다.

진심을 담아
C 브론테 드림

친애하는 선생님께

지난번 편지를 드릴 때는 당분간 선생님께 편지를 보낼 수 없을 것 같았는데, 오늘 저녁에는 선생님께 괜한 걱정을 끼치지 않도록 편지를 드려야겠다는 마음이 들어서 이렇게 편지를 씁니다.

선생님께서는 친절하시게도 제 고통에 신경을 써주셨고, 저는 제가 그 고통을 어떻게 견딜 수 있는지 말씀드려야 한다는 의무감 같은 걸 느낍니다. 이 집은 많은 상황 덕분에 제가 예상할 수 있던 수준보다 훨씬 가벼워졌습니다. 저희 아버지께서는 상황을 받아들이셨고, 건강에도 별다른 문제가 없으십니다. 바로 환경을 바꿨던 건 잘한 일이었습니다. 제가 만나는 모든 이들이 다정하고, 제 친구 엘런도 특히 다정합니다. 제게 그럴 자격이 없는데도 선생님께서는 제게 최고의 위안이 담긴 어조로 편지를 보내주십니다.

그리고 제 여동생은 행복하게 죽었습니다. 피할 수 없는 죽음의 그림자가 마지막 순간에 그녀를 덮친 걸 빼면 어둠은 없었습니다. 부름을 받고 온 의사는 처음 보는 의사였는데, 그녀가 흔들리지 않는 평온한 정신으로 떠남을 결연히 갈망하는 걸 보고 놀랐습니다. 그는 의사로 일하면서 이런 임종은 본 적이 없다며, 이건 평범한 사람이 아니라는 증거라고 했습니다. 하지만 진실을 말하자면, 이 평온함을 기억하는 건 반절만 위안이 되고, 그 안에는 가슴을 찌르는 고통이 있습니다. 앤은 그런 삶에 진절머리가 나 있었고, 스물여덟의 나이에 그 삶을 짐처럼 내려놓았습니다. 그렇게 삶을 내려놓고 떠난 앤을 떠올리는 게 더 슬픈지 아니면 기분 좋은 햇살을 향한 미련을 남긴 채 눈을 감은 에밀리를 떠올리는 게 더 슬픈지, 저는 도무지 가늠할 수 없습니다. 설령 제가 사후 세계를 믿지 않았다고 해도 제 여동생들의 운명을 보며 사후의 삶이 실재함을 믿게 되었을 겁니다.

천국은 분명 있을 것이고, 그렇지 않다면 저희는 절망할 겁니다. 삶은 쓸쓸하고, 찰나이고, 공허해 보이기 때문입니다. 저한테 이들 둘은 추억 속에 귀중한 유산을 남겼습니다. 만약 제가 세상에 홀로 남고 아버지까지 잃는다 해도, 제가 열렬히 사랑하고 소중하게 여길 과거의 것이 있으며, 그것은 변함이 없고, 썩지 않으며, 부패하지 않도록 영생이 약속해주는 것입니다.

그들은 매우 이른 나이에 세상을 떠났지만, 그들의 짧은 삶은 흠 없이 깨끗했고, 잠깐의 경력은 출중했으며, 그들의 때 이른 죽음에는 신성을 모독하는 어떤 것도 없었으며, 모든 것이 신성함 속에서 일어났습니다.

1년 전 어느 선지자가 제게 1849년 6월에 어떤 상황에 놓일 것이며 어떻게 가족을 빼앗기고 잃는지를 경고했다면, 가을과 겨울과 봄에 질병과 고통을 겪을 거라고 예언했다면, 그것을 절대 이겨낼 수 없는 일이라고 생각했을 겁니다. 다 끝났습니다. 브랜웰, 에밀리, 앤은 꿈처럼 떠나갔습니다. 스무 해 전에 마리아와 엘리자베스가 떠난 것처럼 말입니다. 저는 그들이 한 명씩 제 팔에 안겨 깊이 잠드는 것을 지켜보았고, 그들의 초점 없는 눈을 감겨주었고, 그들이 한 명씩 땅에 묻히는 걸 보았습니다. 지금까지는 하느님께서 저를 붙들어주셨습니다. 하느님께 진심으로 감사드립니다.

조의를 표하며 말로 다 설명할 수 없는 위로와 힘을 주었던 친구들에게도 고맙습니다. 선생님께서도 그중 한 명이십니다.

저희가 지난주 동안 묵었던 이곳 파일리는 험준한 암석 해안을 끼고 있는 작은 지역입니다. 파일리의 바다는 무척 파랗습니다. 절벽은 하얗고, 모래사장은 황량합니다. 저와 엘런에게는 너무 활기찬 스카버러보다 이곳이 더 잘 맞습니다. 저는 여기에서 한 주 더 지내려고 했는데, 엘런은 제가 내일 꼭 브리들링턴에 가야 한다고 합니다. 거기서 한 주를 지낸 다음 아버지가 계신 집으로 돌아갈 생각입니다. 아버지에게 위안이 되고, 앞으로의 고독한 삶의 무게를 견딜 힘과 명랑함을 지닐 수 있을까요. 그 삶은 고독할 겁니다. 저는 그 삶을 처음 겪는데, 한때 제게 가장 소중한 사람들이 살았던, 이제는 그들의 마지막 날의 그림자가 영원토록 남아 있을 그 방이 처음으로 텅 빈 모습을 보는 게 두려워 견딜 수가 없습니다. 엘런은 너무 멀리 살아서 자주 보기가 어렵습니다. 그녀의 집은 저희 집에서 30여 킬로미터나 떨어져 있습니다. 하지만 저는 지금까지 저를 도우신 힘을 믿습니다.

선생님의 따님께서 지금은 건강을 회복하셨기를, 선생님

과 부인분께서 따님에 대한 걱정에서 한숨 돌리실 수 있기를 바랍니다.

제게 얼른 편지를 보내주셔야 합니다. 선생님의 소식을 듣고 싶습니다.

주소: 브론테 양
브리들링턴
이스턴
J. 허드슨 씨

CB 드림

엘런에게

네 편지를 받지 못하면 오늘 너에게 한 줄 쓰려고 했어. 우리 정말 갑자기 떨어지게 됐네. 우리가 한마디 나눌 시간도 없이 헤어진 게 마음이 아팠지만, 차라리 그게 더 나을지도 몰라.

나는 여덟 시 조금 전에 집에 도착했어. 모든 게 깨끗하고 밝게 나를 기다리고 있었어. 아빠와 하인들은 건강했고, 다들 따뜻하게 나를 반겨줬지만 그게 내게 완전한 위안이 되진 않았어. 개들은 이상한 무아지경에 빠진 것 같았어.* 그 개들이 나를 선발대라고 여겼던 게 분명해. 그 말 못하는 짐승들은 내가 돌아왔으니 오랫동안 자리를 비웠던 사람들도 머지않아 돌아올 거라고 짐작했던 거겠지.

나는 이내 아빠를 남겨두고 식당에 들어갔어. 문을 닫았지. 집에 돌아왔다는 걸 기뻐하려고 애썼어. 한 번 빼고 예전에는 늘 기뻤어. 그 한 번도 슬픈 일로 위로받은 때였지. 근데 이번에는 그런 기쁜 마음이 들지 않았어. 온 집 안이 고요했어. 방은 전부 텅 비어 있었어. 나는 그 세 사람이 어디에 누워 있는지, 얼마나 좁고 어두컴컴한 거처에 누워 있는지 떠올렸어. 그들은 두 번 다시 이 땅에 오지 않을 거야.

* 에밀리가 기르던 불도그종 키퍼와 앤이 기르던 스패니얼종 플로시.

그러더니 쓸쓸함과 괴로움이 나를 덮쳤어. 겪어야만 하는, 피할 수 없는 고통이 찾아왔어. 나는 그 고통을 겪으며 서글픈 저녁과 밤을 보냈고, 그다음 날은 침통하게 보냈어. 오늘은 좀 나아졌어.

인생이 어찌 지나갈지는 모르지만, 지금까지 나를 붙들어주신 하느님에 대한 분명한 신뢰가 있어. 고독은 내가 믿는 것 이상으로 위로받고 견딜 수 있게 해줄지도 몰라. 제일 괴로운 건 저녁이 끝나고 밤이 올 때야. 그 시간이면 우리는 식탁에 모여서 이야기를 나누곤 했어. 지금 나는 홀로 앉아서 여지없이 침묵을 지키고 있어. 나는 그들 인생의 끝 무렵을 생각하지 않을 수가 없고, 그들의 고통과 그들이 했던 말과 행동, 지독한 고통 속 그들의 모습을 떠올리지 않을 수가 없어. 때가 되면 이 모든 게 가슴에 사무치는 일도 줄겠지. 사랑하는 엘런, 너의 다정함에 다시 한번 고마움을 전하고, 절대 잊지 않을게. 그들이 집에서 너를 보면 어떻게 생각했을까? 아빠는 내가 조금 더 강해졌다고 생각하셨고, 내 눈이 그렇게까지 퀭하지는 않다고 하셨어. 너희 어머니께서 괜찮으시고 머시도 꽤 건강해졌다는 소식을 듣게 되어 다행이야. 머시가 얼른 건강을 되찾으면 좋겠다. 머시와 모두에게 안부 전해줘. 얼른 답장 써서 가여운 힐드 양이 어떻게 지내는지 알려줘.

진심을 담아
C 브론테

친애하는 선생님께

선생님께 지난번 편지를 보낸 이후로 최선을 다해 제 책*을 작업했고, 이제 몇 주 안에 스미스 씨에게 원고를 넘겨드릴 수 있을 것 같습니다. 이 원고를 스미스 씨의 손에 제대로 넘겨드리면 정말 기쁠 것 같습니다.

『노스 브리티시 리뷰North British Review』가 때맞춰 도착했습니다.『E. 윈덤』,『제인 에어』,『F. 허비』에 관한 내용을 전부 꼼꼼하게 읽었습니다. 대체로 영리한 글이었지만, 글의 의의를 잃게 하는 발언이 있습니다.

칭찬을 중시하거나 비난을 경외하려면 그 칭찬과 비난의 출처를 존중해야 하며, 저는 일관성 없는 평론가는 존중하지 않습니다. 그는 "『제인 에어』가 여성의 작품이라면 그녀는 성별 없는 여성일 것이다"라고 했습니다.

그렇다면 그 책은 구원받지 못한 오류이며 기탄없이 비난받아야 합니다.『제인 에어』는 여성이 쓴, 여성의 자서전입니다. 그 책이 어떤 여성도 쓰지 않을 방식으로 쓰였다면, 강하고 결연하게 그 책을 비난하고, 형편없다고 말해야 합니다. 하지만 처음에 칭찬했다가 나중에 가서 나쁘게 말해서는 안 됩니다.

---

*　『셜리』.

『이코노미스트Economist』가 생각났습니다. 그 신문의 문학 평론가는 남자가 쓴 작품이면 칭찬하고, 여자가 쓴 책이면 '끔찍하다'라고 발표했습니다.

그런 비평가들에게 말해주고 싶습니다. '저는 남자도 여자도 아닙니다. 저는 작가로서만 드러납니다. 그것은 비평가들이 저를 판단할 유일한 기준이며, 제가 비평가들의 평가를 받아들이는 유일한 근거입니다.'

엘리스와 액턴 벨의 작품에 대해 공정함이나 안목을 보여주지 못하는, 설득력 없는 논평 하나가 있습니다. 그 비평가는 그 작가들이 시간과 삶을 떠났다는 사실을 몰랐습니다. 여동생들이 세상을 떠난 이후로 그들이 읽었으면 좋겠다 싶은 서평은 본 적이 없었고, 어느 서평도 여동생들이 떠났다는 생각을 견딜 만하게 해주지 못했습니다. 그들보다 저를 더 칭찬하는 걸 듣고 있자면 괴로웠고, 그들의 성격을 실제와 다르게 말하는 건 견딜 수 없었습니다. 지금도 슬픕니다. 하지만 그들은 이 땅으로부터 너무나 먼 곳에, 이 혼란으로부터 너무나 안전한 곳에 있습니다. 저는 잘 이겨낼 수 있습니다. 다만 지금 한 가지 점에서 마음이 약해집니다. 저 때문에 아버지의 마음의 평화가 흔들리는 모습을 보면 슬플 겁니다. 그래서 저는 저자로서의 제 존재가 아버지에게 최대한 영향을 미치지 않도록 합니다. 저는 항상 아버지에게 『제인 에어』의 성공에 대해 신중하게 희석하고 수정한 이야기만 들려드리면서 아버지께서 놀라지 않으시면서 기쁨을 느끼실 수 있도록 했습니다. 저희는 그 책 이야기를 한 달에 한 번도 꺼내지 않습니다. 『쿼털리』는 저 혼자만 알고 있었는데, 아버지께서 그걸 보셨다면 걱정하셨을 겁니다. 저는 지금 작업 중인 작품의 서문에서 그『쿼털리』에 한마디만 짧게 말하려고 합니다. 제가 기억하기로는 선생님께서 전에 릭비 양이 그 비평을 썼다고 말씀하셨는데, 그게 정말인가요?

『쿼털리』와 가볍게 대화를 나누려는 제 의도를 조금도 내비치지 말아 주세요. 미리 말을 꺼내기에는 너무 중요한 일 같습니다. 자고로 계획이란 소리 소문이 없이 짜서 진행하는 법이니까요.

이만 줄입니다.

진심을 담아
CB 드림

친애하는 선생님께

제 생각에 이 책의 제목은 별다른 설명이나 부연 없이 '셜리'로 하는 게 가장 좋을 듯합니다. 간단하고 간결할수록 더 좋습니다.

만약 테일러 씨께서 런던으로 돌아가는 길에 여기 들르시면 그 편에 원고를 전달해드릴 수도 있습니다.* 저는 일반적인 우편 수단을 쓰는 것보다 테일러 씨에게 맡기는 편이 더 좋습니다. 제가 런던에 있을 때 테일러 씨를 뵀었나요? 그가 기억이 나지 않습니다.

테일러 씨에게 며칠 동안 저희 사제관의 따뜻한 환대를 베풀어드리고 싶은데, 제가 테일러 씨께 형제분과 함께 오시라고 할 수 있고, 저희 아버지께서 함께 황야를 산책하며 동네를 구경시켜드릴 만큼 기운이 있으시고, 저희 아버지께서 특유의 은둔하는 습관 때문에 집에서조차 낯선 이와 어울리는 걸 불편해하지 않으신다면 말입니다. 저희 아버지께서는 염세적이거나 시큰둥한 면은 조금도 없으시지만, 사람들과 어울리기보다는 습관적으로 혼자 있기를 선호하시고, 습관은 폭군과도 같아서 아버지께서는 이제 그 족쇄를 끊어내시기가 어렵습니다. 이런 어려움이 없었다면

---

*   샬럿은 스미스엘더의 제임스 테일러가 원고 수령을 위해 방문했던 9월 8일 전에 『셜리』를 완성했다.

저는 진작에 선생님께 요크셔에 와주십사 부탁드렸을 겁니다. 저희 아버지께서는 스미스 씨의 친구라면 누구든 아주 친절하고 호의적으로 맞이하실 테지만, 특별한 일이 아니면 손님과 오랜 시간을 보내실 수 없을 거고, 결과적으로 아버지의 접대는 지루할 뿐일 겁니다.

선생님께서는 이런 것들을 고려하는 게 중요하다는 걸 아실 거고, 제가 테일러 씨께 오랜 기간 머무시는 대신 하루만 오시라고 부탁드린 이유를 이해하실 겁니다. 제가 테일러 씨를 만나면 매우 기쁠 거라고 말씀드리면 선생님께서도, 테일러 씨도 저를 믿어주시겠죠.

테일러 씨는 하워스가 여태껏 본 적 없는 낯설고 황량하고 작은 동네라는 것을 알게 되실 겁니다. 하워스는 리즈에서 30여 킬로미터 떨어진 곳에 있습니다. 테일러 씨는 기차를 타고 키슬리로 오셔야 합니다(두 시간마다 기차가 있습니다). 시플리 역에서 갈아타는 걸 잊으시면 안 됩니다. 그렇지 않으면 스킵턴이나 콘, 아니면 어딘지 모르는 곳으로 가게 되실 겁니다. 키슬리에 도착해도 6킬로미터를 더 이동하셔야 합니다. 데번셔 암스에서 탈것을 빌리실 수 있습니다. 마차나 다른 일반적인 교통수단은 없습니다.

테일러 씨께서 오시기 전에 연락을 주시면 제가 어느 날에 오실지 알고 원고를 준비해둘 수 있을 겁니다. 그때까지 완성하지 못했다면 마지막 한두 장은 우편으로 보내드릴 수도 있습니다.

이 편지를 테일러 씨에게 보내주시면 좋겠습니다. 그러면 선생님께서 길게 설명하는 수고를 더실 수 있고, 테일러 씨에게 앞으로 해주셔야 할 일을 알려드릴 수 있습니다. 테일러 씨는 이렇게 작은 목적을 위해 그렇게 큰 수고를 들이는 게 괜찮을지를 직접 판단하실 수 있을 겁니다.

이만 줄입니다.

진심을 담아
C 브론테 드림

윌리엄 윌리엄스에게, 1849년 11월 1일 하워스

친애하는 선생님께

저는 어제 집에 도착했고, 선생님의 편지와 루이스 씨의 편지, 평화 회의 위원회*의 편지가 저를 기다리고 있었습니다. 평화 회의 위원회가 보낸 편지에 답장하기에는 너무 늦어버렸습니다. 그것은 커러 벨에게 지난 화요일 엑서터 홀에서 열린 회의에 연사로 참석해달라고 요청하는 초대장이었기 때문입니다! 유명 인사인 커러 벨 씨는 그런 상황을 압도해버렸을 겁니다. 우연이라도 '평화 회의'가 『셜리』를 읽을 일이 생긴다면 그들은 그 저자와 연을 끊을 것입니다.

새커리 씨가 나아지셨다니 다행입니다. 하지만 새커리 씨가 위중하셨다는 사실은 몰랐습니다. 저는 그저 문학에 권태를 느끼시는 줄만 알았습니다. 『셜리』에 관한 새커리 씨의 의견을 들으셨다면 제게 알려주세요.

스미스 씨가 『셜리』의 상업적 전망에 흡족해하신다니 다행입니다. 저는 그 작품의 문학적 운명을 걱정하지 않으려 하며, 온전히 의연할 수는 없어도 웬만큼은 체념한 듯합니다.

루이스 씨는 첫 장을 좋아하지 않으시는데, 이 점은 선생님과 비슷합니다.

---

* 샬럿은 1849년 10월 30일에 런던에서 열리는 평화 회의에 초청받았다.

지난주에는 친구인 엘런과 보내는 호사를 누렸습니다. 엘런이 사는 곳은 여기보다 훨씬 인구가 많고 활기찬 동네입니다. 그곳에 갈 때마다 저는 어쩔 수 없이 사람들과 어울려야 하는데, 주로 목회자들과 어울려야 합니다.

최근에 방문하는 동안 제가 걸어 다닐 때 더 이상 보이지 않는 존재가 아니라고 생각하게 되는, 때로는 기쁘지만, 때로는 고통스러운 이유가 너무 많았습니다. 교구 전체가『제인 에어』를 읽은 것 같습니다. 이럴 거라고는 꿈도 못 꿨고, 이럴 가능성을 생각해본 적도 없었습니다. 저는 전에 없던 존경과 더 큰 친절이 담긴 대우를 받았고, 옛 학교 친구들과 선생님들도 아낌없는 온정을 보여주었으며, 거기에다가 목회자들이 저를 향해 눈살을 찌푸렸습니다. 거구의 목사 한두 명과 맞닥뜨렸을 때는 싸움이 벌어졌으면 했습니다. 그들이 솔직하게 말해줬으면 합니다. 선생님께서는 제 학교 친구들과 선생님들이 클러지 도터스 스쿨 출신이라는 걸 이해하지 못하실 겁니다. 사실 저는 아주 어린 소녀 시절에 그곳에서 한 해를 보냈던 걸 제외하고는 그곳에 간 적이 없습니다. 저는 제가 기억에서 잊힌 지 오래라고 확신합니다. 그래도 저로서는 모든 것을 선연히 기억하고 있습니다. 첫인상이 지워지는 일은 없기 때문입니다.

방금『데일리 뉴스Daily News』를 받았습니다. 솔직히 말씀드리면 그것을 읽었을 때 마음이 아팠습니다. 그것은 좋은 평론이 아닙니다. 말로 표현할 수 없을 정도로 잘못된 평론입니다.『셜리』가 그런 평론에 남긴 것과 같은 인상을 모든 독자에게 남긴다면, 그다음에 이어질 일은 더 이상 언급하지 않겠습니다.

크게 봤을 때는 확실히 혹평이 담긴 단평을 먼저 받아서 다행입니다. 그 단평은 처음에는 말로 표현할 수 없는 무지함으로 저를 놀라게 하고 그다음에는 제 마음을 뒤흔듭니다. 헬스톤이나 요크 사람들 같은 사람들은 없는 걸까요?

아니요, 있습니다.

첫 번째 장이 혐오스럽거나 저속한가요?

그렇지 않습니다. 첫 번째 장은 사실입니다.

저는 그런 비평가의 찬사는 어리석고 메스껍게 느껴지기에 경멸합니다. 지금 제 여동생들이 살아 있다면 저희는 이 단평을 비웃었을 테지만, 그들은 잠들어 있습니다. 그들이 저를 위해 깨어나는 일은 이제 없고, 탄식할 의미도 없는 것에 이렇게 마음이 흔들리는 제가 바보죠.

이만 줄입니다.

진심을 담아
CB 드림

제가 급해 보인다면 양해해주세요. 저는 정말 예전만큼 굳세지 않고 인내심도 없는 것 같아 두렵습니다. 어떤 충격이 오든 거의 모든 버팀목이 사라진 듯한 기분이 듭니다.

엘런에게

어밀리아의 편지에는 네가 헌즈워스를 방문한 것에 대한 설명이 자세히 담겨 있었어. 정말 재미있게 잘 썼더라. 자잘한 내용들을 꼼꼼히 담아서 그런지 전체적으로 생생했어. 편지를 보니 어밀리아가 특별한 관심을 받았다는 걸 알 수 있었어. 조 테일러가 내게 편지를 보내서 '링그로즈 양에 대한 의견'을 구했어. 이 말은 그녀에게 전하지 않는 게 좋을 거야. 그가 그녀를 다시 봤을 때 그녀가 아주 당혹스러워할 수도 있어. 그리고 그가 찾아갈 게 분명하거든. 그에게는 충실히 내 의견을 전했어. 그녀는 정말 상냥하고, 유능하고, 성격도 좋고, 적당히 현명하고, 관찰력이나 안목이 없지도 않지만, 아주 지적이거나 재능이 뛰어나거나 해박하지는 않다고 했어. 물론 그녀가 그에게 어울릴지 아닐지는 말하지 않았지. 나는 그 주제를 다루면서 그가 그녀에게 어떤 마음을 품고 있다는 낌새를 알아챈 티는 안 냈어. 이렇다 저렇다 할 것 없이 그의 질문에만 대답했지.

너는 『셜리』의 등장인물 그 누구도 실제 인물을 의도해서 쓰였다고 생각하면 안 돼. 그런 식으로 글을 쓰는 건 예술의 규칙에도 맞지 않고, 내 감정에도 맞지 않아. 우리는 현실이 제안하는 건 참아도, 명령하는 건 참지 않지. 여자 주인공들은 추상적인 존재이고, 남자 주인공들도 마찬가지야. 내가 봐왔고, 애정하고, 존경했던 자질들이 장식용 보석 처럼 이곳저곳 놓여서 그 세계에 보관돼. 넌 여자 주인공들 빼고 나머지 등장인물의 원형을 알아볼 수 있었다고 했는 데, 무어인 두 명이 누구를 표현한 것 같아?

너에게 비평 몇 편을 보낼게.『이그재미너』에 실린 비평 은 당대 최고의 정치 평론가인 올버니 폰블랑케가 쓴 건데, 그의 의견은 런던에서 많이 거론돼.『스탠더드 오브 프리덤 Standard of Freedom』에 실린 비평은 퀘이커교도인 윌리엄 호윗이 쓴 거야! 이것들을 잘 맡아뒀다가 네가 하워스에 올 때 가 방에 넣어서 가져와 줘. 네가 오기 전에 런던 여행을 마무리 할 생각이야. 그러면 너에게 말해줄 게 생기겠지.

어밀리아는 너에 대해 안 좋은 이야기만 해. 몸 잘 챙겨. 지금 나는 양재사와 함께 있어. 그녀가 얼마나 맘에 들지는 모르겠어. 그녀의 방식이 내 취향은 아니라서 말이야. 솜씨 가 좋은지도 아직 모르겠어. 두통과 소화불량만 없으면 훨 씬 나을 텐데. 가슴은 요즘 좀 나아졌어.

　커러 벨은 허락되든 아니든 개스켈 부인의 편지에 답장을 써서 친절하고 사려 깊은 연민의 편지에 감사를 표현해야 합니다.

　하지만 개스켈 부인은 커러 벨을 너무 안쓰럽게 여기시면 안 됩니다. 그녀보다 더 큰 고통을 겪는 사람들이 수천 명은 더 되기 때문입니다. 그녀가 알고 있는 어두운 날 중에서 가장 나쁜 날은 가족을 잃은 날들이었지만, 커러 벨은 그녀가 소중하게 여겼던 많은 사람 중에 살아남은 자이기는 해도 아직 가까이에 한 명의 가족이 남아 있기에 온전히 혼자라고 할 수는 없습니다.

　커러 벨은 그녀가 익명을 유지하는 가장 큰 이유가 익명을 포기하면 힘과 용기가 그녀를 떠나버리고, 그 후로 명백한 진실을 적는 일을 계속 꺼리게 될 거라는 두려움 때문임을 개스켈 부인에게 고백합니다.

런던, 패딩턴, 비숍스 로드, 웨스트본 플레이스 4번지

엘런에게

네가 내 주소를 몰라서 주소를 알기 전에는 내게 편지를 못 쓴다는 게 방금 생각났어. 주소는 위에 있어.

나는 지난 목요일에 이 거대한 바빌론에 도착했고, 그 뒤로는 일종의 혼란 속에 있었어. 다른 사람들에게는 사소한 변화와 상황, 자극이 내게는 크게 느껴지다 보니 말이야. 내가 휠라이트 박사님 댁에 가겠다는 계획을 스미스 씨에게 말씀드렸는데 그렇게는 절대 안 될 거란 걸 알았어. 스미스 씨가 크게 상심했던 것 같아. 스미스 씨는 자기 어머니 편에 내게 편지를 보냈고, 그래서 나는 그의 집에 머물기로 했어. 지금까지 이 결정을 후회할 이유는 없었어. 처음에 스미스 부인은 세심하게 신경 쓰라는 엄명을 받은 사람처럼 나를 맞아줬어. 나는 아침저녁 침실에 양초 두 개로 불을 피웠고, 스미스 부인과 그녀의 딸들은 존경심과 놀라움이 뒤섞인 채 나를 지켜보았지만, 모든 게 바뀌었어. 다시 말하자면 배려와 정중함은 여전하지만, 불안과 소원함은 자취를 감췄어. 그녀는 나를 좋아하는 듯이 대해주고, 나는 그녀가 훨씬 더 좋아지기 시작했어. 친절은 마음을 얻는 강력한 힘이지. 그녀의 아들은 첫인상만 봤을 때 호감이 가지 않았어. 하지만 지금은 그가 무척 마음에 드는데, 사업가일 때의 모습보다 아들이고 형제일 때의 모습이 더 좋아. 윌리엄스 씨

도 그 누구보다 신사적이고 박식해. 그는 분명 약점들이 있지만 어울릴 때는 드러나지 않아. 작은 사내인 테일러 씨는 또 한 번 자기의 자질을 보여줬어. 테일러 씨에 대해 아직 확실한 답을 내리지 못했지만, 능력은 있어. 왜냐하면 그가 회사에서 중요한 역할을 맡고 있거든(얼마 전 휠라이트 박사님이 말해줬는데 런던에서 가장 큰 출판사래). 그는 청년 마흔 명을 철저하고 엄격하게 관리해. 그의 젊은 상사는 그를 마음에 들어 하는데, 솔직히 나는 그 정도는 아니야. 사실 그가 헬스톤* 가문 같다는 느낌이 들어. 융통성 없고, 독재적이고, 고집도 세서 말이야. 친절을 베풀고 공감을 표현할 때도 있는데 잘 안돼. 그의 얼굴 한가운데 있는 코는 단호하고 무시무시한데, 그 코가 내 얼굴에 들이밀어질 때면 쇠처럼 내 영혼까지 꿰뚫어. 그래도 그는 굉장히 지적이고, 영리하고, 날카롭고, 현명하며, 집요한 끈기가 있어. 테일러에게 의지하다가 윌리엄스나 스미스에게 의지하는 건 화강암에서 가벼운 솜털이나 따뜻한 모피로 바꾸는 셈이지.

새커리를 봤어.

지금은 뭐가 더 없네. 이만 줄일게.

C 브론테

어밀리아는 어떻게 지내? 조 테일러에 대해서는 뭐 더 없어? 그녀에게 안부 전해줘. 편지 쓰고!

* 『셜리』에 등장하는 헬스톤 목사.

아빠에게

제가 어떻게 지내는지 한 줄 더 써야겠어요. 집을 떠난 이후로 아주 많은 걸 봤는데, 나중에 집에서 티타임을 즐기며 말씀드리고 싶어요. 극장에 가서 매크레디의 맥베스 연기를 봤어요. 국립미술관에서 그림들도 구경했고요. 터너의 그림들이 있는 멋진 전시회도 다녀왔고, 어제는 새커리 씨를 만났어요. 그는 다른 신사들과 함께 여기서 정찬을 즐겼어요. 그는 180센티가 넘는 장신에 특이한 얼굴을 가진 사내였어요. 잘생기진 않았고, 사실 정말 못생긴 얼굴이었고, 보통은 다소 신랄하고 엄격한 말투였지만, 다정한 표정도 지을 수 있더군요. 그는 제가 누구인지 몰랐고 저를 소개받은 것도 아니었지만, 곧 안경 너머로 저를 바라보더니 저희가 모두 저녁을 먹으러 가려고 일어났을 때 조용히 앞에 와서는 "악수합시다"라고 했어요. 그래서 악수했죠. 그는 제게 거의 말을 걸지 않았는데, 그가 떠날 때 매우 친절하게 또 악수했어요. 그를 적으로 돌리기보다 친구로 삼는 편이 나을 듯해요. 왜냐하면 그는 정말 만만치 않아 보이는 인물이거든요. 그가 다른 신사들과 대화하는 걸 들었는데, 그가 하는 말은 아주 간결하지만, 보통은 냉소적이고 매정하고 반박하는 말이에요.

저는 조용히 잘 지내요. 많은 이들이 저를 아는 것 같은

데, 저를 안다는 걸 티 내기에는 그들이 너무 점잖다 보니 제가 싫어하는 북적거리는 상황이나 세간의 관심이 전혀 없어요.

잘 지내고 계세요. 몸조심하시고요. 여기 날씨는 무척 변덕스러운데, 습하고 안개가 끼는 게 보통이라 감기에 걸리지 않게 조심해야 해요. 런던에서 일주일을 넘길 생각은 없지만 돌아가기 이틀이나 사흘 전에 또 편지 쓸게요. 달리 전하실 말씀이 없으시면 굳이 수고롭게 이 편지에 답장 안 하셔도 돼요. 태비와 마사에게 안부 전해주세요.

이만 줄일게요.

아빠의 다정한 딸,
C 브론테 드림

엘런에게

브룩로이드에서 온 네 편지랑 어밀리아의 편지를 받고 정말 기뻤어. 지금은 아주 신속하게 답장을 쓰려고 하는데, 방 안에 사람들이 많고, 나는 사람들 틈바구니에서 글을 쓸 수가 없어. 그저 답장을 미루면 네가 나를 게으르다고 생각할까 봐 걱정돼.

넌 내가 무척 행복하다고 생각하는 거 같아. 사랑하는 넬, 나는 네 머릿속에 나에 관한 뚱딴지같은 몽상이 스무 개는 있다는 걸 알아. 이제 그것들을 당장 지워버리는 게 좋을 거야.

행복하다는 거에 관해 말하면, 나는 신나는 사건과 상황에 놓여 있기는 해. 그렇지만 무척 힘들 때도 많아. 무슨 말이냐면 정신적 고통을 겪는다는 거야. 새커리 씨가 등장했던 순간에 나는 배고파서 완전히 정신을 놓고 있었어. 아침을 아주 가볍게 먹은 뒤로 아무것도 안 먹었거든. 그리고 그때는 저녁 일곱 시였어. 그날 저녁에는 흥분과 피로가 나를 지독하게 괴롭혔어. 그가 나를 어떻게 생각했는지는 모르겠어. 오늘 저녁에는 마티노* 양을 만날 거야. 그녀는 나에게 정말 다정한 편지를 써줬어. 그녀는 나를 커러 벨이라고

---

*   소설가이자 정치, 사회, 경제 분야를 다룬 저술가.

만 알고 있어. 나는 혼자 갈 생각인데, 어떻게 갈지 모르겠다.

스미스 부인이 친절하지 않았다면 나는 종종 비참했을 거야. 하지만 그녀는 나를 다정하게 대하는 편이고, 그녀의 배려는 결코 줄어드는 법이 없어.

나는 많은 걸 봤어. 너에게 말해줄 날이 오면 좋겠다. 어제는 윌리엄스 씨와 함께 새로운 국회 의사당을 둘러봤어. 가엾은 테일러 씨는 류머티스 열에 걸렸고, 내가 마지막으로 편지를 쓴 뒤로 계속 앓고 계셔. 테일러 씨가 안됐어.

꽤 어두워지고 있어서 그만 써야겠어. 처음에 계획한 것보다 하루 더 런던에 있지는 않을 거야. 이런 것들에 있어서 굳게 결심하고 흔들리지 않을 거야.

맹렬한 『타임스』께서 나를 잔인하게 공격했어.

진심을 담아,
C 브론테

주일.

어밀리아에게 사랑과 감사를 전해줘. 어밀리아와 조 테일러에 관해 무슨 말을 해야 할지 정말 모르겠어. 그 생각은 하고 싶지 않아. 가끔은 몸서리가 쳐져.

엘런에게

나 다시 하워스에 왔어. 신나는 소동에서 빠져나온 것만 같아. 교제와 변화에 익숙한 사람이라면 그런 분주함이나 자극을 그리 크게 느끼지 않았겠지만, 나는 매우 뚜렷하게 느꼈어. 내 체력과 정신력이 그런 노력에 요구되는 것을 채우기에는 역부족이라는 게 너무 자주 드러났거든. 나는 잘, 그리고 견딜 수 있는 만큼 오래 견뎠어. 내가 지칠 때마다 스미스 씨가 동요하는 게 보였어. 스미스 씨는 항상 나를 짜증 나게 하는 말이나 행동이 있었다고 생각하던데, 그런 일은 한 번도 없었어. 나는 적들, 다시 말해 나를 평가하는 데 전력을 다했던 사람들에게서도 완벽한 예의를 갖춘 대우를 받았거든. 내가 가끔 침묵한 건 그저 말할 힘이 없어서였지 결코 말할 생각이 없어서 그런 게 아니었다고 스미스 씨에게 몇 번이나 설명했어. 그랬는데도 그는 늘 내심 다른 이유가 있을까 봐 걱정하는 것 같았어.

스미스 부인은 꽤 근엄한 여성이지만, 감각과 안목이 있어. 그녀는 나를 아주 주의 깊게 지켜보았어. 내가 신사들에게 둘러싸여 있을 때 그녀는 내게서 눈을 떼는 일이 없었어. 내가 많은 사람 가운데 있거나 그녀가 아끼고 귀하게 여기는 아들과 단둘이 있을 때 나를 계속 보호하는 그 감시가 좋았어. 그녀는 내가 그녀의 아들 조지와 새커리를 비롯한 나머지 모두를 어떤 식으로 여겼는지 금방 알아챘을 거야. 조지는 젊은 영국 사업가의 매우 훌륭한 본보기야. 그래서 나는 그를 존경하고, 내가 그의 지지자라는 게 자랑스러워. 새커리는 지성의 거인이야. 그의 존재와 능력은 지적인 의미에서 깊은 경외감을 줘. 내게 그는 보통의 인간으로 인식되지 않아. 다른 사람들은 그의 존재와 능력 아래 종속된 존재에 불과해. 나는 그들 중 몇몇에게 존경을 표했고, 모두에게 예의를 다했다고 생각해. 물론 그들이 나를 어떻게 생각했을지는 모르지만, 다들 내가 더 눈에 띄고, 별나고, 매력적인 모습으로 나올 거라고 예상했나 봐. 그들은 더 많은 걸 존경하고 더 많은 걸 비판하고 싶어 했던 것 같아. 새커리만 빼면 모든 게 적당히 편안했어. 난 그와 함께 있을 때 비참할 정도로 멍청했거든.

넬, 하워스에 언제 올 수 있어? 최대한 빨리 정해서 알려 줘. 모두에게 안부 전해줘. 어밀리아에게 한마디 보탤게. 그쪽에 위기가 있었어? 난 사자가 어린 양과 짝이 되고, 표범이 어린아이와 함께 있는 모습(『이사야』 11:6)만 떠올라. 그걸로는 안 돼. 처음 한두 해는 그런대로 괜찮을 수 있지만, 그 이후는 생각하고 싶지도 않아.

친애하는 선생님께

호평이 담긴 『모닝 크로니클Morning Chronicle』과 악평이 담긴 『처치 오브 잉글랜드 쿼털리Church of England Quarterly』와 『웨스트민스터Westminster』를 받았음을 알려드리며 선생님의 편지에도 감사를 전합니다. 제가 혼자 있었다면 답장을 더 빨리 드렸을 텐데, 지금 저는 친구인 엘런과 함께하는 달콤한 시간을 즐기고 있고, 그녀 때문에 나태하고 게을러진 상태입니다. 온종일 그녀와 이야기하느라 바빠서 다른 일을 할 수가 없습니다. 선생님께서는 여성의 우정이라는 주제를 언급하시면서 여성들 사이에 진심 어린 애정이 드물다는 것에 놀라워하셨죠. 기혼 여성은 남편과 자녀에게 관심을 기울여야 한다는 점을 저는 잘 알고 있습니다. 그러나 미혼 여성은 서로를 매우 좋아하고, 서로를 존중하며 큰 위안을 얻는 경우가 많습니다. 어쨌든 우정은 속성으로 재배할 수 있는 식물이 아닙니다. 진정한 우정은 밤에 싹을 틔웠다가 하루 만에 시드는 조롱박이 아닙니다. 제가 엘런을 처음 봤을 때는 엘런을 좋아하지 않았습니다. 저희는 같은 학교 친구였습니다. 시간이 지나면서 저희는 서로의 장단점을 알게 되었습니다. 서로 달랐지만, 그래도 저희는 잘 맞았습니다. 애정은 처음에 씨눈이었다가, 다음에는 묘목, 그다음에는 튼튼한 나무가 되었습니다. 이제 제게 새로운 친구는, 아무리 고결하고 지성이 뛰어나도, 마티노 양조차도, 엘런과 같은 존재가 될 수 없습니다. 그렇지만 엘런은 성실하고, 관찰력이 예리하고, 차분하고, 행실이 바른 요크셔 소녀일 뿐입니다. 그녀는 낭만이 없습니다. 그녀가 시나 낭만적인 산문을 큰 소리로 읽으려고 하면 저는 짜증을 내며 그녀에게서 책을 빼앗습니다. 그녀가 그걸로 이야기를 꺼내면 저는 귀를 막아버립니다. 하지만 그녀는 착하고, 참되고, 신의가 있으며, 저는 그녀를 사랑합니다.

제가 집에 돌아온 이후로 마티노 양이 제게 정말 다정한 장문의 편지를 보내주셨습니다. 그녀는 제게 그녀를 보러 앰블사이드에 오라고 초대해주셨습니다. 저는 그 계획이 마음에 들었습니다. 제가 갈 수 있든 없든 그걸 계획하는 것이 즐겁습니다.

윌리엄스 부인께 편지를 보내달라고 하셨는데요. 윌리엄스 부인께서 저에게 먼저 편지를 써주시면 좋을 것 같고, 형식이나 기분에 얽매이지 마시고 부인께서 원하시는 방식대로 보내주시라고 말씀해주세요.

진심을 담아,
C. 브론테 드림

엘런에게

너희 어머니께서 편찮으시다니 걱정하지 않을 수가 없네. 얼른 다시 편지 보내 줘. 단 한 줄이라도 어머니께서 어떠신지 알려줘. 이 그림자는 그저 지나가는 그림자에 불과하겠지만, 언젠가는 일어날 일을 미리 맛보게 하고 경고해 주는 거야. 사랑하는 엘런, 네가 살아 있다면 몇 년 안에 겪게 될 커다란 시련을 위해 마음의 준비를 하자. 그렇게 세상과의 유대가 산산이 끊어지는 건 우리가 제일 두려워하고, 반드시 겪게 될 고통이니 말이야.

넌 아마 이 편지를 받기 전에 J. 테일러를 만났을 거야. 그가 헐ʰᵘˡˡ에서 보낸 짧은 편지를 받았어. 그는 링그로즈 씨를 만났는데, 링그로즈 씨가 "공공연하게는 아니어도 적대적이었고, 거절하고 싶어도 그럴 만한 구실이 없어 보였다"고 느꼈대. 그는 "6주 전에 이런 반응이었다면 포기했을 겁니다"라고 말했어. 어밀리아를 봤는지는 얘기를 꺼내지 않더라. 그는 그만두지 않을 거야.

루이스의 편지를 보고 웃음이 났어. 그것 때문에 나는 그를 존경할 수가 없어. 셔틀워스의 편지는 웃음이 나지 않았어. 그는 그 뒤에도 또 편지를 보냈어.

오늘 웨이크필드의 룹셋 코티지에 사는 알렉산더 양이 보낸 편지를 받았어. 그녀는 알렉산더 박사의 따님이시라는데, 그녀에 대해 아는 것 좀 있어?

니컬스 씨가 『셜리』를 다 읽었어. 그는 『셜리』를 재밌어 했어. 존 브라운의 아내는 니컬스 씨가 혼자 앉아서 손뼉을 치고 발을 구르며 박장대소하는 소리를 듣고선 그 사람 머리가 잘못되었다고 심각하게 생각했어. 니컬스 씨는 목사들이 등장하는 모든 장면을 우리 아빠에게 읽어드렸어. 니컬스 씨는 자기 성격과 닮은 등장인물을 찾아내고 좋아했어.

그랜트 씨가 뭐라고 할지는 또 다른 문제네.

엘런에게

너희 어머니의 상태가 호전되셨다니 정말 다행이야. 검진이 필요한 일이 없었으면 좋겠다. 위독한 상태에 대한 두려움에 뒤이어 회복의 희망이 찾아왔을 때의 안도감은 정말 달콤하지. 그 안도감을 나도 간절히 바랐었지만, 누리는 게 허락되지는 않았어.

셔틀워스 경에 관한 정보 고마워.

모건 씨는 『제인 에어』를 다 읽었고, 비난이 아닌 최고의 찬사를 담은 편지를 썼어! 그는 『제인 에어』에 완전히 반했고 푹 빠져버렸대.

어제는 마사가 숨을 헐떡이며 잔뜩 들떠서 들어왔어. "이런 소식을 들었어요." 그녀가 말을 시작했어. "뭔데?" "정말이지, 아가씨께서 여태 본 적 없는 최고로 멋진 책을 두 권이나 쓰시다니요. 핼리팩스에 계신 저희 아버지께서도 그 소식을 들으셨고, 조지 테일러 씨와 그린우드 씨, 메럴 씨도 브래드퍼드에서 소식을 들으셨어요. 그분들은 메카닉스 인스티튜트에서 회의를 열어서 그 책을 주문하는 문제를 결정하기로 하셨어요."

"마사, 그만하고 가서 일이나 봐." 나는 식은땀이 났어.

존 브라운과 테일러 부인, 베티가 『제인 에어』를 읽을 거야. 하느님 저를 지켜주시고 인도하소서! 안녕. CB.

패트릭 브론테 목사에게, 1850년 6월 4일 런던
하이드파크 가든스, 글로스터 테라스 76번지

아빠에게

오늘 아침 아빠의 편지를 받아서 기분이 좋았고, 아빠의 건강이 어느 정도 호전되고 있다는 소식에 기분이 더 좋았어요. 요즘 날씨면 몸이 허하다고 느끼실 것 같네요. 적어도 요크셔가 런던만큼 덥다면요. 집의 지붕 공사 때문에 이토록 맑은 날들을 흘려보내는 게 아까워서 참을 수가 없어요. 일주일 전에 인부들이 시작할 준비가 되어 있지 않았던 게 정말 아쉽네요.

저는 편지를 보낸 뒤로 오페라도 보고, 왕립 미술원 전시도 다녀왔어요. 왕립 미술원에는 훌륭한 그림들이 있었는데, 특히 워털루 들판에 있는 웰링턴 공작을 그린 랜드시어의 큰 그림과 캠벨의 시 「최후의 인간」에서 영감을 받은 마틴의 웅장하고 멋진 그림에는 붉은 태양이 하늘에서 사라져가는 모습과 뼈와 해골들이 전경의 흙을 채우고 있는 모습이 담겨 있었어요. 또 동물학협회 사무총장님이 협회의 정원을 구경할 수 있는 명예 회원권을 보내주셨는데, 아빠도 보실 수 있었다면 좋았을 거예요. 사자, 호랑이, 표범, 코끼리, 셀 수도 없이 많은 원숭이, 낙타, 기린 대여섯 마리, 이집트인 사육사가 붙은 어린 하마 등 나무와 관목들 사이사이 대규모 야외 우리 안에 세계 각지에서 온 동물들이 갇혀 있었어요. 독수리, 타조, 안데스산맥에서 온 거대한 콘도

르 한 쌍, 처음 보는 오리와 물새 등 아주 행복하고 편안해 보이는 온갖 종류의 새들은 그들을 보호해주는 호수의 갈대와 사초 사이에 둥지를 짓고 있었어요. 미국에서 온 몇몇 새들은 말로 표현할 수 없을 정도의 소음을 냈어요.

또 우리 안에는 온갖 종류의 살아 있는 뱀과 도마뱀이 있고, 플로시*보다도 더 크고 거대한 실론 두꺼비들과 작은 불도그만큼 크고 사나운 외국 쥐들도 있어요. 거기서 가장 포악하고 지독해 보이는 것은 이 쥐들과 웃고 있는 하이에나(가끔 미치광이 스무 명 정도가 낼 법한 끔찍한 웃음소리를 내요), 코브라 뱀이었어요. 그중에서도 이 뱀은 최악이었어요. 악마의 눈과 얼굴을 하고, 날카로운 혀를 쉴 새 없이 빠르게 날름댔어요.

태비와 마사가 잘 지낸다니 기쁘네요. 그들에게 안부 전해주시고, 이만 줄일게요.

아빠의 다정한 딸,
C. 브론테 드림

『샤프스 매거진』에 실린 단평을 신경 쓰지 않으셨으면 좋겠어요. 저는 그 단평을 조금도 신경 쓰지 않아요. 스미스 씨도 그게 뭐든 문학적 의미에서는 전혀 중요하지 않다고 했어요. 『샤프스 매거진』의 대표인 샤프가 예전에 스미스 씨 아버지 밑에서 수습으로 일했다고 해요.

---

* 앤 브론테가 길렀던 스패니얼종 개.

엘런에게

네게 지난번 편지를 쓴 이후로 나는 꼭 휴식을 취해야 할 때를 빼고 내 시간을 많이 갖지 못했어. 그래도 나는 아주 잘 지냈고, 지난번보다 피로도 훨씬 덜했어.

물론 편지에 내가 평상시에 어떻게 보냈는지 시간순으로 남길 수는 없어. 그냥 주요 사건이라고 생각하는 세 개만 알려줄 수 있어. 왕실 예배당에서 웰링턴 공작을 본 거. 그는 정말 위엄 있는 원로였어. 하원에 방문한 거(이건 나중에 설명해줄게). 마지막으로, 대망의 새커리 씨와의 대화.

새커리 씨는 아침에 오셔서 두 시간 넘게 앉아 계셨어. 스미스 씨는 그 시간 내내 그 방에만 있었어. 나중에 스미스 씨는 그걸 기묘한 상황이라고 했는데, 내 생각에도 그랬을 것 같아. 그 거인이 내 앞에 앉아 있었다고. 나는 새커리 씨에게 그의 결점(당연히 문학적 결점) 몇 가지를 이야기하고 싶었어. 결점들이 하나씩 떠올랐고, 그것들을 하나씩 꺼내면서 설명이나 변호를 요청했어. 그는 위대한 튀르크인이자 이교도인처럼 자신을 철저히 변호했어. 다시 말하면, 그 변명은 잘못 자체보다 더 나쁠 때가 많았어. 이 일은 적절한 친목으로 끝났어. 상황이 괜찮으면 오늘 저녁에 그의 집에서 식사를 할 거야.

나는 루이스도 봤어. 그는 약점과 죄악을 모두 지닌 사람이야. 그렇지만 내가 큰 잘못을 저지르지 않는 한, 그의 본 바탕은 나쁘지 않아. 그리고 그의 성격이 거의 악마에 가깝다면, 나는 그에 대해 반쯤 슬프고 반쯤 애틋한 감정을 느끼는 것 외에는 달리 느끼는 게 없을 거야. 애틋하다는 말은 좀 이상하지만, 그 단어를 사용한 건 루이스의 얼굴을 보면 괜히 눈물이 날 것 같아서 그래. 얼굴이 놀랄 만큼 에밀리와 닮았거든. 에밀리의 눈과 이목구비, 특히 그 코와 살짝 튀어나온 입, 이마, 심지어 가끔 표정까지도 말이야. 루이스가 어떤 행동을 하든 무슨 말을 하든 나는 그를 미워할 수 없어.

나를 슬프게 하는 닮은꼴을 또 봤어. 캐버나 양에 대해 말했던 거 생각나? 글을 써서 어머니를 부양하던 젊은 작가 있잖아. 그녀가 나를 보고 싶어 한다는 윌리엄스 씨의 말을 듣고 어제 그녀를 만나러 갔어. 그녀의 모습은 나조차도 내려다봐야 할 만큼 조그매서 거의 난쟁이 같았고, 기형은 아니지만, 다시 말해 곱사등이는 아니지만 팔이 길었고, 언뜻 봐도 큰 머리와 이상한 얼굴을 하고 있었어. 그녀는 나를 만나면서 반은 솔직했고, 반은 떨었어. 우리는 함께 앉았고, 그녀와 5분 정도 이야기를 나누다 보니 그 얼굴이 더는 이상해 보이지 않았지만, 가슴이 아리는 친숙한 감정이 들었어. 모든 면이 마사 테일러였거든. 나는 짬을 내서 그녀를 다시 만날 거야. 그녀는 초라하지만 깨끗하고 깔끔한 작은 집에 살아. 그녀의 어머니는 캐버나 양을 붙잡아줄 수 없는, 마음이 좀 여린 여성 같아. 그녀의 아버지는 자기 아내와 아이를 아예 버렸고, 이 초라하고 작고 허약하고 지적이고 다정한 여성은 자기 머리를 생계를 꾸려 나가는 일에 허비하고 있어. 그녀는 스물다섯 살이야.

월리엄스 씨 가족을 꽤 여러 번 만났지만 내가 느낀 감상은 글보다 말로 전하고 싶어. 월리엄스 씨와 그의 아들과 세 딸은 지난 금요일에 스미스 부인이 주최한 무도회에 참석했어. 그들 다섯 명의 느긋하고, 우아하고, 자연스러운 태도는 주목할 만했지. 나중에 스미스 부인이 말한 것처럼 그들의 차림새와 외모는 그 방의 장식품이었어. 어제 그 집에 방문했는데, 내가 왜 그렇게 괴로워하며 돌아왔는지 모르겠어. 내가 그 가족에게서 보는 것을 다른 사람들은 보지 못하거나 적어도 언급하지 않았어. 내가 얼마나 오해하고 있는지는 모르겠어. 월리엄스 부인도 여기에 계셔. 그녀와의 대화는 매우 지적이고 매끄러워. 그녀의 태도도 더할 나위 없이 훌륭해. 도덕적 관점에서 그녀의 성격은 이제 의심할 게 없어. 하지만 나는 아버지와 큰딸을 제외한 나머지 모두에게 뭔가 있는 것 같아. 거기에 대해서는 말을 아끼고 싶어.

여기에 일주일 이상 더 머물 생각이 없지만, 그 시간이 지나도 나는 집에 갈 수가 없는 게, 하워스의 집 지붕을 이제 막 뜯어냈거든. 수리가 필요했어. 돈이라도 있으면(그럴 낌새도 없지만 말이야) 한두 주 정도 바다에 가고 싶어. 그게 되면 네가 나랑 같이 갈 수 있을지 궁금한데, 그래도 이 점은 깊이 생각해봐야 할 거야. 이만 줄일게.

신의를 담아,
CB

찰스 사우디 목사에게, 1850년 8월 26일 하워스

목사님께

제가 집을 떠나 있어서 편지에 언급하신 두 편의 편지를 찾아볼 수 없었던 상황만 아니었다면 목사님의 편지에 더 빨리 답장을 드렸을 겁니다. 그리고 출판을 결정하기 전에 그 편지들을 한 번 더 살펴보고 싶었습니다.

이제 그 편지들을 읽고 나서 편지 자체가 참 현명하고 친절하며, 이를 출판해야 한다는 생각이 들었습니다. 다만 제 이름을 지워주시고 제가 연필로 표시해둔 구절도 제외해주시기를 바랍니다. 제가 사우디 씨에게 보낸 편지는 기억이 나지 않습니다만 거기에 인용된 구절이 지금은 다소 철없이 느껴지는 터라 기록으로 남지 않았으면 합니다.

목사님의 아버지께 편지를 썼을 때 저는 아주 어렸습니다.* 저는 그분의 인자하면서도 단호한 조언이 필요했고, 다행히 저는 그 조언의 가치를 헤아리고 받아들이기로 결심할 분별이 있었습니다. 지금은 소싯적 조언이 필요했던 시점에 선생님께서 조언을 주셨던 기억을 떠올리면 감사할 따름입니다.

목사님께서 손수 정리하신 선생님의 생애와 서신을 읽고

---

*　오래전 샬럿은 사우디 목사의 아버지인 작가 로버트 사우디에게 자신의 시를 동봉해 조언을 구하는 편지를 보낸 적이 있다(33쪽 참고). 이후 사우디 목사는 아버지의 기록을 엮어 『로버트 사우디의 생애와 서신(The Life and Correspondence of Robert Southey)』을 출간했다.

나니 선생님에 대한 존경심이 이전보다 더 커졌다는 점을 덧붙이고 싶습니다. 동봉한 편지는 제게 매우 소중한 것이니 부디 돌려주시기를 바랍니다.

이만 줄입니다.

진심을 담아,
C 브론테 드림

친애하는 개스켈 부인에게

아버지와 저는 방금 차를 마셨어요. 아버지께서는 아버지 방에 조용히 앉아 계시고, 저는 제 방에 조용히 앉아 있어요. '폭풍우'가 정원과 교회 묘지에 휘몰아치고 있어요. 황야는 짙은 안개 속에 가려졌고요. 전 외롭기는 해도, 불행하지는 않아요. 제게는 감사할 일이 천 가지나 되거든요. 무엇보다도 오늘 아침 개스켈 부인에게서 편지를 받았고, 오늘 저녁 그 편지에 답장을 쓰는 특권을 누리는 것에 감사해요.

저는 『시드니 테일러의 생애』를 몰라서요. 기회가 닿을 때마다 구해보려고요. 부인께서 말씀해주신 작은 프랑스 책도 최대한 빨리 입수해야 할 책 목록에 넣을 거예요. 그 책은 모든 여성, 특히 미혼 여성에게 흥미로운 주제를 다뤄요. 사실은 부인과 같은 어머니들이 자기 딸을 위해서 그 책을 읽기는 하지만요. 저는 정기 간행물인 『웨스트민스터』를 꼬박꼬박 읽은 건 아니지만, 얼마 전에 지난 1월호 한 권을 구했어요. 거기에는 「여성의 사명」이라는 제목(진부한 표현이죠)의 글이 실렸는데, 제가 봤을 때 지당하고 합리적인 내용이 많이 담겨 있었어요. 남자들은 여자들의 지위를 예전과는 다른 관점에서 보기 시작하고, 공감 능력이 뛰어나고 정의감이 투철한 몇몇 남자들은 그 주제를 제가 감탄할 정도로 솔직하게 생각하고 말해요. 그러나 그들은 여자들의 지위를 개선하는 일이 여자에게 달려 있다고 말하는데, 사실 어느 정도는 옳은 말이에요. 저희의 노력이 더해져야만 가장 잘 해결될 수 있는 문제들이 분명히 존재하니까요. 하지만 그만큼 확실히 사회 체제의 토대에 깊게 뿌리내린 다른 문제들도 있고, 이러한 문제들은 저희의 노력만으로는 다룰 수 없고, 저희가 불평할 수 없고, 너무 자주 생각하지 않는 게 현명한 것들이죠.

테니슨의 『인 메모리엄In Memoriam』을, 정확히는 그 일부를 읽었어요. 반쯤 읽다가 책을 덮었어요. 이 시는 아름답고, 애절하고, 단조로워요. 그 표현에 나타나는 많은 감정은 진실의 흔적을 담고 있어요. 하지만 아서 핼럼이 알프레드 테니슨과 좀 더 가까웠다면, 그의 친구가 아닌 그의 형제였다면, 저는 이 운율에 맞춰 새겨넣은 슬픔의 추모비를 불신했을 거예요. 세월이 지나면 어떤 변화가 생길지 저는 모르지만, 쓰라린 슬픔은 최근까지도 시로 흘러나오지 않는 것 같거든요.

워즈워스의 『프렐류드Prelude』를 보내드리겠다고 약속드렸으니 이 편지 편에 같이 보내드릴게요. 다른 작은 책 한 권이 하루나 이틀 안에 또 갈 거예요.

부인께서 제게 편지를 쓸 시간이 있으실 때마다 부인의 소식을 들을 수 있어 좋아요. 하지만 절대 부담은 갖지 마시고 마음이 내키실 때나 한가하실 때만 편지를 써주세요. 부인께서 부담으로 여기며 쓰신 편지라면 제가 편하게 감사드리기 어려울 것 같아요.

부인의 발목이 나으시면 좋겠네요. 아마 부인께서 발목을 치료하는 동안 워즈워스가 부인의 심심함을 달래드릴 거예요. 분명 부인께서는 여섯 명의 소녀에게 둘러싸인 채로 능숙한 하녀들이 부인의 시중을 들고, 거동이 불편하실 때 움직이는 걸 막는 상황을 원하지 않으시겠죠.

친애하는 개스켈 부인, 안녕히 계세요.

이만 줄입니다.

진심을 담아,
C 브론테 드림

친애하는 선생님께

제 의도는 『폭풍의 언덕』에 관한 의견을 몇 자 쓰려는 것인데, 어쨌든 저는 그걸 이야기에 앞서 간략한 서문으로 따로 넣자는 제안을 드렸습니다. 또한 저는 제 여동생이 세상을 떠난 이후 처음으로 그 책을 펼쳐보며 다시 한번 읽어보고 싶은 마음이 들어요. 그 책의 힘은 새로운 감탄을 자아내며 제 안에 차오르지만, 저는 여전히 압박을 느낍니다. 독자에게 순수한 즐거움을 맛보는 것이 좀처럼 허락되지 않습니다. 햇빛 줄기 하나하나가 험악한 검은 구름 띠를 뚫고 쏟아져 내려옵니다. 책장마다 일종의 정신적 흥분이 과하게 실려 있습니다. 저자는 이 모든 것을 자각하지 못했고, 어느 것도 그녀가 자각하도록 할 수 없었습니다. 그리고 이 때문에 저는 깊이 생각에 잠기게 됩니다. 어쩌면 저 역시 제 문체의 결점과 특징을 알아챌 능력이 없을 수도 있습니다.

교정지를 보내는 게 큰 폐가 되지 않는다면 교정지를 수정하고 싶습니다. 늙은 하인 조지프의 대사에서 철자 표기를 수정하는 게 좋아 보입니다. 왜냐하면 지금 대사는 요크셔 사람의 귀에 아주 정확한 요크셔 억양으로 표현되었기 때문입니다. 하지만 남부 사람들은 요크셔 억양을 알아들을 수 없을 거고, 결국 이 책에서 가장 생생한 등장인물을 이해하지 못하게 될 겁니다.

새로운 내용의 양이 얼마나 될지 정확히 가늠할 수는 없지만 서른 장, 많아도 마흔 장을 넘기지 않을 것 같습니다. 분량이 매우 적으니 제목을 이렇게 붙이면 더 낫지 않을까요?

가령

E & A 벨의 폭풍의 언덕 & 아그네스 그레이

저자들에 대한 커러 벨의 단평

그리고 그들의 유고 선집

제가 드리는 제안은 이것뿐입니다. 더 나은 다른 제목이 있다면 그 제목으로 붙여주세요.

비평에서 일부 발췌한 내용을 준비해서 보내드리겠습니다.

마음이 아프지만 제 여동생들의 초상화를 하나도 가지고 있지 않다는 사실을 말씀드립니다.

이만 줄입니다.

진심을 담아,
C. 브론테 드림

엘런에게

이제야 너에게 편지를 쓸 수 있게 됐어. 나는 집을 떠나 있고, 고백하건대 장장 석 달 동안 나를 바닥까지 끌어내렸던 우울증이라는 무거운 짐을 내려놓고 잠시나마 분위기와 상황이 바뀌면서 편안해졌어. 지난가을은 절대 잊지 못할 거야. 낮이고 밤이고 할 것 없이 괴로울 때가 있었지만, 한번 네게 말했으니 이 주제는 더 말할 필요가 없어. 나는 고독을 극도로 혐오하게 됐고, 내 여동생들을 떠올리면 가슴이 미어져서 견딜 수가 없었어. 이제는 좀 나아졌어.

나는 일주일 동안 마티노 양의 집에 있어. 그녀의 집은 안팎으로 매우 쾌적하고, 모든 곳이 존경스러울 정도로 깔끔하고 안락하게 정돈되어 있어. 그녀의 방문객들은 가장 완벽한 자유를 누려. 그녀는 자신이 내세우는 그 자유를 방문객들에게 허락해줘. 나는 내가 일어나는 시간에 일어나서 혼자 아침을 먹어(마티노 양은 다섯 시에 일어나서 냉수로 목욕하고 별빛을 받으며 산책한 다음, 아침 식사를 마치고 일곱 시 전에 일을 시작해). 나는 응접실에서 아침을 보내고, 그녀는 서재에서 보내. 우리는 두 시에 만나서 다섯 시까지 같이 일하고* 이야기하고 산책해. 다섯 시는 그녀의

---

*　바느질이나 자수 놓기.

저녁 식사 시간이고, 밤에는 함께 시간을 보내는데, 이때는 그녀가 막힘없이 풍부하게, 그리고 가장 솔직하게 이야기를 나누는 시간이야. 나는 열 시가 지나면 내 방으로 가고, 그녀는 바르게 앉아서 열두 시까지 편지를 써. 그녀의 체력과 정신력은 고갈되는 일이 없고, 작업 능력에 있어서는 지치는 일이 없는 것 같아. 그녀는 훌륭하고 좋은 사람이야. 물론 특이한 면이 없지는 않지만, 나를 언짢게 하는 면은 지금까지 못 봤어. 그녀는 무정하면서도 따뜻한 마음씨에, 퉁명스러우면서도 다정하고, 자유주의적이면서도 전제적이야. 그녀는 자신만의 절대론을 전혀 의식하지 못해. 내가 그걸 말해주면 그녀는 펄쩍 뛰며 절대 아니라고 해. 그러면 나는 그녀를 보고 피식 웃어버려. 그녀는 앰블사이드를 거의 지배하다시피 해. 몇몇 상류층 사람들은 그녀를 싫어하지만, 하류층 사람들은 그녀를 매우 존경해. 크리스마스 때쯤 친척들이나 다른 손님들이 올 예정이라서 난 일주일 이상 머물지 않을 거야. 목요일에는 셔틀워스 경과 셔틀워스 부인이 여기 와서 식사를 할 거야. 기분을 상하게 하지 않는 선에서 슬쩍 빠질 수 있다면 그럴 생각이야. 답장으로 네가 어떻게 지내는지 말해줘. 모두에게 안부 전해주고, 이만 줄일게.

신의를 담아,
C 브론테

친애하는 선생님께

아무래도 제가 이미 윌리엄스 씨에게 편지를 보냈고, 분명 윌리엄스 씨는 제가 『교수』 문제*를 두고 불명예로 남을 만큼 쉽게 양보했다고 말씀하셨을 테니 선생님의 지난번 편지에 답장을 보내 새삼 선생님을 번거롭게 할 필요는 없습니다. 하지만 그 굴복이 '마지못해' 행해졌다고 주장하면서 어느 정도 그 행위를 그럴듯하게 포장해보는 게 제대로 된 일일 수도 있습니다.

이제 『교수』는 '출판업계'에서 아홉 번이나 거절당하는 영예를 누렸습니다(세 번의 거부는 선생님의 몫입니다). 선생님께서는 이번에야말로 『교수』를 받아들였다고 주장하실 수 있지만, 그건 인정할 수 없습니다. 그게 균형과 체면만을 위한 거라면 저는 이 박해받은 원고가 퇴짜맞았거나 적어도 아홉 번째로 거절당했다고 생각할 겁니다! 저는 『교수』와 똑같은 수준의 우수함을 지닌 작품이 거의 없다고 자부하지만, 물론 『교수』에 대한 제 감정은 바보 자녀를 애지중지하는 부모의 감정과 비슷할 수 있습니다. 『교수』의 가치는 윌리엄스 씨와 저를 빼면 누구도 절대 인정하지 않을 게 분명합니다. 저희의 안목은 매우 특별하고 유일무

---

* 당시 샬럿은 출판사에 보낼 다른 소설이 없었기 때문에 스미스엘더가 『교수』를 출판해주기를 기대했다.

이하며, 저는 그에 따라 저희 둘을 높이 평가합니다. 선생님께서는 그 가치를 맨눈으로는 볼 수 없다고 주장하실 수도 있습니다. 맞는 말씀입니다. 하지만 더 작은 물건일수록 그 가치는 가늠할 수 없을 정도로 큽니다.

선생님께서는 『교수』를 맡아주시겠다고 친절히 제안하셨습니다. 아, 안 됩니다! 활기가 넘치는 출판사에 친구도 없이 혼자 간다고 생각하면 그의 수수한 가치는 움츠러들어 기를 펴지 못합니다. 아마 선생님께서는 그에게서 몇 장을 뜯어 가끔 피우시는 시가에 불을 붙이실 수도 있습니다. 아니면 어느 날에는 선생님께서 그를 잃어버리시고, 콘힐 공무원이 그를 그러모아 폐지 보관소에 넘겨서, 그는 이른 나이에 버터 제조업체나 트렁크 제조업체로 가는 길을 알게 될 수도 있습니다. 아니요, 저는 그를 안전한 곳에 따로 넣어두었습니다. 실은 차분한 퀘이커교도 같은 그의 단조로운 표정을 견디기 힘들어서 제 책상이 아닌 벽장에 홀로 넣어두었습니다.

선생님께서는 런던에 가보라고 말씀해주셨지만, 그건 꿈처럼 덧없는 말이고, 다행히 지금은 제가 그 말씀을 듣거나 대답할 의무가 없습니다. 런던에 가는 일도, 여름도 아직 몇 달은 더 남았습니다. 저희 황야는 지금 막 눈으로 덮여 온통 하얗고, 작은 울새들이 아침마다 창가에 와서 빵가루를 찾습니다. 서너 달 전부터 미리 계획을 세울 수는 없습니다. 게다가 저는 런던에 갈 자격이 없습니다. 저는 그 누구보다 특별한 보상이나 기분전환을 누릴 자격이 없습니다. 도리어 남몰래 생각해보면 저는 책 한 권을 쓸 때까지 감옥에 들어가 독방 안에 갇혀 빵과 물만 먹으며 콘힐에서 보낸 편지 한 통 받지 못한 채 지내야 합니다. 그런 대우가 열두 달 동안 계속되면 둘 중 하나가 현실이 될 겁니다. 그 시간이 지난 뒤에 제가 세 권의 원고를 손에 쥐고 나오거나, 그게 아니라면 문학적 노력이나 작가로서의 기대에서 영원히 면제될 만큼 정신적으로 고갈된 상태로 나올 겁니다.

준남작들의 초대에 관해 짧게 언급하셨는데요. 선생님께서도 잘 아시다시피 그런 초대를 좋아하고, 그런 초대를 받고 싶어 하는 강렬한 열망이 제 약점입니다. 귀족들의 관심은 제가 특히 탐내고 가꾸고 매달리는 것이죠. 그것은 제게 너무나 유익한 것입니다. 매우 크고, 자유롭고, 마음에 쏙 드는 즐거움을 줍니다. 준남작에게 조언과 칭찬을 듣고, 귀족에게 주목받을 때면 얼마나 행복한지 모릅니다!

『런던 푸어^{London Poor}』에 실린 논설은 아주 흥미롭습니다. 그것들은 제게 새롭고 낯선 세계를 열어줍니다. 그 세계의 후미진 곳은 매우 어둡고, 매우 음울하고, 매우 역겹죠. 제가 감히 상상도 못 할 미래를 가꾸고 있는 세계입니다. 그 세계는 이 바보 같은 편지에서 다루지 말아야 할 생각들을 일깨워줍니다. 충실하고 단순하게 인쇄한 본문 양식이 다게레오타이프의 삽화와 잘 어울리네요.

선생님의 어머님과 여동생분들의 친절한 안부 인사에 감사드리며, 제 안부도 전해주세요. 이만 줄입니다.

친애하는 선생님께

마티노 양과 앳킨슨 씨의 신작 『인간의 본성과 발달에 관한 편지들』을 읽어보셨나요? 아직 읽어보지 않으셨다면 꼭 읽어보시기를 바랍니다.

이 책을 읽고 난 감상에 관해 당장은 말을 아끼겠습니다. 이 책은 제가 처음으로 읽어본 무신론과 유물론에 관한 내용이자 제가 처음으로 본 하느님이나 내세의 존재를 불신하는 단호한 선언입니다. 누군가 그런 설명과 진술을 재단할 때는 그것들이 일깨우는 본능적인 공포 같은 걸 무시하고, 치우침 없는 태도와 차분한 마음으로 그것들을 살펴보고 싶을 겁니다. 저는 그러기가 어려웠습니다. 제일 이상한 점은 우리더러 이 절망적인 공백에 반색하고, 이 쓰디쓴 상실을 큰 유익으로 받아들이고, 이 말로 표현할 수 없는 외로움을 즐거운 자유의 상태로 반겨주라고 한다는 것입니다. 그가 그러려고 한다고 해도 누가 그럴 수 있을까요? 그가 그럴 수 있다고 해도 누가 그렇게 할까요?

진심으로 저는 진실을 알고 싶지만, 만약 이것이 진실이라면, 진실은 신비함으로 자신을 지키고 베일로 자신을 가릴 것입니다. 만약 이것이 진실이라면, 진실을 바라보는 사람은 자신이 태어난 날을 저주할 수밖에 없을 겁니다. 하지만 저는 제 생각에만 얽매이지 않겠습니다. 오히려 다른 사람의 생각을 듣고 싶습니다. 자신의 판단이 감정에 치우치는 일이 없는 사람 말입니다. 편견 없이 이 책을 읽으시고 어떻게 생각하셨는지 솔직하게 말씀해주세요. 물론 시간이 있으시다면요. 시간이 없으시다면 답장하지 않으셔도 괜찮습니다.

지난번 편지에 감사드립니다. 그 편지는 정말 좋았습니다. 『리더^{Leader}』에 관해 말씀하신 모든 내용에 십분 동의합니다.

이만 줄입니다.

진심을 담아,
C 브론테 드림

엘런에게

테일러 씨가 여기 있다가 가셨어. 상황은 그냥 그대로야. 내가 전에 알고 있던 약간의 정보와 더불어 유일하게 알고 있는 건, 이 인도 사업이 스미스엘더가 계속 번창하려면 필수라는 것, 테일러만이 이 사업을 성공적으로 수행할 힘과 수단을 가지고 있다는 게 확인되었다는 것, 상업적 명예와 개인적인 사명감으로 테일러 씨가 명예로우면서도 위험한 이 직책을 받아들였다는 것, 테일러 씨가 개인적으로 매우 주저하면서도 5년 동안 자리를 비우는 것을 고려하고 있다는 거야.

테일러 씨는 훨씬 마르고 연배가 있어 보였어. 그를 아주 가까이서 안경 너머로 한 번 봤는데, 브랜웰과 닮았다는 생각이 강하게 들었어. 닮은 점이 뚜렷했거든. 그는 못생긴 건 아닌데 매우 특이했어. 그의 얼굴에 새겨진 주름에서 융통성 없는 성격이 보였고, 좀 더 말하자면 매력이 없는 냉담한 성격도 보였어. 그가 내 옆에 서서 날카롭게 나를 바라보는 동안, 나는 흔들림 없이 침착하게 내 의견을 고수하고, 예전처럼 움츠러들지 않으려고 하는 수밖에 없었어. 내가 솔직하지 않다면 무엇을 말해도 소용이 없잖아. 이번 기회로 그를 매우 호의적으로 보려 했다는 걸 인정할게. 하지만 그의 태도나 분위기는 처음 대화했을 때보다 나아진 게 거의 없었어. 그는 헤어질 때 내게 책 한 권을 건네면서 그 책을 간직하며 자신을 기억해달라고 짧게 부탁했고, "인도에서 소식을 들을 수 있기를 바랍니다. 당신의 편지는 당신이 생각하는 것보다, 혹은 제가 판단할 수 있는 것보다 더 큰 위안이었고 앞으로도 그럴 것입니다"라고 덧붙였어.

그렇게 그는 떠났는데, 그는 엄격하고 퉁명스러운 사람일 뿐이었고, 그의 태도는 신경에 거슬릴 때가 너무 많아. 그가 떠나고 그에 관한 생각을 하지 않게 되면서 나는 확실히 전보다 기댈 곳을 잃고 더 깊은 고독 속에 남겨졌어.

있잖아, 사랑하는 넬, 우리는 여전히 같은 생각을 하고 있어. 넌 고립되지 않았어.

이 교류에는 여전히 어떤 분명하지 않은 점이 있는 것 같고, 그게 나에게 뚜렷해질지는 모르겠어. 그래도 나는 그 주제를 내 마음에서 끊어내고, 가능하면 깊이 생각하지 않아야 해. 테일러 씨와 대화할 때 그는 스미스 씨에 대해 개인적으로 언급하는 상황을 의도적으로 피하는 것 같았고, 늘 '집'과 '회사' 이야기만 했어. 그는 내가 처음 그를 보았을 때처럼 시종일관 초조하고 긴장한 것 같았어. 그는 자신의 방식대로 나를 존중해줘. 그 존중에 내가 온전히 보답할 길은 없지만, 그 존중이 사라지니 고통스러운 빈자리가 남아버렸네.

토요일 아침

네 편지를 받았어. 집으로 돌아가는 여정이 무척 피곤했겠다. 하지만 하루이틀이 지나면 너는 이 기분전환이 유익하다고 느낄 거야. 그 장난꾸러기 플로시 녀석이 네게 어쩜 그렇게 한도 끝도 없이 문제를 안겨주는지! 걔가 사고를 치고 네 침대랑 여행 가방 속에 숨어 들어가는 것도 희한한 일이야, 못된 녀석 같으니라고!

위에는 '내 손님'에 관한 모든 이야기가 있어. 내가 그 방문으로 고통보다 즐거움을 더 많이 얻길 바란다는 너의 친절한 기대가 이루어졌다는 말은 못 하겠다. 내 가슴 속의 뭔가가 무척 아프고 괴롭지만, 나는 의연함을 길러야 해. 다행히 아빠는 더디기는 하지만 아주 조금 나아지셨고, 아빠와 테일러 씨는 처음보다 훨씬 잘 지냈어.

얼른 다시 편지 써줘. 이만 줄일게.

CB

아빠에게

아빠의 몸 상태가 여전히 무척 좋다는 소식과 주일에 카트먼 씨가 아빠를 도우러 왔다는 소식을 듣고 기뻤어요. 한 주 동안 식당 방에서 불편하게 지내셨을 듯하지만, 지금쯤이면 응접실 개조가 거의 마무리되었을 테니 조만간 예전 공간으로 돌아가실 수 있겠죠.

오늘 아침 아빠가 제게 전해주신 편지는 메리 테일러가 보낸 거였어요. 그녀는 뉴질랜드에서 행복하게 잘 지내고 있고, 가게도 잘되는 듯해요. 프랑스 신문도 무사히 도착했어요.

어제는 크리스털 팰리스에 한 번 더 다녀왔어요. 저희는 거기에서 세 시간 정도 머물렀고, 저는 첫 방문 때보다 이번에 더 큰 감명을 받았어요. 그곳은 경이롭고, 광대하고, 생소하고, 새롭고, 말로 설명할 수 없는 곳이에요. 그 장엄함은 하나가 아니라 모든 것이 독특하게 어우러짐에 있어요. 인간 산업이 만들어낸 모든 것을 그곳에서 보실 수 있어요. 철도 엔진과 보일러, 열심히 작동하는 제분기, 가지각색의 화려한 마차, 각종 마구로 채워놓은 구획들이 있고, 유리 덮개 위에 벨벳을 덮은 전시대에는 금과 은 세공인이 만든 화려한 작품들이 가득하고, 세심하게 보호되는 작은 장식함 속에는 수십만 파운드 상당의 진품 다이아몬드와 진

주가 가득해요. 이것을 자선행사나 박람회라고 부를 수 있을 거예요. 하지만 이건 동양의 귀재들이 만들었을지도 모르는 그런 자선행사나 박람회죠. 마법만이 세상의 끝에서부터 그토록 막대한 부를 쌓을 수 있었을 것 같고, 초자연적인 손길만이 그토록 뚜렷하고 눈부신 색채와 놀라운 효과로 그렇게 꾸며놓을 수 있었을 것 같아요. 거대한 통로를 채우는 군중은 보이지 않는 어떤 힘에 지배되어 복종하는 것처럼 보여요. 제가 거기에 있던 날 그곳을 채웠던 삼만 명의 사람들 사이에서는 큰 소음 하나 들리지 않았고, 무질서한 움직임 하나 보이지 않았어요. 그 살아 있는 파도가 멀리서 들려오는 바닷소리처럼 낮게 웅성대는 소리와 함께 조용히 너울거려요.

새커리 씨는 강연이 성공해서 기분이 무척 좋으세요. 아마 이번 성공으로 그의 명성이 높아지고 재산도 늘어날 거예요. 하지만 그는 공작 부인과 후작 부인들의 열띤 바람대로 이번 주 강연을 다음 목요일로 미뤘어요. 그들은 원래 강연이 계획된 날에 여왕님과 궁중 사람들과 함께 애스콧 경마장에 가야 했거든요. 저는 새커리 씨에게 그들을 위해 강의를 미룬 게 잘못된 판단이었다고 말했고, 지금도 그렇게 생각해요.

문학 조합을 위해 불워의 희곡을 올리는 아마추어 공연도 경마 때문에 미뤄졌어요.

사랑하는 아빠, 아빠와 니컬스 씨와 집에 있는 모두 잘 지내기를 바라요. 마사에게 청소는 적당히 하고 과로하지 말라고 전해주시고요.

마사와 태비에게 안부 전해주세요.

아빠의 다정한 딸,
C 브론테 드림

엘런 너시에게, 1851년 6월 24일 런던
글로스터 테라스 112번지

엘런에게

어제 너에게 답장을 보냈어야 했는데, 나는 우편 집배 시간이 되기 전에 나가서 온종일 밖에 있었어. 내가 런던에 있다는 걸 셔틀워스 경이 안 이후로 나는 내 시간이 거의 없었어. 셔틀워스 경은 매우 친절한 사람들을 데려왔어. 그리고 나는 나중에 가서야 내가 봤던 것에 고마움을 느낄 거야. 하지만 그때는 좀 힘들 때가 많았어. 목요일에는 웨스트민스터 후작이 멋진 파티에 초대해줬는데, 아름답고 또 (내 생각에는) 친절한 대븐포트 부인과 어울려야 했어. 하지만 나는 딱 잘라 거절했어. 금요일에는 셔틀워스 댁에서 저녁을 먹고, 대븐포트 부인과 멍크턴 밀네스 씨를 만났어. 토요일에는 라셸*의 공연을 보러 갔어. 충격적으로 경이로운 광경이었는데, 마치 발밑의 땅이 깊게 갈라져 지옥의 일면을 드러낸 것처럼 무시무시했어. 그건 절대 잊지 못할 거야. 그녀 때문에 나는 뼛속까지 몸서리가 쳐졌어. 그녀 안에는 어떤 악마가 육신의 거처를 차지해 살고 있는 게 분명해. 그녀는 여자가 아니야. 그녀는 뱀이야. 그녀는…. 주일에는 스페인 대사의 예배당에 오라고 하셔서 가봤는데, 대주교 예복을 입고 비레타를 쓴 와이즈먼 추기경이 견진성사를 보

---

*   프랑스에서 활동한 유명 여배우. 샬럿 브론테는 라셸을 모델로 삼아 『빌레트』에서 배슈티라는 인물을 만들었다.

고 있었어. 그 모습은 전부 불경스러운 연극처럼 보였어. 어제, 월요일 열 시에는 원로 시인인 로저스 씨와의 아침 식사 자리에 갔어. 거기에는 대븐포트 부인과 글레넬그 경이 있었고, 다른 사람은 없었어. 확실히 정말 차분하고 품격 있고 지적인 시간이었어. 아침 식사를 마치고 나서는 데이비드 브루스터 경이 와서 우리를 크리스털 팰리스로 데리고 갔어. 난 이게 좀 두려웠는데, 데이비드 경은 정말 엄청난 과학자라서 장치 같은 것에 대해 그가 설명하는 걸 못 알아들을까 봐 겁이 났어. 사실 그에게 어떻게 질문해야 할지도 몰랐어. 나는 질문을 받지 않으면서 곤란한 상황을 전부 피했어. 그는 친절하고 간단하게 지식을 나눠줬어. 전시회에서 두 시간을 보내고 나니 너도 짐작하겠지만 무척 피곤했어. 우리는 웨스트민스터 경의 댁에 가서 그의 훌륭한 화랑에 소장된 그림들을 두 시간이나 더 둘러봐야 했어. 이제 금요일까지는 런던을 떠날 수 없어. 내일은 스미스 씨의 유일한 휴가거든(테일러 씨가 떠나면서 스미스 씨가 할 일이 산더미가 됐어. 내가 온 이후로도 여러 번 스미스 씨는 새벽 세 시까지 런던 시티에 있었어). 스미스 씨는 우리 모두를 리치먼드에 데려가고 싶어 하고, 나는 지난주에 그와 그의 어머니, 자매들과 함께 지내다 가겠다고 약속했어. 목요일에는 나도 볼 일이 있고, 개스켈 부인과의 약속을 거듭 미루다가 금요일에 그녀를 보러 가기로 했어.

　내가 이 모든 사람을 배 위에서 밀어내고, 모든 계획을 어기고, 모든 약속을 깰 수 있을까? 이렇게 하는 게 합리적일까? 그게 옳은 일일까? 그렇게 할 수 있을까? 넬, 되돌아

보면서 상황에 맞게 관대하게 생각해봐. 너 6주 전만 해도 내가 런던에 있는 동안 네가 고햄 가족들과 있을 거라서 내가 고햄 가족들을 못 볼 것 같다고 하지 않았어?

난 런던에 도착하고 나면 예상 밖의 일이 터질 수 있고, 내가 그걸 막을 수 없을 거란 걸 잘 알고 있었어.

이만 줄일게.

신의를 담아,
C 브론테

아빠에게

편지 보내주셔서 감사해요. 편지를 받고 정말 기뻐서 바로 답장을 보내야겠다고 생각했어요. 어제는 편지를 기대했었고, 그 기대가 깨져서 괜히 불안했어요. 날씨가 너무 추워서 아빠가 아프시거나 마사가 더 안 좋아진 건 아닐지 걱정했거든요. 마사가 몸을 잘 챙기기를 바라고, 아무래도 조금은 마사를 걱정할 수밖에 없네요.

저는 여기서 아주 잘 지내요. 근데 날이 너무 춥고, 시기가 이르다는 말을 들어서 아직 물놀이는 하지 않았어요.

바다는 정말 웅장해요. 어제는 평소와 조금 다른 만조였어요. 어제 오후에는 한 시간 정도 절벽 위에 서서 거대하고 탁한 황갈색 파도들이 밀려드는 모습을 지켜봤어요. 그 파도가 온 해안을 거품으로 하얗게 덮었고, 하늘을 천둥보다 허허롭고 낮은 소리로 가득 채웠어요. 파일리를 찾아오는 방문객이 아직 많지 않아서 저와 바닷새 몇 마리와 낚싯배 몇 척만이 바다와 해안가와 절벽 전체를 독점할 때가 많아요. 썰물이면 모래사장이 멀리까지 넓어지는데, 부드러워서 걸을 때 매우 즐거워요. 만조가 되면 모래의 흔적은 남아 있지 않아요. 어제는 큰 개가 바닷속으로 내달리더니 물개처럼 헤엄치고 파도에 덤비는 걸 봤어요. 플로시가 그 개에게 뭐라고 말할지 궁금하네요.

주일 오후에는 교회에 갔는데 니컬스 씨가 이 교회를 봤으면 좋겠어요. 우리 복도의 길이와 너비의 세 배가 될락 말락 하고, 바닥은 벽돌로 깔고, 벽에는 곰팡이가 파랗게 피었고, 신도석은 흰색으로 칠했는데 세월의 흐름에 부식되면서 페인트가 거의 다 벗겨졌어요. 한쪽 끝에는 작은 성가대석이 있어요. 성가대원들이 공연을 위해 일어섰을 때 그들은 모두 신도들에게 등을 돌렸고, 신도들은 강단과 목사님께 등을 돌렸어요. 이 움직임의 효과가 너무 우스꽝스러워서 정말이지 웃음을 참을 수가 없었어요. 니컬스 씨가 거기 있었다면 그도 분명 웃었을 거예요. 성가대석을 올려다보며 관객들을 향한 성가대원들의 넓은 등판만 보는 것은 무척 괴상했어요. 파일리에는 선하지만 일을 전혀 하지 않는 목사님이 한 분 계시고, 감리교 신자들이 늘어나고 있어요.

버터필드 씨의 패배를 기뻐하지 않을 수가 없네요. 그렇지만 이건 어떤 의미에서는 노동자들이 불만을 품고 저항하게끔 계산된 안 좋은 상황이에요. 사랑하는 아빠, 니컬스 씨, 태비, 마사에게 안부 전해주시고, 마사에게 외풍을 조심하고 청소할 때 필요한 만큼 도움을 받으라고 해주세요. 아빠가 계속 건강히 지내시길 바라요. 이만 줄일게요.

아빠의 다정한 딸,
C 브론테 드림

마거릿 울러에게, 1852년 6월 23일 파일리 베이

　친애하는 울러 양에게

　울러 양의 다정하고 반가운 편지가 이곳, 제가 3주 동안 무려 혼자 지내고 있는 곳에 도착했어요. 기분전환이랑 바닷가의 공기가 필요했거든요. 거리도 그렇고 다른 고려할 것 때문에 엘런 너시와 남부에 갈 수 없게 됐어요. 제가 속박에서 벗어나 자유를 느꼈더라면 정말 좋았을 거예요. 얼마 전에 울러 양이 가을까지는 스카버러에 방문할 가능성이 거의 없다고 엘런에게 들었어요. 그래서 저는 당장 가방을 싸서 이곳에 왔어요.

　첫 주에서 열흘 동안은 거의 끊임없이 두통과 성가신 병에 시달려서 그런지 바닷가가 제게 안 좋을 거라는 두려움이 컸어요. 날씨도 음울하고, 험악하고, 매섭게 추웠어요. 그런 상황에서 제 고독이 쓸쓸함을 띠면서 저는 저녁과 철야 기도 시간을 적적하게 보냈어요. 하지만 이젠 지나갔어요. 지금은 이 기분전환 덕분에 더 좋아지고, 더 강해졌다고 생각하고, 하루이틀 안에 집으로 돌아가고 싶어요.

　윌리엄 울러 씨가 저처럼 간에 울혈 증상이 있는 사람은 매일 서너 시간을 걸어야 한다고 말했다고 엘런 너시가 알려줬어요. 그래서 저는 여기에 온 이후로 최대한 많이 걸었고, 야외에 나가 있는 어부나 목욕 시중을 드는 여인처럼 햇볕에 그을리고 탔어요.

제 작업*에 관해서는, 오랫동안 고집스럽게 그 상태를 유지하고 있어요. 간이 둔하면 뇌도 둔해지는 게 분명해요. 하고 싶은 마음이 안 들어요. 이 상태가 아주 달라지지 않으면 제가 가을에 휴가를 갈 가능성은 고려해볼 가치도 없어요. 그래도 울러 양께서 스카버러에 계실 때 잠깐이라도 찾아 뵙지 못하는 건 정말 죄송해요.

스카버러를 떠나야 한다는 의무가 저를 동부 해안으로 이끌었어요. 저는 스카버러에 갔었고, 교회 묘지에 들러 비석을 봤어요. 비석에는 실수가 다섯 개나 있었어요. 결국 비석 표면을 다시 다듬고 글자를 새로 새기라고 해야 했어요.

친애하는 울러 양, 어린 친척을 도우려는 울러 양의 친절한 노력이 성공했을 때 울러 양이 느끼셨을 기분을 진심으로 이해해요. 그 상황에서 울러 양이 어떤 감정을 느끼실지 알아요. 저로서는 그의 삼촌들의 결정이 너무 매정하고, 너무 세속적이었기 때문에 섭리께서 울러 양을 그에게 더 관대한 운명을 안겨줄 적합한 수단으로 보셨다니 다행이에요. 가여운 청년! 거칠고, 무모하고, 통제가 안 되는 소년이라면 그렇게 쫓아내는 게 정당하다고 볼 수 있었겠지만, 과한 소심함과 연약한 마음에서 비롯된 단점을 가진 소년에게는 정말 잔인한 처사였을 거예요. 그의 어머니가 울러 양에게 정말 고마워하실 거예요.

카터 씨 부부에게 안부를 전해주세요. 편지 쓰실 때 엘런과 수전 이야기도 해주시고요.

* 『빌레트』 집필.

친애하는 선생님께

선생님께서는 『빌레트』를 읽고 나서 드신 생각을 솔직하게 알려주셔야 합니다. 제가 제 의견 말고 다른 의견을 얼마나 간절히 듣고 싶은지, 제가 한 줄이라도 읽어주거나 조언을 구할 사람이 없어서 가끔은 얼마나 허탈하고 절망하기까지 했는지는 말로 다 드릴 수 없습니다. 『제인 에어』는 그런 상황에서 쓴 게 아니었고, 『셜리』의 3분의 2를 쓸 때도 마찬가지였습니다. 그렇기에 『빌레트』를 쓰는 과정이 너무나 괴로워서 그 책 이야기만 나와도 견딜 수 없을 정도였습니다. 아직 책이 마무리되지 않았지만, 그래도 이제는 끝이 보입니다.

익명으로 출판하는 것에 관해서는 이렇게 말씀드리고 싶습니다. 저자의 이름을 공개하지 않는 것이 출판사의 이익에 실질적으로 해를 끼치는 경우, 다시 말해 서점들이 주문하는 데 지장이 있는 경우라면, 저는 익명 출판을 주장하지 않겠습니다. 하지만 그런 피해가 따라오지 않는다면 저는 익명의 그늘에서 보호받는 것에 크게 감사할 겁니다. 저는 '커러 벨의 신작 소설'이나 '제인 에어 작가의 신작'이라는 큰 글자가 박힌 광고를 무서워하는 것 같습니다. 하지만 이것들은 어느 정도 속세를 등진 가련한 이의 환상이니, 실질적인 문제를 방해하면 안 된다고 생각합니다. 그러니 솔직히 말씀해주셔야 해요.

제 몫의 배당금에 대한 은행어음이 무사히 도착했습니다.*

에즈먼드 대령을** 보고 싶습니다. 제가 생각한 두 번째 권의 단점은 여기에 있습니다. 두 번째 권에 역사는 너무 많은데, 이야기는 너무 적습니다.

선생님께서는 『빌레트』가 대중의 관심과 무관한 내용을 다루고 있다는 걸 아실 겁니다. 저는 오늘날의 이야깃거리를 다루는 책을 쓸 수가 없습니다. 노력해봐도 소용이 없습니다. 도덕성을 다루는 책을 쓸 수도 없고, 자선사업을 존경한다고 해서 자선적 성격의 개요를 짤 수도 없습니다. 비처 스토 부인의 작품 『톰 아저씨의 오두막』에서 다룬 주제처럼 거대한 주제는 제가 알아서 진지하게 언급하는 걸 피합니다.

이런 거대한 문제들을 제대로 다루려면 오랜 시간을 들여 현실적으로 살펴야 합니다. 그 문제의 영향을 속속들이 알고, 그 폐해를 진심으로 헤아려야 합니다. 그 문제를 사업을 위한 문제나 장사를 위한 고민으로 받아들이면 안 됩니다. 분명 스토 부인은 어린 시절, 책을 쓸 생각을 하기 훨씬 전부터 노예제의 냉혹함이 마음속에 스며드는 것을 느꼈을 겁니다. 그녀의 작품 전반에 풍기는 느낌은 진심이며, 꾸며낸 것이 아닙니다.

『빌레트』의 정직한 비평가가 되셔야 한다는 사실을 잊지

---

* 조지 스미스는 샬럿을 대신해 그녀의 집필에 대한 수익을 연금 상품에 투자했다.
** 새커리의 세 권짜리 소설 『헨리 에즈먼드』.

말아주시고, 윌리엄스 씨에게 가차 없이 비평해달라고 전해주세요. 저는 무엇이든 기꺼이 고칠 것이며, 윌리엄스 씨와 선생님의 감상을 알고 싶습니다.

이만 줄입니다.

진심을 담아,
C 브론테 드림

친애하는 선생님께

선생님의 편지에 진심으로 감사드립니다. 『빌레트』가 제 눈이 아닌 다른 사람의 눈에 어떻게 보일지 미심쩍은 마음에 심히 지쳐 있었기 때문에 그 편지가 큰 위안이 되었습니다. 선생님의 호의적인 감상에 기대는 것이 어느 정도 옳은 행동이라고 생각되는데, 그건 선생님께서 잘못되었다고 슬쩍 말씀하신 부분에서 선생님의 생각이 옳기 때문입니다. 선생님께서는 적어도 제가 결점이라고 생각했던 두 가지 모순을 정확히 짚으셨습니다. 그레이엄의 소년기와 성인기의 완벽한 조화가 부족했고, 팬쇼 양에 대한 그레이엄의 감정 변화가 어색하고 갑작스러웠습니다. 하지만 선생님께서는 그가 한동안 아무도 모르게 그 젊은 숙녀를 다소 낮게 평가했고, 천사보다 조금 못하게 여겼다는 걸(『시편』 8:5) 기억하셔야 하지만, 그래도 독자는 감정 변화에 대한 이 준비 과정을 더 잘 느꼈을 겁니다.

출판 준비는 콘힐에 맡깁니다. 계속될 수 없는 수수께끼를 꾸미는 것이 적절하지 않다는 선생님의 말씀에는 분명 설득력이 있습니다. 그러니 선생님께서는 가장 좋은 방향이라고 생각하신 대로 행동하셔야 합니다. 또한 큰 글씨가 박힌 광고도 따르겠습니다. 숨고 싶어 하는 타조처럼 굴면서 툴툴거리지만 말이죠.

세 번째 권의 대부분은 '괴팍한 교수'의 이야기입니다. 루시는 존 박사와 결혼해선 안 됩니다. 그는 너무 젊고, 잘생겼고, 유쾌한 성격에, 마음씨도 좋습니다. 그는 자연과 운명의 여신의 '고수머리를 한 총아'입니다. 그는 인생의 복권에 당첨되어야만 합니다. 그의 아내는 젊고, 부유하고, 아름다워야 합니다. 그는 정말 많이 행복해야 합니다. 루시가 누군가와 결혼한다면 그 교수, 용서할 게 많고 '참아야 할' 게 많은 그 남자여야 합니다. 하지만 저는 프로스트 양을 관대하게 대하고 싶지 않습니다. 처음부터 저는 그녀의 구역을 아름다운 곳(『시편』16:6)으로 정할 의도가 없었습니다.

세 번째 권의 결말에는 여전히 어떤 불안한 것이 있습니다. 그래도 저는 최선을 다할 수밖에 없습니다. 세 번째 권은 바로 마무리될 겁니다. 제가 작업에 완전히 빠져들 때마다 걸핏하면 저를 붙잡아 기세를 꺾어버리는 불쾌한 두통을 물리칠 수만 있다면 말입니다.

조지 스미스 씨

헨리 에즈먼드 대령이 막 도착했습니다. 그는 앤 여왕의 의복을 입고 있어 매우 고풍스럽고 기품이 느껴집니다. 가발과 검, 레이스와 주름 장식은 옛『스펙테이터』서체로 매우 잘 표현되어 있습니다.

친애하는 선생님께

『빌레트』에 대한 솔직하고 훌륭한 논평이 담긴 선생님의 친절한 편지에 감사를 전하는 일을 더는 미룰 수 없습니다. 선생님께서 지적해주신 많은 의견에 동의합니다. 세 번째 권에는 그 결점들이 어느 정도 사라질 수도 있으며, 그대로 유지되는 결점도 있을 겁니다. 저는 이 이야기의 재미가 어떤 부분에서도 선생님께서 원하시는 수준만큼 절정에 이르지 않는다고 생각합니다. 어떤 클라이맥스는 결말에 가까워질 때까지 나오지 않으며, 설령 그렇다고 해도 평범한 소설 독자가 '감정이 차곡차곡 잘 쌓였다'라고 생각할지(미국인들이 말하는 것처럼요), 아니면 그 색깔들이 캔버스 위에 적당히 과감하게 뿌려졌다고 생각할지는 알 수 없습니다. 그래도 저는 그들이 주어진 내용에 만족하지 않을까 싶습니다. 제 팔레트는 더 밝은색을 제공할 수 없습니다. 제가 빨간색을 더 진하게 칠하거나 노란색을 더 빛나게 하려고 한다면 저는 망할 수밖에 없습니다.

제가 잘못 본 게 아니라면 이 책의 감정선이 처음부터 끝까지 그런대로 통제되고 있다는 것이 드러날 겁니다.

여주인공의 이름에 관해서는, 제가 어떤 미묘한 생각에서 그녀에게 차가운 느낌의 이름을 붙이기로 했는지 설명하기가 어렵습니다. 하지만 처음에 저는 그녀를 '루시 스노우(철자 *e*가 붙음)'라고 불렀다가 이 '스노우'를 '프로스트'로 바꿨습니다. 그 뒤에 바꾼 게 조금 후회되면서 '스노우'로 되돌리고 싶었습니다. 너무 늦은 게 아니라면 지금 원고 전반에 걸쳐 수정하고 싶습니다. 그녀는 어느 정도는 '잘못된 어원설'에 따라, 어느 정도는 '사물의 합목적성' 원리에 따라 차가운 느낌의 이름을 가져야 합니다. 그녀는 외면의 차가움을 가지고 있기 때문입니다.

선생님께서는 그녀 인생의 서사가 더 완전하게 주어지지 않으면 그녀가 병적이고 나약하게 여겨질 수 있다고 말씀하셨습니다. 저는 그녀가 병적이고 나약할 때가 있다고 생각합니다. 이 인물의 설정은 순수한 강함을 내세우지 않으며, 누구라도 그녀의 삶을 산다면 필연적으로 병적인 사람이 될 것입니다. 예컨대 그녀를 고해소에 가도록 몰아간 것은 건전한 감정의 자극이 아니었습니다. 그것은 고독의 슬픔과 병으로 반쯤 섬망에 빠진 상태였습니다. 하지만 책이 이 모든 걸 전달하지 못한다면 어디서 크게 잘못된 게 분명합니다.

저는 그 밖의 몇몇 의견도 해명할 수 있지만, 그건 그림을 그려놓고 그 아래에 표현하려고 한 사물의 이름을 적는 것과 똑같은 행동일 겁니다. 우리는 작가의 설명을 지원군으로 내세워야 하는 작품이 어떤 수준인지 잘 알고 있습니다.

제가 부탁드린 감상평에 대해 명료하고 풍부한 답변을 주셔서 다시 한번 감사드립니다.

진심을 담아,

C 브론테 드림

이 작품의 원고는 스미스 씨와 선생님만 보시는 걸로 해 주세요.

넬에게

업존 부인의 편지를 돌려보낼게. 그 편지는 무척 별나고, 네가 방문하기에 맘을 편하게 해주는 좋은 징조는 아닌 거 같아. 업존 부인도 그렇고 그녀의 하인도 그렇고 뭔가 잘못된 게 있는 게 분명해.

다른 편지를 같이 보낼게. 그 편지는 직전에 있었던 사건에 관한 건데, 지금까지 그 장문의 편지에 담긴 의미를 혼자 해석해내려고 하지 않았고 다른 사람에게 내비치는 일도 없었어. 그 편지 때문에 내 마음에 깊은 걱정이 생겼어.

네가 읽게 될 이 편지는 니컬스 씨가 보낸 거야. 네가 여기에 머물 때 특별히 그를 눈여겨본 적이 있었는지는 모르겠네. 가끔 드는 생각이지만 너는 보통 이런 문제를 빨리, 아니 너무 빨리 알아채. 하지만 네가 아무 말도 안 하길래 나도 희미한 불안감을 억눌렀어. 눈에 보이는 확실한 근거가 없었으니까. 아빠가 보거나 알고 계신 게 뭔지 대충 짐작은 가지만 일부러 여쭤보지는 않으려고 해. 아빠는 니컬스 씨가 의기소침해 있는 것, 외국으로 떠나겠다고 협박한 것, 그의 건강이 상했다는 걸 보여주는 증상들을 전부 세세하게 알아채셨고, 조금의 연민도 없이 에둘러 비꼬면서 지켜보셨어.

월요일 저녁에는 니컬스 씨가 여기에 차를 마시러 왔어.

나는 오래전부터 그랬듯이 그의 흔들림 없는 시선과 낯설고 열띤 절제의 의미를 명확하게 알아채지 못하고 막연하게만 느꼈어.

차를 마시고 나서 나는 평소처럼 식당으로 물러났어. 평소처럼 니컬스 씨는 여덟 시에서 아홉 시까지 아빠와 함께 앉아 있었어. 그러다가 그가 가는 것처럼 응접실 문을 여는 소리를 들었어. 나는 현관문이 닫히는 소리가 들릴 걸 예상했어. 그는 복도에 멈춰 섰고, 문을 가볍게 두드렸어. 나는 나에게 무슨 일이 닥칠지 번뜩 깨달았어. 그가 들어오더니, 내 앞에 섰어. 너는 그가 무슨 말을 했을지 짐작할 수 있을 거야. 그의 태도는, 넌 실감하지 못할 거고, 나 역시도 그걸 잊을 수가 없어. 그는 열*부터 발끝까지 떨면서 심각하게 창백해져서는 낮은 목소리로 격렬하면서도 어렵사리 말을 꺼냈어. 그는 대답을 확신할 수 없는 곳에서 애정을 선언하는 남자가 치르는 대가가 무엇인지 처음으로 느끼게 해줬어.

보통 때는 동상 같던 사람이 그렇게까지 떨고, 동요되고, 맥을 못 추는 모습을 보고 있자니 일종의 이상한 충격을 받았어. 그는 몇 달 동안 자기가 겪었던 고통, 다시 말해 더 이상 참을 수 없는 고통을 이야기했고, 어느 정도 희망을 품고 허락을 구했어. 나는 그에게 지금은 가달라고 애원하면서 내일 답하겠다고 약속할 수밖에 없었어. 나는 그가 아빠에게 말했는지 물어봤어. 그는 감히 그러지 못했다고 했어. 나는 반은 끌고 반은 밀어서 그를 방에서 쫓아낸 것 같아. 그

---

*　샬럿은 머리(head)를 열(heat)로 잘못 적었다.

가 떠나자마자 아빠에게 가서 무슨 일이 있었는지 말했어. 그 상황에 어울리지 않는 흥분과 분노가 뒤따랐지. 만약 내가 니컬스 씨를 사랑이라도 하는 상황에서 아빠가 예전처럼 그런 모욕적인 별명을 그에게 붙이는 걸 들었다면 나는 인내심을 잃었을 거야. 나는 억울해서 피가 거꾸로 솟았지만, 아빠는 관자놀이의 정맥이 팽팽하게 불거지고 눈에 갑자기 핏발이 서지 않도록 애쓰셨어. 나는 다음 날 니컬스 씨에게 분명한 거절의 뜻을 전하겠다고 다급하게 약속했어.

어제 편지를 보냈고 이 편지를 받았어. 이 말에 어떤 설명도 덧붙일 필요가 없어. 누군가가 나를 아내로 고려한다는 생각만 해도 질색하는 아빠와 괴로워하는 니컬스 씨, 이 두 사람이 나를 고통스럽게 해. 내가 니컬스 씨에게 좋아하는 감정을 전혀 품지 않았다는 걸 너는 알지만, 월요일 저녁에 그가 몇 달 동안 시달린 고통을 다급하게 털어놓은 뒤로 그의 상태에 쓰린 연민이 드는 게 화가 나고 성가셔. 나는 그가 나에게 뭔가 관심이 있고 내가 자기를 좋아해주길 바라는 게 아닌가 오랫동안 생각해왔는데도 그의 감정이 어느 정도인지, 얼마나 강한지는 몰랐어.

사랑하는 넬, 안녕.

신의를 담아,
C 브론테

셔틀워스 경과 마티노 양이 보낸 편지를 받았는데, 지금은 그들 이야기를 할 수가 없어.

넬에게

너는 어떠냐고 물어보겠지? 나는 정말 모르겠거든. 이 일은 꿈인 것 같아. 내 머리는 이 일이 오래전부터 태동해왔다는 걸 알려주지 않았어. 이 감정의 격동이 어떻게 그리고 어디서 오는지 이해하려니 혼란스러워.

우리 아빠가 니컬스 씨를 어떻게 대하는지 물어봤잖아. 그냥 네가 여기 와서 우리 아빠가 지금 어떤 기분인지 봤으면 좋겠어. 너는 우리 아빠를 어느 정도 알 거야. 아빠는 니컬스 씨를 꺾을 수 없는 엄격함으로, 누그러뜨릴 수 없는 경멸로 대하실 뿐이야.

둘은 아직도 대화를 나누지 않았고, 모든 과정은 편지로 이루어졌어. 수요일에 아빠는 니컬스 씨에게 정말 잔인한 편지를 썼어. 니컬스 씨의 몸과 정신 상태를 생각하니(그 가여운 사람이 식사를 아예 거부하면서 그의 집주인인 마사의 어머니를 질리게 하고 있었기 때문이야) 나는 그 공격을 막아야겠다고 생각했고, 니컬스 씨가 자신이 표현한 감정에 상응하는 답을 내게 기대해서는 안 된다는 취지의 편지를 무정한 속달로 보내는 게 옳다고 생각했어. 하지만 이와 동시에 그에게 의도적으로 고통을 안겨주는 의견에 가담했다는 걸 부인하고 싶어서 그에게 용기와 마음을 지키라고 타일렀어.

그 두 통의 편지를 받자마자 그는 집을 떠났어. 내가 동봉한 짧은 편지는 어제 온 거야.

너는 우리 아빠의 분노 대부분이 아예 근거가 없지는 않은 생각, 그러니까 니컬스 씨가 그토록 오랫동안 자신의 목적을 숨기고 아일랜드식 소설을 써대며 엉큼하게 행동했다는 생각에서 나온다는 걸 이해해야 해. 나는 아빠가 돈이 궁하다는 생각을 좀 과할 정도로 하시는 것도 걱정되는데, 아빠는 이 결혼이 내 수준을 떨어뜨리는 짓이고 내 가치를 내 손으로 깎아먹는 일이라면서, 내가 결혼을 한다면 이거보단 훨씬 더 나은 선택을 할 줄 알았다고 하셨어. 즉, 아빠가 이 주제를 바라보는 방식은 전반적으로 내가 공감할 수 있는 것과는 거리가 멀어. 내가 반대하는 이유는 감정과 취향, 신념이 맞지 않는 데서 비롯된 거라서 말이야.

사랑하는 넬, 너는 어떻게 지내? 브룩로이드에서는 다들 잘 지내지? 모두에게 안부 전해줘. 아빠가 다시 평온을 찾고 니컬스 씨가 쇠고기와 푸딩을 먹기를 간절히 바라며, 이만 줄일게.

C 브론테

아빠의 눈에 생긴 염증의 조짐이 사라지고 있다는 기쁜 소식을 전해.

엘런에게

새해 첫날 밤, 네 생각을 하면서 네가 만만치 않은 차 끓이기를 무사히 끝냈기를 바라. 화요일과 수요일도 즐겁게 지나갈 거라고 믿어. 나도 이번 주에 런던에 갈 채비를 하느라 나름 바쁘고, 조금 신경 써야 할 문제가 있어. 스미스 씨는 내가 오기 전에는 인쇄 작업을 진행하지 않겠다고 굳게 다짐한 거 같아서 나는 출판사를 살펴보러 가야 해.* 사실 나는 브룩로이드에 있었을 때 이후로 교정지를 세 장 밖에 못 받았어. 아빠도 내가 가기를, 여기를 벗어나기를 바라시는 것 같지만, 나 말고는 누구도 가엾게 여기지 않는 한 사람이 안쓰러워. 마사는 그에게 불만이 많아. 존 브라운은 그를 쏴버리고 싶다고 했어. 그들은 그의 감정의 본질을 이해하지 못해. 하지만 나는 이제 그것이 무엇인지 알아. 니컬스 씨는 극소수의 사람에게만 애착을 품는 사람이고, 그런 감정들은 은밀하고 깊어서 좁은 수로를 세차게 흐르는 지하의 수맥 같아. 그는 계속 불안해하고 몸이 좋지 않아. 가끔 생기는 업무를 세심하게 보지만, 교회 근처로는 오지 않고

* 샬럿은 1852년 11월 『빌레트』 원고를 스미스엘더에 보냈고, 이를 검토한 출판사는 이야기 초반의 주요 인물들에서 후반부의 인물들로 초점이 옮겨지는 구조가 마음에 들지 않는다는 답장을 보냈다. 샬럿은 이를 해결하기 위해 1월 5일부터 스미스 씨 가족과 함께 런던에 머물며 『빌레트』의 교정 작업을 진행했다. 『빌레트』는 1월 28일에 출간되었다.

주일마다 대신할 사람을 찾아.

그리고 며칠 뒤에 그가 우리 아빠에게 사직서를 철회해 달라는 편지를 보냈어. 아빠는 그 불쾌한 주제를 아빠에게도 나에게도 두 번 다시 꺼내지 않겠다는 각서를 쓰는 조건으로만 그렇게 하겠다고 답하셨어. 그는 이를 회피했기 때문에 문제는 아직 해결되지 않은 상태야. 분명 그 결말은 그가 호주로 떠나는 거겠지. 사랑하는 넬, 나는 그를 사랑하는 마음이 없는 채로 그가 외로움에 고통받는 것을 생각하고 싶지 않고, 그가 어디에 있든 더 행복했으면 해. 그와 아빠는 아직도 만나거나 대화를 나누지 않았어.

너희 어머니께서 건강하시다는 소식과 셔츠 만들기에 진척이 있다는 소식을 들으니 정말 기쁘다. 내가 집에 가기 전에 노퍽에서 너에게 오라고 하는 일이 없기를 바라. 차라리 네가 하워스에 오면 좋겠다. 얼른 답장 줘.

신의를 담아,
C 브론테

친애하는 엘런에게

칼라 고마워. 정말 예쁘다. 이걸 만들어준 사람을 생각하며 잘 쓰도록 할게.

니컬스 씨는 3일 월요일에 왔고 지난주 내내 여기 있었어.

지난 7월 이후로 상황은 이랬어. 니컬스 씨가 9월에 다시 왔었는데, 그 이후로 상황이 심하게 틀어져서 그를 거의 만나지 못했어. 그는 계속 편지를 보냈어. 나는 그렇게 편지를 주고받는 게 마음에 걸렸고, 그걸 아빠에게 숨기면서 너무 비참했어. 결국 순수한 고통 때문에 이 일을 밝힐 용기를 냈고, 모든 걸 털어놨어. 당시에는 너무 어렵고 힘든 일이었지만, 며칠이 지나고 계속 연락을 주고받아도 된다는 허락을 받아냈어. 니컬스 씨가 1월에 와서 이 근처에서 열흘을 지냈어. 나는 그를 많이 만났어. 아빠에게는 그를 더 알아갈 기회를 달라고 부탁드렸어. 그렇게 기회를 얻었고, 내가 알게 된 모든 것들로 그를 존경하게 됐고, 사랑은 아니어도 애정이란 게 생겼어. 하지만 아빠는 정말, 정말로 냉담했고, 지독하게 부당했어. 나는 니컬스 씨에게 그의 앞을 가로막는 큰 장애물들을 말해줬어. 그는 굴하지 않았지. 그가 마지막으로 방문했을 때 아빠의 동의라는 결실을 얻어냈고, 아빠의 존중도 얻어낸 것 같아. 니컬스 씨는 모든 면에서 자신이 담담하고 관대하다는 걸 증명했거든. 그는 자신의 감정이 극도로 예민하지만 너그럽게 용서할 수 있다는 것도 보여줬어. 확실히 나는 그를 존경하고, 그에게 단순한 존경심 이상의 마음을 품을 수밖에 없어. 사실 엘런, 나 약혼했어.

니컬스 씨는 몇 달 안에 하워스의 부목사로 복귀할 거야. 나는 아빠를 떠나지 않겠다고 정했고, 아빠에게도 아빠의 은둔 생활과 편의를 방해하는 일 없이, 금전적으로 해보다 득이 될, 거주 계획을 말씀드려봤어. 한때는 불가능해 보였던 일이 이제 정리되었고, 아빠는 그 미래에 대한 기대로 기쁨을 느끼기 시작하셨어.

사랑하는 엘런, 나는 많은 어려움, 많고도 깊은 괴로움과 마음의 혼란 가운데 나를 인도하신 하느님께 감사드리면서도 여전히 아주 침착하고 담담해. 내가 맛보는 행복의 수준은 지극히 절제되어 있어. 나는 내가 남편을 사랑할 거라고 믿어. 나를 향한 그의 다정한 사랑에 고마움을 느껴. 그는 다정하고, 성실하고, 지조 있는 사람이야. 이 모든 것을 가졌어도 나는 훌륭한 재능, 마음이 맞는 취향과 생각이 더해지지 않았다는 후회에 굴복할 거야. 난 정말 주제넘게 감사할 줄도 모르는 사람인 것 같아.

섭리가 나에게 이 운명을 주셨어. 그렇다는 건 그것이 분명 나에게 가장 좋은 운명일 거야. 내게 소중한 사람들도 그 이상 행복하면 좋겠어.

우리는 결혼식을 이번 여름 중에 올릴지도 몰라. 니컬스 씨는 7월에 결혼식을 올리고 싶어 해. 그는 매우 친절하게도 너에 대해 말하면서 네가 우리 결혼식에 와줬으면 좋겠

다고 했어. 나는 다른 신부 들러리는 고를 생각이 없다고 말
했어. 내가 맞게 말한 거지? 내 말은 결혼식이 최대한 조용
하게 진행될 거라는 뜻이야.*

아직은 이런 이야기들을 꺼내지 말아줘. 조만간 울러 양
에게 편지를 쓰려고 해. 안녕. 이런 소식을 전할 때는 이상
하고 반쯤 슬픈 느낌이 들어. 모든 게 이전에 상상하며 그렸
던 것과는 다르네. 걱정과 두려움이 희망과 뒤얽혀 있어. 아
직은 너와 이 문제를 이야기할 수 없어.

지난주에는 너와 함께 있고 싶을 때가 많아서 니컬스 씨
(지금은 아서라고 불러)에게 그렇게 말했는데, 그는 그때
만큼은 너를 보고 싶다고 말할 수가 없었대.

안녕
애정을 담아,
C 브론테

---

*   샬럿의 혼인 증명서에 따르면, 샬럿과 아서 니컬스는 6월 29일 하워스 교회에서
    결혼했다.

친애하는 넬에게

어디서 보든, 5월 둘째 주쯤에 너를 볼 수 있으면 좋겠다.

맨체스터에 방문할 생각은 지금도 내 머릿속을 떠나지 않고 있어. 나는 그걸 미루고 또 미루다가 드디어 다음 달 초에 가기로 했어. 사흘 정도만 머물다가 헌즈워스에서 이틀이나 사흘을 보내고 브룩로이드로 갈 거야. 아무쪼록 이렇게 세 곳을 방문하는 일정을 2주 안에 끼워 넣어야 해.

리즈에 가야 할 것 같아. 나는 비싼 걸 살 수도 없고, 뭘 많이 살 수도 없어. 너는 보닛과 드레스만 생각하면 돼. 결혼식이 끝나도 입고 쓸 수 있는 거면 제일 좋겠지.

울러 양에게는 바로 편지를 썼고 오늘 아침 그녀에게서 정말 다정한 편지를 받았어. 네 생각에 울러 양이 결혼식에 참석하고 싶은 것 같다고 하면, 난 그녀에게 와달라고 말할래.

이 문제에 관해 아빠의 마음이 완전히 바뀐 것 같아. 아빠는 나에게, 그리고 내가 거기에 없을 때도, 모든 일을 다 해결한 뒤로 얼마나 더 행복해졌는지를 말씀하셨어. 아빠가 그 문제를 이성적으로 다루는 걸 듣고, 또 내가 한때 감히 꺼내지 못했던 주제를 놓고 아빠와 조용하고 평화롭게 이야기를 나누다 보면 놀라운 안도감을 느껴. 아빠는 이제 진심으로 상황이 진척되길 바라시고, 결혼 전 준비에 큰 관심을 보이셔. 아빠의 건강은 나날이 좋아지고 있지만, 요즘 동풍 탓에 목과 가슴에 가벼운 염증이 아직도 떨어지지 않고 있어.

아빠에게 실망했던 건 야망, 아버지로서의 자부심이라는 감정 때문이었는데, 이건 우리가 다 아는 것처럼 언제나 불안한 감정이었어. 이제 이 불안한 감정을 떨쳐냈으니 한때 아예 잊었던 정의의 목소리에 한 번 더 귀를 기울이고, 다시 애정이 힘을 되찾으면 좋겠어.

내 바람은 결국 이 결혼이 내 힘으로 이룬 다른 어떤 것보다 아빠에게 이로운 것이 되는 거야. 니컬스 씨는 지난번 편지에서야 비로소 아빠의 노후에 아빠를 부양하고 위안이 되어드리면서 진심으로 감사를 전하고 싶다는 감동적인 말을 꺼냈어. 이건 단순히 아빠와 말을 나눴다는 데 그치는 게 아니야. 니컬스 씨는 말이 많은 사람도 아니고 말만 하는 사람도 아니니 말이야. 사랑하는 넬, 일단 여기까지만 쓸게. 물론 네가 괜찮다고 생각하면 너희 앤 언니와 클래펌 씨, 힐드 씨 가족에게 말해도 돼. 사실 그 연락은 이제 너에게 맡길래. 아무도 관심을 보이지 않을 곳에 네가 소식을 전하지 않을 거란 걸 아니까.

애정을 담아,
C 브론테

엘런에게

오늘 아빠가 설교를 두 번 하셨는데, 그건 어느 때보다 훌륭하고 힘찬 설교였어. 아빠가 얼마나 변화무쌍한지, 얼마나 빨리 우울해졌다가 얼마나 빨리 회복하시는지 신기할 따름이야. 아빠가 더 나아질 때는 정말 다행이라는 생각이 들어. 사랑하는 넬, 너도 더 나아졌다니 다행이야. 커크 스미턴에 있는 내가 존경하는 지인은 몸이 나아졌는지를 좀처럼 알려주지 않고, 사실 어제 나는 그가 바로 화요일에 다시 온다는 소식에 잔뜩 안달이 났어. 나는 곧바로 그에게 일주일 내내 머물러서는 안 된다고 편지를 썼고 진지하게 타일렀어. 나는 아빠의 인내심을 시험하는 게 두려워. 그가 7월까지는 안 왔으면 좋았을 텐데 말이야. 네가 여기 있으면 좋겠다.

아직 날짜를 정할 수는 없고, 날짜를 정하기 전에 누가 일을 맡을지 확실히 정리되어야 해. 하지만 드 렌지 씨 때문에 심히 어려운 상황이야. 아빠가 그에게 3주나 내줬는데 지금 그는 휴가가 부족한 척하면서 2주를 더 받으려고 온갖 노력을 다하고 있어. 울러 양에게 편지를 못 쓴 게 마음에 걸려. 그녀는 내가 게으르다고 생각할 것 같아. 나는 바쁘고 신경 쓸 게 많긴 하지만 바느질 일감을 좀 해치우고 싶은데, 브룩로이드에 있을 때부터 시간을 다투며 바느질을 하고 있어. 니컬스 씨는 일주일 내내 나를 방해했어.

청첩장은 무척 훌륭한데, 봉투는 아니야. 금형을 새로 만드는 게 나을 거야. 봉투는 아예 무지인 게 좋아. 무지 배경에 은색 첫머리 장식글자가 있는 거 말이야. 은색 테두리가 없는 걸로.

그러고 하루인가 이틀 뒤에 핼리팩스에서 보낸 드레스를 받았는데, 아직 상자를 풀어볼 시간이 없어서 어떤지 모르겠어. 얼마 전에 어밀리아가 보낸 아주 특이한 편지를 받았어. 어밀리아가 트랜비에 있던 이후로 너에게 편지를 보낸 적 있어? 다음 편지를 쓸 때는 너에게 확실한 정보를 주고, 더 미루는 일 없이 당장 여기 오라고 말해주고 싶어. 안녕, 사랑하는 넬.

신의를 담아,
C 브론테

친애하는 울러 양에게

저희가 하워스에서 헤어진 뒤로 상냥한 울러 양께서 가끔 제 생각을 하셨을 거란 걸 알아요. 그리고 이제는 제 이야기를 좀 드릴 때라는 생각이 들어요.

저희는 화요일까지 웨일스에 있었어요. 제가 여유가 좀 되면 거기에서 본 것들에 대한 감상을 말씀드리고 싶은데, 지금은 답장을 써야 할 편지가 여섯 통이나 되고, 제 친구들은 제가 얼른 답장을 보내기를 기다리고 있어요. 저는 울러 양과 울러 양께서 편지를 전해주셔야 할 엘런 너시를 위해 잠깐 짬을 냈어요. 저는 엘런에게 제가 어떻게 지내고 있는지 알려주고 싶은데 오늘은, 사실 이번 주에는 그녀에게 편지를 쓸 수 없어서요.

지난 화요일에 저희는 홀리헤드에서 더블린으로 넘어갔어요. 날씨는 바람 없이 잔잔했고 뱃길도 좋았어요. 저희는 더블린에서 이틀을 보냈고, 더블린 대부분을 마차를 타고 다니면서 대학 도서관, 박물관, 예배당을 구경했어요. 제가 독감에 걸리지 않았더라면 훨씬 더 많은 것을 봤을 거예요.

더블린에서는 니컬스 씨의 가족분 세 명을 만났어요. 니컬스 씨의 형과 사촌 둘이요. 첫째(형)는 더블린에서 배너거까지 이르는 대운하의 관리자로, 영민하고 박식하며 예의 바른 사람이에요. 그의 사촌은 대학생이고, 세 번이나 장

학금을 받았어요. 다른 사촌은 품위 있는 영국식 예절을 갖춘 예쁘고 여성스러운 소녀였어요. 그들은 지난 금요일에 저희와 함께 배너거에 계시는 니컬스 씨의 이모인 벨 부인 댁에 왔어요. 저희는 지금 이곳에 있고요.

저는 이곳과 관련된 모든 것에 특별한 관심이 생기지 않을 수가 없어요. 니컬스 씨는 이 집에서 삼촌인 벨 박사의 손에 자랐어요. 이 집은 매우 크고, 밖에서 보면 신사의 시골 별장 같아요. 집 안의 방은 대부분 널찍하고 층고가 높으며, 응접실과 식당 등 일부 방은 보기 좋고 여유 있게 가구들이 배치되어 있어요. 복도는 고적하고 텅 비어 보여요. 저희 침실은 1층에 있는 큰 방인데, 저희가 방으로 안내됐을 때 폭이 넓고 오래된 벽난로에서 타오르는 토탄 불이 없었다면 그 방은 어두침침해 보였을 거예요. 제가 만나본 사람들처럼 이 가문의 남자들은 철저한 교육을 받은 신사들 같아요. 벨 부인께서는 영국이나 스코틀랜드의 나이가 지긋한 부인처럼 조용하고 친절하고 점잖으세요. 그녀는 런던에서 자란 것 같아요.

그녀의 따님 두 명은 외모가 눈에 띄게 예쁘고, 매우 쾌활하고 사근사근해요. 저는 새 가족들이 정말 좋아요. 제 남편도 여기 고국 땅에서 색다른 모습을 보여줬어요. 이곳저곳에서 그를 칭찬하는 말을 들을 때마다 몇 번이고 깊은 기쁨을 느꼈어요. 이 가문의 나이 든 하인과 수행원 몇몇은 제가 아일랜드 최고의 신사를 얻었으니 최고의 행운아라고 말해줬어요. 그의 이모께서도 애정과 존중을 고루 담아 그에 관한 이야기를 해주시는데, 듣고 있으면 무척 흐뭇해져요. 여기에 왔을 때 저는 몸이 좋지 않았어요. 피로와 흥분으로 녹초가 되다시피 했고, 기침도 심했어요. 하지만 벨 부인께서 다정하고 노련하게 저를 간호해주셨고 지금은 훨씬 좋아졌어요.

저는 올바른 선택을 할 수 있게 하신 하느님께 감사드리며, 믿음직스럽고 훌륭하고 겸손한 남자의 애정 어린 헌신에 걸맞은 보답을 할 수 있기를 기도해요.

카터 씨 댁에 안부 전해주세요. 답장 쓰실 때 집으로 돌아가는 길이 어떠셨는지, 어떻게 지내시는지 알려주시고요.

엘런 너시의 반가운 지난번 편지를 받았어요. 그녀는 이 편지를 읽고 제게 다시 편지를 보내야 해요. 저희는 며칠 안에 남서부 해안 도시 킬키로 이동해요. 편지들은 아서 니컬스 부인 앞으로 보내주시면 돼요.

아일랜드
클레어 카운티
킬키 우체국

이만 줄입니다.
언제나 영원한 애정과 존경을 담아,
C. B. 니컬스 드림

친애하는 캐서린 양에게

캐서린 양의 다정한 편지가 황량하고 외진 곳, 아일랜드 남서부 해안의 작은 바다 도시에 있는 제게 도착했어요.

친절하게 행운을 빌어주셔서 감사해요. 저는 제 남편이 좋은 사람이라고 생각하고, 그와 결혼한 게 옳은 일이었다고 믿어요. 또한 그가 제게 보여주는 친절과 애정에 늘 감사할 수 있기를 바라요.

결혼식 당일에 저희는 웨일스에 갔어요. 거긴 날씨가 별로 좋지 않았어요. 그래도 저희는 기회를 최대한 살려서 정말 아름다운 풍경을 봤어요. 란베리스에서 베드질러트까지 달리면서 본 풍경은 제가 기억하는 영국 북서부 호수 지방의 어떤 풍경보다 훌륭했어요.

그 후에 저희는 배를 타고 홀리헤드에서 더블린으로 갔어요. 제게 시간이 있으면 더블린에서 본 것을 말씀드리고 싶은데, 캐서린 양이 보내주신 다정한 편지는 열두 통 정도가 더 들어 있는 소포에 담겨와서 저는 그 편지 전부에 답장을 써야 해요. 그리고 지금 남편이 제 앞에서 인내심을 최대치로 발휘하며 기다리고 있는데, 실은 제가 얼른 편지를 마무리하고 보닛을 쓰고 산책하러 나가기를 간절히 바라고 있어요.

저희는 더블린에 있다가 니컬스 씨의 가족들이 사는 배

너거로 가서 그들과 일주일을 보냈어요. 제가 봤던 모든 게 다 마음에 들었는데, 영국식 질서와 평정이 그 가족의 살림 방식이나 생활 습관에 정말 많이 녹아 있다는 게 무척 놀라웠어요. 저는 아일랜드인의 태만함에 관한 이야기를 많이 들어봤어요. 킬키에 오기 전까지만 해도 그렇게 생각했는데, 그런 건 거의 보지 못했어요. 여기, 저희가 묵고 있는 멋들어진 이름의 여관인 '웨스트엔드 호텔'은 트집 잡고 싶은 기분일 때는 트집 잡을 게 많지만, 저희는 투덜거리는 대신 웃어버려요. 문밖을 나서면 실내의 단점을 보상해주는 것들이 많거든요. 바로 광대한 대양과 험준하고 웅장한 해안이죠. 아직 보진 못했어요. 남편이 저를 부르네요. 제 안부를 궁금해하는 모두에게 안부 전해주시고, 이만 줄입니다.

옛 제자,
C. B. 니컬스 드림

친애하는 울러 양에게

아일랜드에서 집에 돌아와서 저를 기다리고 있는 많은 다른 편지들과 울러 양의 편지를 확인했어요. 바로 답장하려고 했는데, 제 오산이었어요. 결혼이란 확실히 어떤 부분에서는 달라지는 게 있고, 그중에서도 성격과 시간을 쓰는 게 달라졌어요. 저와 울러 양과 엘런 너시가 하워스 교회로 함께 걸어갔던 어둑하고 조용한 6월의 아침 이후로 정말이지 잠깐의 틈도 없었던 것 같아요. 제가 급하거나 압박을 느끼는 건 아니지만 사실을 짚자면 이제 제 시간은 온전히 제 것이 아니에요. 다른 누군가가 그 시간 중 상당 부분을 원하면서 우리가 이렇게 저렇게 해야 한다고 말해요. 우리는 그에 따라 '이렇게 저렇게' 하는데, 보통은 그게 옳은 듯해요. 그저 가끔은 편지도 쓰고 산책하러 나갈 수 있었다면 좋았을 것 같아요.

멀리서 저희를 찾아온 방문객들이 많았고 최근에는 마을 사람들을 위해 소소한 접대를 준비했어요. 니컬스 씨와 저는 니컬스 씨가 돌아왔을 때 교구민들이 보여준 따뜻한 환대와 호의에 답례하고 싶은 마음이 컸어요. 그래서 주일과 평일의 학생과 교사들, 교회 종지기들, 성가대 등 오백 명을 초대해 교육실에서 차와 저녁 식사를 대접했어요. 그들은 즐거워했고, 그들이 행복해하는 모습을 보면서 매우 기뻤어요. 한 마을 주민은 제 남편의 건강을 위해 축배를 제안하면서 그를 "한결같은 기독교인이자 친절한 신사"라고 했어요. 저는 그 말에 진심으로 감동했고, 그런 인물이 될 자격을 얻고 그렇게 되는 것이 부나 명성이나 권력을 얻는 것보다 낫다는 생각이 들었어요(울러 양도 그 자리에 계셨다면 그렇게 생각하셨을 거예요). 지금 저는 고상하면서도 담백한 그 찬사를 따라 말하고 싶어요. 만약 제가 지금부터 7년, 아니 1년 뒤에도 진심과 확신을 가지고 그렇게 말할 수 있다면, 저는 제가 행복한 여자라고 생각하겠죠. 제 남편은 흠 없는 사람이 아니에요. 그 누구도 흠 없는 사람은 없죠. 하지만 울러 양도 잘 아시다시피 저는 완벽함을 기대하지 않았어요.

저희가 아일랜드에서 돌아왔을 때 저희 아버지께서는 몸이 좋지 않으셨어요. 하지만 지금은 감사하게도 아버지께서 더 좋아지셨다고 말씀드릴 수 있네요. 하느님께서 아버지를 오래도록 건강히 지켜주시기를 바랍니다! 아버지의 삶이 계속되길 바라는 소망과 아버지의 행복과 건강에 대한 막연한 걱정이 이유는 모르겠지만 제가 결혼하기 전보다 지금 제 마음속에서 더 강해진 것 같아요. 지금까지는 저희 아버지와 니컬스 씨의 사이가 아주 좋아 보여요. 이렇게만 계속된다면 정말 좋을 거예요. 저희가 돌아온 후로 저희 아버지께서는 직분을 맡지 않으셨고, 니컬스 씨가 목사 가운이나 중백의를 걸치는 모습을 볼 때마다 이 결혼이 노년에 접어든 저희 아버지께 좋은 도움이 되었다는 생각에 마음이 편안해져요.

사랑하는 울러 양, 리치먼드에 혼자 계시나요? 건강히, 그리고 온전히 누려야 할 양의 행복을 적잖이 누리고 계시나요? 언제쯤 울러 양을 다시 볼 수 있을지요. 이제 리치먼드에 가셨으니, 오랫동안 그곳에서 지내실 것 같아요. 울러 양의 주소를 모르기 때문에 이 편지를 카터 씨 앞으로 보내는 편지에 동봉하고, 카터 씨의 친절한 편지에도 답장을 보냅니다.

이만 줄입니다.

늘 진심 어린 존경과 따뜻한 애정을 담아,
C. B. 니컬스 드림

넬에게

내가 그렇게 바쁘지 않았다면 진작 너에게 편지를 썼을 텐데 말이야. 화요일 아침에 어밀리아랑 조, 팀, 앤이 왔어. 조는 그날 저녁까지만 있었고, 나머지는 어제까지 지내다 갔어. 내가 예상했던 것보다 우리는 그들과 더 잘 지냈어. 어밀리아는 즐겁고 만족스러워 보였고, 여기 있는 동안 자신의 공상들을 잊고 지냈어. 어밀리아는 조금도 예쁘지 않았지만, 전보다 튼튼하고 건강해 보이더라. 팀은 전반적으로 훌륭하게 처신했어. 어밀리아는 아빠를 무척 즐겁게 해 드렸고, 아빠에게 익살스럽게 재잘거렸어. 아빠의 흰머리가 어밀리아의 마음에 들었지 뭐야. 어밀리아는 아서의 검은 머리보다 아빠의 흰머리가 더 좋다고 단호하게 밝히면서, 아서에게는 "이발소에 가서 구레나룻 좀 밀어버리세요"라고 냉정한 충고를 날렸어. 아빠는 어밀리아가 내가 어렸을 적이랑 똑같이, 예상도 못 한 이상한 말을 한다고 하셨어. 아서도 아빠도 어밀리아의 첫인상을 좋아하지 않았지만, 이제는 어밀리아가 그들보다 더 멋있어진 것 같아.

아서는 별다른 일이 없으면 헵톤스톨 교회의 축성식에 갈 거야. 하지만 난 아서와 같이 갈 생각은 없어. 난 목사님들의 사모님들을 만나고 싶지 않아서 말이야. 네가 여기 있다면 나도 갔을 거야.

아서는 얼마 전에 소든 씨의 따분한 편지를 받았어. 우리가 감사를 표한 건 한마디도 없네. 소든 씨의 형제 한 명이 들를 거야. 아서는 그 둘을 초대해서 여기에 하룻밤 묵으라고 할 생각이고. 그들을 잘 살펴보고 내 생각을 말해줄게.

아서가 빨리 산책 나가고 싶어 해서 얼른 휘갈겨야겠어.

내가 브룩로이드에 갈 때 클래펌 씨나 다른 누구라도 미혼 여성을 깎아내리는 말을 한다면 나는 폭탄처럼 터질 거야. 네가 어떻게 반응할지는 내가 감히 예언하진 않을게.

아서는 방금 이 편지를 대충 훑어보고 있었어. 아서는 내가 어밀리아에 대해 너무 거리낌 없이 썼다고 하네. 남자들은 편지를 의사소통의 수단으로 쓰는 걸 이해하지 못하는 것 같아. 남자들은 항상 우리가 부주의하다고 생각하나 봐. 나는 경솔하게 말한 게 하나도 없다고 자부해. 그렇지만 너는 이걸 읽고 태워버려야 해. 아서는 내가 쓴 편지 같은 건 절대 가지고 있으면 안 된대. 그게 루시퍼 성냥만큼 위험하다나. 그러니 아서가 방금 "그걸 태워버리세요" 혹은 "더는 안 됩니다"라고 한 충고를 꼭 따르도록 해. 이것이 그의 의지야. 나는 웃음을 참을 수가 없어. 나는 이게 정말 웃긴 거 같은데, 아서는 자신이 꽤 '진지'하다고 말하고, 확실히 그래 보여. 아서는 책상 위로 몸을 숙인 채 걱정이 담긴 눈을 하고 있어. 나는 이제 '글을 마무리 짓고 싶어'. 자, 나와 그이의 안부를 전하며, 안녕, 사랑하는 엘런.

애정을 담아,
CB: 니컬스

엘런에게

지난번 편지는 급하게 쓰다 보니 편지를 봉하자마자 네가 E. 콕힐 양의 병에 관해 말했던 이야기를 빠뜨린 게 생각났어. 그 소식을 듣고 마음이 너무 아팠고, 그녀가 어떻게 지내는지 알고 싶었거든. 조금이라도 차도가 있어? 그녀가 특히 샴페인을 찾는 건 차츰 좋아질 거란 뜻일 수도 있고, 나빠진다는 뜻일 수도 있어. 좋아진다는 뜻이면 좋겠다. 내가 아는 바로는, 그렇게 입맛이 갑자기 변하는 게 죽음의 전조였던 경우지만 말이야. 답장 쓸 때 그녀의 소식을 알려주는 거 잊지 말아줘.

헵톤스톨 교회의 축성식이 지난 목요일에 있었어. 아서는 거기에 꼭 갈 생각이었는데 장례식 때문에 집에 있었어. 그날따라 날씨가 너무 좋았는데 못 가서 안타까웠지. 그랜트 씨가 다녀왔어. 그의 말로는 평신도들은 많이 왔어도 목회자들은 거의 없었다는데, 초대장을 안 보내서 그런 거였어.

휴잇 양의 편지를 돌려보낼게. 그 편지에는 휴잇 양의 모든 편지에서 볼 수 있는 선함과 분별력이 드러나진 않지만, 그녀의 병이 그녀가 생각하는 것보다 더 심각할까 봐 걱정되네. 그녀는 분명 자신의 병을 그리 중요하게 생각하지 않는 사람인 것 같아.

사랑하는 엘런, 네가 내 편지를 받고 나서 태워버리겠다고 확실하게 약속하지 않은 걸로 아서가 불평해. 아서는 네가 그런 취지의 분명한 서약을 해야 한다네. 그렇지 않으면 그는 내가 쓰는 편지를 한 줄 한 줄 다 읽을 거고, 자기 자신을 우리의 편지 검열관으로 임명할 거야.

아서는 여자들이 편지를 쓸 때 너무 경솔하고, 아주 가까운 친구를 믿을 수 있다고만 생각하고, 편지가 남의 손에 떨어질 수도 있는 만일의 사태를 예상하지 않는다고 말해. 그러니 너는 그 약속을 해야 해. 적어도 아서가 안부를 전하며 그렇게 말할 거야. 네가 약속하지 않으면 아서가 소든 씨에게 쓴 편지처럼 평범하고 간결한 문장으로 사실만 말하고, 화려하게 꾸민 수식어 하나 없이, 어떤 인간의 성격이나 특성에 관한 이야기도 없는 그런 편지를 받게 될 거야. 만약 감성적이거나 애정 어린 구절 하나가 몰래 들어간다면, 그 구절은 까치발로 들어와서는 부끄러워 몸 둘 바를 몰라 할 거고, 아서 말대로 얼굴이 '연둣빛'으로 질려서 수줍은 두 손으로 얼굴을 가릴 거야.

다른 종이에 아서와 약속한 내용을 또박또박 써서 다음번 편지 편에 보내줘. 아빠는 다행히 훨씬 좋아지고 계셔. 너희 어머니께서도 잘 지내시길 바라고, 앤 언니도 회복되길 바라. 클래펌 씨와 모두에게 안부 전해줘.

신의를 담아,
C. B. 니컬스.

엘런에게

지인의 사망 소식은 매번 갑작스럽게 들려오는 것 같네. 나는 네가 이전에 가엾은 엘리자베스 콕힐에 관해 이야기했을 때 불길하다고는 생각했지만, 그녀가 이렇게 금방 세상을 떠날 거라는 생각은 못 했어. 그녀의 가족은 죽음이 다가오는 걸 알아차리기 어려운 가족이지. 그들은 매우 발랄하고, 활발하고, 낙천적으로 보였거든. 세라는 그녀를 잃은 상황을 어떻게 견디고 있어? 세라는 친구가 없는 기분을, 거의 자매를 잃은 듯한 기분을 느끼고 있을까? 그럴까 봐 걱정돼. 아무래도 결혼한 자매는 미혼인 자매와 다를 수밖에 없잖아. 콕힐 부인이 어떤지도 알고 싶어. 그녀는 전에도 자녀를 잃은 적이 있어?

아서는 네가 약속해준 걸 고마워하고 있어. 그는 내가 이 편지를 쓰기 시작했을 때 나갔다가 방금 들어왔어. 그에게 대가로 요구했던 약속을 할 건지 물어봤는데 그가 “그렇다”라고 했어. 이제 우리는 위험한 내용을 마음껏 써도 돼. 그가 의심하는 건 ‘오랜 친구들’이 아니라 불화의 가능성이야. 편지를 받을 사람이 아닌 자의 손에 우연히 편지가 들어가서 읽히는 상황 말이야.

나는 이 모든 게 아주 재밌어. 남자들이 서신을 바라보는 방식 말이야. 일반적으로 남자들의 편지는 재미도 없고, 말도 별로 없어. 나는 남자들이 왜 그렇게 편지를 쓰는지 전에는 전혀 몰랐어. 어떤 면에서는 그들이 맞을 수도 있어. 이상한 우연은 생기기 마련이니까 말이야. 나는 내 편지에 중요성을 부여한다거나 그 편지의 운명을 고려해본 적이 한 번도 없었어. 아서가 그 두 가지 경우를 아주 진지하게 생각하는 걸 보기 전까지는 말이야.

소든 씨와 그의 형제가 어제 여기에 와서 하룻밤 묵고 방금 떠났어. 조지 소든은 섯클리프 소든(네가 본 적 있는 사람)보다 예닐곱 살 어려. 그는 매우 섬세하고 조용해 보이며 착하고 순수해. 아마 소든 씨가 '엘런 양'의 안부를 물었을걸.

상황이 다 괜찮으면 다음 주에 다시 편지를 써서 널 보러 갈 날짜를 정할게. 너는 더 많은 손님을 신경 쓰기 전에 조금 쉬고 싶을 수도 있고, 적어도 그래야 할 거야. 하지만 사랑하는 넬, 내가 언제 가든 지금 상황에서는 조용히 방문할 거고, 편한 드레스를 한두 벌 이상 가져갈 필요는 없을 거야. 편지 쓸 때 그걸 말해줘.

이만 줄일게.

신의를 담아,
ＣＢ 니컬스*

울러 양에게 곧 편지를 쓸 생각이야.

---

*　샬럿은 처음에 'Ｃ 브론테'라고 서명했다가 'ＣＢ 니컬스'로 수정했다.

엘런에게

우리는 거소프에서 돌아온 후에 아서의 사촌인 벨 씨와 함께 지내고 있어. 무척 즐거웠는데, 너도 벨 씨를 만나서 얼굴을 익혔으면 좋았을 거야. 진정한 신사는 타고났든 후천적이든 흔하지 않으니까 말이야.

해버검이나 파디햄의 유급 목사직에 관한 건, 지금 당장은 누가 되어도 애매한 상황이야. 지금 있는 목사는 사직서를 철회하고 싶어 하고, 2년 계약으로 부목사를 임명하겠다는 확고한 의사를 밝히고 있어. 소든 씨가 좋은 인상을 주지 못할까 봐 걱정되네. 아서가 그 자리에 갔으면 하는 강력한 요청이 재차 있었지만, 그건 불가능한 일이야.

나는 진심으로 브룩로이드에 가고 싶고, 편지를 써서 1월 31일 수요일에 가는 걸로 확실히 정하고 싶었어. 근데 사실 내가 집을 떠날 수 있을 정도로 몸이 괜찮아질지는 잘 모르겠어. 지금의 나는 아주 성가신 방문객이 될 거야. 아일랜드에서 돌아와서 대략 열흘 전까지만 해도 정말 건강했어. 그러다 갑자기 위가 약해지는 것 같더니 그 이후로 소화불량이랑 계속되는 메스꺼움이 내 운명이 되어버렸지 뭐야. 사랑하는 넬, 추측은 하지 마. 아직은 섣불러. 물론 최근 들어 이러는 걸 전에는 느껴본 적이 없지만 말이야. 그래도 이 일은 너만 알아둬. 지금 난 확실히 결정을 내릴 수가 없거든. 내가 지금처럼 딱 브룩로이드에 가려고 생각할 때 내 미모를 잃고 말라가는 게 좀 당황스러워.

가여운 조 테일러! 계속 그가 나아지기를 바라지만, 어밀리아는 항상 명확하거나 일관적이지는 않아도 매우 슬퍼지는 이야기를 써.

사랑하는 엘런, 보고 싶고, 잘 지내길 바라.

모두에게 안부 전해줘.

신의를 담아,
C. B. 니컬스

클래펌 씨가 친절하게도 행운을 빌어주셔서 감사하네. 하지만 아서는 길어봐야 하루이틀 정도만 머무를 수 있을 거야.

친애하는 엘런에게

지긋지긋한 침대에서 일어나 한 줄 써야겠어. 머시가 회복될 것 같다는 소식은 나에게 한 줄기 기쁨의 빛처럼 다가왔어. 내가 겪고 있는 고통은 말하지 않을래. 그건 의미도 없고 괴로울 것 같아. 네가 위안으로 삼을 수 있는 확실한 말을 해주고 싶은데, 그건 바로 내가 우리 남편에게서 제일 상냥한 보모이자 제일 다정한 버팀목을 본다는 거야. 여자가 지상에서 누릴 수 있는 최고의 위안이지. 그이의 인내심은 끝이 없고, 슬픈 낮과 험난한 밤마다 시련을 견뎌. 휴잇 부인은 얼마나 오래, 그리고 어떻게 아팠는지 편지로 알려줘.*

아빠는 다행히 좋아지셨어. 우리의 가엾은 태비는 세상을 떠났고 땅에 묻혔어. 울러 양에게 안부 전해줘. 하느님께서 너를 위로하시고 도우시기를.

ＣＢ 니컬스

---

* 당시 샬럿이 임신했다고 생각했음을 확실하게 보여주는 문구. 엘런의 친구 메리 휴잇 또한 임신 중에 병을 앓고 있었기 때문이다.

어밀리아에게

분명한 진실을 말해줄게. 내가 겪은 고통은 엄청났고, 지나간 밤들은 말로 다 할 수도 없고, 병은 잠시도 나을 기미가 없었어. 나는 토에 피가 섞여 나올 지경까지 혹사당했어. 약은 아예 끊었어. 도움이 될 만한 무엇이라도 보내줄 수 있다면 그렇게 해줘.

내 남편에 대해 말하자면, 내 마음은 그이와 연합했어(『골로새서』 2:2). 그이는 정말 자상하고, 정말 착하고, 배려심 있고, 인내심도 강해.

가여운 조! 조는 너무 오랫동안 고통을 겪었잖아. 하느님께서 어서 빨리 조에게, 너에게, 그리고 우리 모두에게 건강의 힘, 위로를 보내주시기를!

C. B. 니컬스

친애하는 엘런에게

휴잇 부인의 현명하고 침착한 편지를 보내줘서 정말 고마워. 휴잇 부인에게도 고맙고. 휴잇 부인의 병은 내 병과 놀라울 만큼 비슷하지만, 나는 훨씬 더 약해져버렸어. 뼈가 약해지는 것도 그대로고 이것저것 문제가 많아. 나는 말도 제대로 못 하는데, 참을성 있고 변함없는 우리 아서에게도 한 번에 몇 마디만 겨우 말할 정도야.

지난 이틀 동안은 조금 나아져서 고깃국물 조금, 와인이랑 물 몇 숟갈, 담백한 푸딩 한 입을 간간이 먹었어.

사랑하는 엘런, 나는 네가 겪은 일과 가여운 머시와 함께 겪어야 할 일을 잘 알아. 오, 네가 계속 도움을 받고, 주저앉지 않길 바라! 여기는 병이 살벌하게 돌았어. 아빠는 이제 괜찮아지셨어. 클래펌 씨 부부와 너희 어머니, 머시에게 안부 전해줘.

가능할 때 답장 줘.

이만 줄일게.

ＣＢ 니컬스

너시 양께

저희 장인어른의 편지를 보시고, 제가 전해야 할 슬픈 소식을 들을 마음의 준비를 하셨을 겁니다. 우리의 소중한 샬럿은 이제 없습니다. 샬럿은 간밤에 기운이 다해 세상을 떠났습니다. 저희는 지난 두세 주 동안 샬럿을 지켜보며 마음을 졸였는데 주일 저녁이 되어서야 샬럿과 함께할 시간이 얼마 남지 않았다는 게 분명해졌습니다. 저희는 수요일 아침에 샬럿을 묻어주려 합니다.

이만 줄입니다.

진심을 담아,
A. B. 니컬스 드림

1816년	4월 21일 영국 요크셔주 브래드퍼드 인근 손턴에서 패트릭 브론테Patrick Brontë와 마리아 브랜웰Maria Branwell의 셋째 딸로 태어남.
1817년	남동생 패트릭 브랜웰 브론테Patrick Branwell Brontë가 태어남.
1818년	여동생 에밀리 제인 브론테Emily Jane Brontë가 태어남.
1820년	여동생 앤 브론테Anne Brontë가 태어나고, 가족 모두 요크셔주 키슬리 인근 하워스로 이사.
1821년	어머니 마리아 브론테가 세상을 떠남.
1824년	에밀리와 함께 랭커셔주 카원 브리지에 있는 클러지 도터스 스쿨에 입학.
1825년	첫째 언니 마리아와 둘째 언니 엘리자베스가 폐결핵으로 세상을 떠남. 샬럿과 에밀리는 학업을 중단하고 하워스로 돌아감.
1829년	1841년까지 약 180편의 시와 120편의 이야기, 다양한 산문을 집필함. 주로 남동생 브랜웰과 함께 창작한 상상의 세계 '앵그리아Angria'를 배경으로 함.
1831년	마거릿 울러가 교장으로 있는 로 헤드 기숙학교에 입학, 엘런 너시Ellen Nussey와 메리 테일러Mary Taylor를 만남.
1832년	하워스로 돌아와 여동생들을 가르치며 지냄.
1835년	로 헤드 기숙학교로 돌아가 교사로 근무.
1838년	교사직을 그만두고 하워스로 돌아감.
1839년	스톤갭의 시지윅 부인 집에서 가정교사로 근무.

1841년　　로던의 화이트 부인 집에서 가정교사로 일하며, 에밀리와 앤과 함께 학교를 세울 계획을 구상함.

1842년　　2월, 에밀리와 함께 벨기에 브뤼셀에 있는 에제 기숙학교에 입학해 프랑스어를 공부함. 8월부터 에제 기숙학교에서 영어를 가르치며 학업을 이어감. 10월, 이모 엘리자베스 브랜웰이 세상을 떠남. 에밀리와 함께 잠시 집으로 돌아감.

1843년　　샬럿 혼자 에제 기숙학교에 돌아가 영어를 가르침.

1844년　　브뤼셀을 떠나 하워스로 돌아감.

1845년　　훗날 남편이 되는 아서 벨 니컬스^{Arthur Bell Nicholls}가 하워스 교구의 부목사로 부임.

1846년　　5월, 샬럿과 에밀리, 앤의 공동 시집인 『커러, 엘리스, 액턴 벨의 시 작품들^{Poems by Currer, Ellis, and Acton Bell}』 출간. 8월, 장편소설 『제인 에어^{Jane Eyre}』 집필을 시작함.

1847년　　『제인 에어』 출간.

1848년　　9월, 남동생 브랜웰이 만성 기관지염 및 소모증으로 세상을 떠남. 12월, 여동생 에밀리가 폐결핵으로 세상을 떠남.

1849년　　5월, 여동생 앤이 폐결핵으로 세상을 떠남. 10월, 장편소설 『셜리^{Shirley}』 출간.

1853년　　1월, 장편소설 『빌레트^{Villette}』 출간.

1854년　　아서 벨 니컬스와 결혼.

1855년　　3월 31일 하워스에서 세상을 떠남. 임신 중 심한 구토증 때문에 건강이 악화된 것으로 추정됨.

1857년　　6월, 장편소설 『교수^{The Professor}』 출간.

1850년, 조지 리치먼드가 그린 샬럿 브론테.

(위) 1860년경, 교회 종탑 위에서 촬영된 것으로 보이는 하워스 목사관. 1779년 완공된 이후로 이때까지 건축 당시의 원형을 유지하고 있었다.
(아래) 슬레이든 벡 계곡. 브론테 자매들이 하워스에 살던 시절, 하워스 주변은 황야가 끝없이 펼쳐져 있었다. 어린 시절 자매들은 슬레이든 벡 계곡을 따라 걷고, 듬성듬성 자리한 고지대 농가들을 지나, 목사관 뒤편의 황야로 이어지는 길을 산책하는 것을 가장 좋아했다.

318

(위) 1832년, 샬럿이 그린 머필드의 로 헤드 기숙학교. 샬럿이 학교 과제로 그린 것으로 추정된다.

(아래) 스미스엘더에서 기획한 브론테 자매의 작품집에 수록된 E. M. 윔페리스의 삽화. 이 삽화는 『제인 에어』에 등장하는 로우드 기숙학교를 그린 것으로, 샬럿이 로우드의 모델로 삼았던 카원 브리지의 클러지 도터스 스쿨을 묘사한 것이다. 1872년에 출간된 브론테 자매의 작품집에는 샬럿 브론테의 『제인 에어』, 『셜리』, 『빌레트』, 『교수』, 에밀리 브론테의 『폭풍의 언덕』, 앤 브론테의 『아그네스 그레이』와 『와일드펠 홀의 소작인』, 개스켈 부인의 『샬럿 브론테의 생애』 등이 포함되었다.

1848-1849년경, 샬럿 브론테가 윌리엄 윌리엄스와 엘런 너시에게 보낸 편지들. 남동생 브랜웰의 죽음과 여동생 앤의 투병 말기에 관한 내용이 적혀 있다.

(위 왼쪽) 샬럿이 연필로 그린 앤의 초상화.

(위 오른쪽) 샬럿의 학교 친구인 엘런 너시의 어린 시절 초상화. 연도 미상.

(아래 왼쪽) 조지 스미스. 스미스엘더 출판사 대표로, 샬럿과 친분을 유지하며 꾸준히 서신을 교환했다.

(아래 오른쪽) 윌리엄 윌리엄스. 스미스엘더에서 작가 발굴과 작품 비평, 기획 자문을 담당했으며, 샬럿은 그의 문학적 조언을 소중하게 여겼다.

샬럿이 가정교사로 일했던 로던의 어퍼우드 하우스. 샬럿은 이 집을 "그리 큰 건 아닌데 무척 쾌적하고 관리가 잘되어 있으며, 부지도 멋지고 넓다"라고 묘사했다.

1834년, 브랜웰이 미술 선생 윌리엄 로빈슨이 내준 과제로 그린 앤, 에밀리, 샬럿의 초
상화. 에밀리와 샬럿 사이에 보이는 연한 색의 기둥 때문에 '기둥 초상화'로도 불린다.
사실 이 기둥은 브랜웰이 자신의 모습을 그렸다가 다시 덮으려 한 흔적으로, 구도상 인
물이 너무 많다는 로빈슨의 조언을 따른 것 같다. 시간이 흐르며 물감층이 옅어지자 독
특한 붉은빛 머리카락과 남성용 스카프를 한 브랜웰의 모습이 희미하게 드러나 보인
다. 훗날 아서 벨 니컬스가 이 그림을 반으로 두 번 접은 채로 옷장 위에 40년 넘게 보관
했던 탓에 그림의 표면에 뚜렷한 균열이 생겼다.

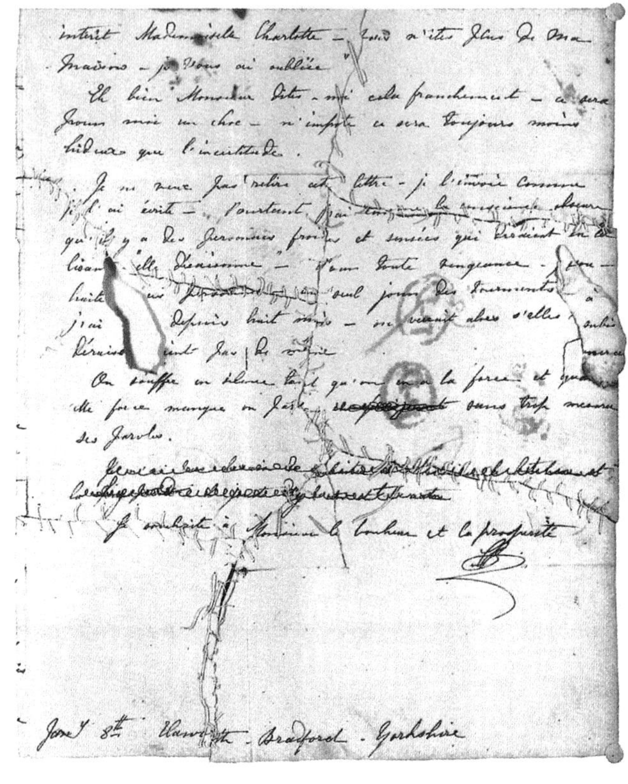

샬럿이 에제 선생에게 보낸 1845년 1월 8일자 편지(120쪽 참고). 벨기에 유학 시절, 샬럿은 에제 기숙학교에서 그에게 프랑스어를 배웠다. 이 편지에는 샬럿이 그와 떨어져 지내야 하는 고통을 토로하는 내용이 담겨 있다. 분노해서였는지, 아니면 샬럿이 상처받지 않도록 보호하려는 마음에서였는지는 알 수 없지만, 에제는 이 편지를 찢어버렸다. 그러나 샬럿과 남편의 관계를 의심하던 에제 부인은 쓰레기통에서 편지를 발견해 찢어진 조각을 실로 꿰맨 다음 훗날을 위해 보관했다.

(위) 1848년, 앙주 프랑수아가 그린 에제 가족의 초상화.
(아래) 샬럿이 브뤼셀에서 유학하던 시절, 판화나 그림 연습장의 그림을 보고 따라 그린 물레방앗간 스케치. 샬럿은 이 그림에 "한 제자가 에제 부인에게 드리는 애정과 존경의 표시"라는 문구를 적었다. 하지만 이후 샬럿이 에제 선생을 향해 깊은 감정을 품게 되면서 에제 부인과의 관계는 결국 틀어지게 된다.

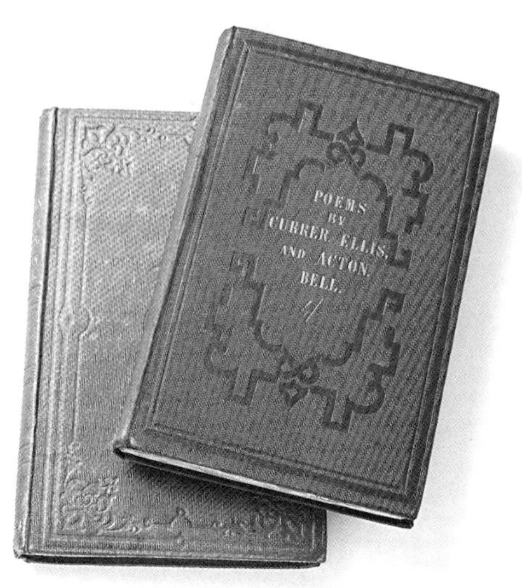

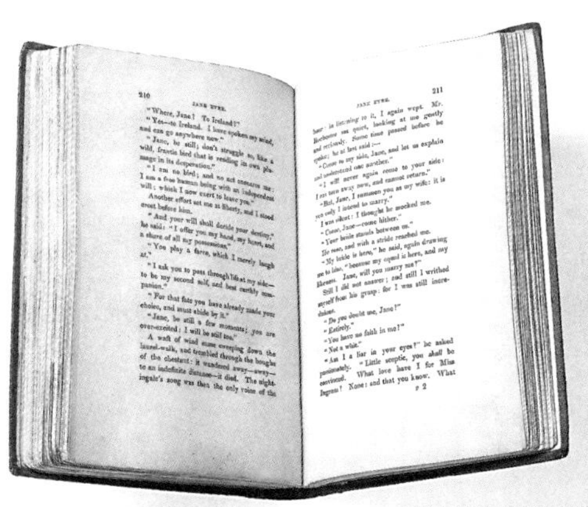

（위）『커러, 엘리스, 액턴 벨의 시 작품들』. 오른쪽은 1846년 에일롯앤존스 출판사에서 출판된 판본이며, 왼쪽은 1848년 스미스엘더 출판사에서 재출간된 판본이다.
（아래）『제인 에어』 초판. 1847년 스미스엘더 출판사에서 출판되었으며, 샬럿 브론테는 '커러 벨'이라는 필명을 사용했다.

1860년경, 스카버러에 있는 성 니컬러스 클리프의 모습. 앤은 여러 차례 스카버러를 방문했으며, 세상을 떠나기 전에도 샬럿과 엘런과 함께 다시 이곳을 찾고자 했다. 1849년 5월 28일, 앤은 다리 바로 위쪽에 자리한 클리프 2번지에서 눈을 감았다.

샬럿의 여동생 에밀리와 남동생 브랜웰의 추모 카드(위, 아래). 앤의 경우, 연고지가 아닌 스카버러에서 세상을 떠났기 때문에 추모 카드를 제작하지 못했다.

In Memory of

CHARLOTTE NICHOLLS,

WHO DIED MARCH XXXI, MDCCCLV,

Aged 38 Years.

(위 왼쪽) 아서 벨 니컬스. 1845년부터 하워스 교구의 부목사로 재직했으며, 1854년 샬럿과 결혼했다. 이듬해 샬럿이 세상을 떠난 뒤 6년 동안 하워스에 머물며 패트릭 브론테 목사와 교구를 위해 헌신했다. 1861년, 브론테 목사가 세상을 떠나자 고향인 아일랜드로 돌아가 남은 생을 그곳에서 보냈다.

(위 오른쪽) 샬럿의 아버지 패트릭 브론테 목사. 가족을 모두 떠나보내고 홀로 남은 1860년경에 촬영된 것으로 추정된다.

(아래) 샬럿의 추모 카드. 샬럿은 결혼 후에도 늘 '샬럿 브론테 니컬스'라고 서명했지만 아서는 샬럿의 추모 카드에 더 단순하고 신원을 드러내지 않는 '샬럿 니컬스'라는 서명을 사용했다. 이 카드에는 샬럿의 문학적 명성 때문에 샬럿의 사생활에 대중들이 관심을 보이는 것을 남편인 아서 벨 니컬스가 못마땅하게 여겼다는 점이 잘 드러난다.

　샬럿 브론테가 우리와 같은 시대를 살았다면 여전히 편지를 쓰고 있을까. 편지 한 통에도 이토록 열성적인 그녀라면 매체만 달랐을 뿐 부지런히 소식을 전하며 지냈을 것만 같다. 현재까지 전해지는 샬럿의 편지는 950통이 넘는다. 그 편지들을 처음 마주했을 때는 그 양에 압도되었다. 막상 선별에 들어가니 눈에 들어오는 편지들을 쉽게 지나칠 수 없었고, 무엇을 담아야 할지보다 무엇을 덜어내야 할지가 더 큰 고민이 되었다. 그렇게 고른 편지들은 서로의 맥락을 잃지 않으면서, 세상과 문학을 바라보는 그녀의 시선을 느낄 수 있는 것들이었다. 1831년 엘런에게 보낸 첫 편지를 시작으로 약 24년에 걸쳐 오간 편지 중에서 그녀의 삶이 시간의 흐름에 따라 자연스럽게 이어지도록 선별해 엮었다. 그 끝에는 1855년, 샬럿의 남편인 니컬스가 엘런에게 샬럿의 죽음을 알리는 편지를 놓았다.

수신인과 시기에 따라 샬럿의 모습은 조금씩 달라졌다. 친구인 엘런과 가족들에게 보낸 편지에서는 꾸밈없는 애정이 묻어났고, 출판사와의 소통에서는 커러 벨이라는 필명 뒤에서 조심스레 거리를 유지하다가 성별의 비밀이 밝혀진 후 한층 편안한 어조로 변화했다. 샬럿과 주변인들의 진솔한 이야기를 다른 시공간에서 지켜보면서 한 조각씩 퍼즐을 맞춰나가는 기분이 들었다. 타인의 내면이 방어 없이 열려 있는 편지를 한없이 읽다 보면 어느 순간에는 내가 샬럿의 친구가 된 것 같기도 했고, 심지어는 샬럿이 내 안에 들어온 것 같기도 했다.

그 친밀함의 근원은 특히 가장 가까운 친구인 엘런에게 보낸 편지들에 담겨 있다. 샬럿은 소소한 일상, 꿈, 미래에 대한 불안까지 가감 없이 털어놓았고, 편지 곳곳에 배어 있는 솔직함은 두 사람의 깊은 애정과 유대감을 여실히 보여준다. 이러한 기록이 오늘날까지 전해질 수 있었던 것은 엘런의 결단 덕분이었다. 당시 니컬스는 아내의 사적인 서신이 공개되는 것을 꺼려 편지를 모두 태워달라고 요청했고 엘런은 그러겠다고 약속했지만, 결과적으로 그 약속은 지켜지지 않았다. 평생 독신으로 지내며 샬럿의 결혼을 복잡한 심경으로 지켜보기도 했던 엘런에게, 이 편지들은 그저 종이 뭉치가 아니라 샬럿의 존재 그 자체였을지도 모른다.

이렇게 마음을 나눈 편지들 속에 한 인간으로서의 샬럿이 있다면, 출판사와 주고받은 편지들에서는 작가로서 샬럿의 태도가 선명하게 드러난다. 작가의 길을 걸으며 마주하는 불확실함과 자신의 글이 세상에 받아들여질지에 대한 걱정 속에서도, 그녀는 원고에 대한 솔직한 평가를 구했다. 전해 들은 비평을 하나하나 검토하며 수용할 부분은 겸허히 받아들이고, 반박할 부분은 조리 있게 짚어냈다. 여러 출판사의 반복되는 거절에도 포기하지 않았던 『교수』부터 예상치 못한 성공을 거둔 『제인 에어』, 동생들의 갑작스러운 죽음으로 인한 고통을 견디며 써 내려간 『셜리』와 『빌레트』가 그렇게 세상에 모습을 드러낼 수 있게 되었다.

샬럿이 펜을 들고 보낸 시간을 따라가다 보면, 그것이 단순히 글을 쓰는 시간이 아니었다는 생각이 든다. 감정을 글로 옮기고, 사유를 문장으로 정리하며, 경험을 소설로 풀어내는 동안 그녀는 세상을 이해하려 애쓰고, 스스로를 지탱하고 있었다. 이렇게 샬럿은 감정에 침잠하면서도 자신에게 주어진 삶을 의연하게 마주했다. 그 시간을 함께하며 독자 또한 그녀와 조금 더 가까워질 수 있을 것이다.

이 책에서는 샬럿이 에제 선생에게 보낸 편지 네 통을 처음으로 국내에 소개한다. 현재까지 전해지는 것은 이 네 통뿐이지만, 그를 향한 존경과 동경, 연모의 감정과 더불어 샬럿의 기억 속에 각인된 그의 모습이 곳곳에 담겨 있다. 훗날 그녀는 소설 『빌레트』에서 이 기억 속 형상을 빌려 '폴 에마뉘엘'이라는 인물을 만들어내기도 했다. 샬럿의 마음을 단정할 수는 없지만, 이 편지들을 읽으며 그녀의 시선에 비친 그의 모습을 조심스레 짐작할 수 있었다.

샬럿은 "마음 같아서는 더 쓰고 싶지만, 그러면 끝이 없을 것 같아 이만 줄여야겠어"라고 썼다. 아무리 긴 편지도 끝인사를 맺어야 하고, 한 사람의 생에도 끝은 있다. 하지만 끝인사는 다음 편지를 기약하고, 그 생은 누군가의 기억 속에 오래도록 이어지기 마련이다. 샬럿의 마음이 담긴 편지들을 통해 그녀의 생이 독자의 기억 속에 오래도록 남기를 바란다.

이 글을 쓰는 동안 샬럿과 친구였다면 우리는 몇 날 며칠 편지를 주고받으며 문장 구석구석을 들여다보았을 것이라는 상상을 했다. 그만큼 샬럿의 편지를 옮기고 엮는 시간은 나에게도 샬럿을 알아가는 긴 대화의 시간이었다. 이 긴 시간을 묵묵히 지켜봐 준 사랑하는 가족과 친애하는 모든 이에게 고마움을 전한다. 특히 샬럿의 소설 원고가 책이 되기까지 필요했을 시간을 떠올리며, 이 책을 함께 만들어주신 미행의 편집자 두 분께 깊이 감사드린다.

2026년 1월
김자영

보기에도 예쁘고 맛도 좋은 떡을 빚어 그릇에 올려두고 싶었다. 갖가지 좋은 재료를 넣고 떡을 주무른다. 열심히 주무르는데 색깔이 영 별로다. 왠지 맛도 별로일 것 같다. 시간은 계속 흐르고 떡은 맛있어질 생각을 하지 않고 떡도 아니고 반죽도 아닌 걸 주무르고 있는 나는 점점 초조해진다. 처음부터 다시 쓰자. 이제 뭘 써야 하나. 그래, 그걸 쓰자. 이 책을 시작할 때 마음먹었던 게 하나 있었다. 그건 바로 좋은 문장에 표시하기. 여기서 좋은 문장이란 보도자료에 써먹기 좋은 문장을 말한다. 나중에 보도자료를 쉽게 쓰려고 머리를 쓴 거다.

샬럿은 출판사 담당자, 아빠, 동생 에밀리, 당대 유명한 작가 등 많은 이들에게 편지를 썼는데 내가 꼽은 문장들은 대체로 친구 엘런 너시한테 쓴 편지에서 나왔다. 오늘 누구를 만나고 어디를 가고, 어떤 일이 있었고. 친한 친구한테 허물없이 하는 별의별 얘기들이다. 우리가 함께 바라봤던 바다 기억나니? 묻기도 하고, 내가 마사한테 다 얘기하지 말라고 했지? 편지로 따지기도 한다. 한마디로 여기엔 대단한 게 없다.

그럼 나는 왜 이런 문장들이 좋았을까. 샬럿 브론테가 유명한 작가여서? 작가가 쓰면 모두 문학이 되는 것인가. 이런 문장은 누구나 쓸 수 있다. 우리에겐 각자의 일상이 있고 그에 대해 적길 좋아한다. 그럼 모두 작가가 되고 문학이 되는 것인가. 이 책에는 너무 사적이라 사소하고 하찮은, 굳이 펜으로 적지 않아도 될 이야기들이 있다. 편지를 쓰면서 원대한 목표를 가지고 쓰는 사람은 아마 이상한 사람일 것이다. 샬럿은 그저 재잘거린다. 우연히 라디오에서 들었던 노래를 하루 종일 흥얼거리게 되는 것처럼 샬럿을 타고 문장이 흘러나온다. 이 책의 편집자는 고작 편집 후기를 쓰면서도 이 단어가 좋을지, 저 단어가 좋을지 고르지 못해 우물쭈물하다가 한 문장도 완성하지 못하고, 이런 말을 해도 되나 주춤거리며 독자의 눈치, 세상의 눈치 그리고 나 자신의 눈치를 보며 맛없는 떡만 주무르고 있었는데 말이다. 아무런 이유 없이, 목적 없이 쓰인 샬럿의 문장들에서 나는 순수한 문학을 느낀다.

편집 후기를 쓰는 김에 우리 책 홍보를 하나 하자. 『벨기에 에세이』라는 책이다. 『벨기에 에세이』에는 브론테 자매의 여러 글이 실렸다. 이 책을 만들 당시는 샬럿, 에밀리, 앤이라는 세 자매의 일화에 초점을 맞추었고 그러면서 많은 샬럿의 편지 중 자매들의 일상이 드러나는 편지를 위주로 선별해 싣게 됐다. 그래서, 이 책 『나의 친애하는 넬에게』에서는 중복 양심(?) 문제로 그 편지들이 빠졌다. 같은 역자 분의 작품이기도 하고. 샬럿이 쓴 다른 편지가 궁금하신 분은 미행의 『벨기에 에세이』를 찾아주셨으면 한다. 연거푸 동생들의 죽음을 겪은 샬럿은… 그럼에도 우린 슬픔을 맨몸으로 통과해내는 인간에게서 위로를 받게 된다.

미행에서 만든 책들

1	소설	마르셀 프루스트	최미경	쾌락과 나날
2	시	조르주 바타유	권지현	아르캉젤리크
3	소설	유리 올레샤	김성일	리옴빠
4	시	월리스 스티븐스	정하연	하모니엄
5	소설	나카지마 아쓰시	박은정	빛과 바람과 꿈
6	시	요제프 어틸러	진경애	너무 아프다
7	시	플로르벨라 이스팡카	김지은	누구의 것도 아닌 나
8	소설	카트린 퀴세	권지현	데이비드 호크니의 인생
9	르포	스티그 다게르만	이유진	독일의 가을
10	동화	거트루드 스타인	신혜빈	세상은 둥글다
11	산문	미시마 유키오	강방화·손정임	문장독본
12	소설	마르셀 프루스트	최미경	익명의 발신인
13	시	E.E. 커밍스	송혜리	내 심장이 항상 열려 있기를
14	시	E.E. 커밍스	송혜리	세상이 더 푸르러진다면
15	산문	데라야마 슈지	손정임	가출 예찬
16	칼럼	에릭 사티	박윤신	사티 에릭 사티
17	산문	뤽 다르덴	조은미	인간의 일에 대하여
18	르포	존 스타인벡·로버트 카파	허승철	러시아 저널
19	소설	윌리엄 포크너	신혜빈	나이츠 갬빗
20	산문	미시마 유키오	손정임·강방화	소설독본
21	소설	조르주 로덴바흐	임민지	죽음의 도시 브뤼주
22	시	프랭크 오하라	송혜리	점심 시집
23	산문	브론테 자매	김자영·이수진	벨기에 에세이
24	소설	뱅자맹 콩스탕	이수진	아돌프/세실
25	산문	안드레이 플라토노프	윤영순	전쟁 산문
26	소설	안토니 포고렐스키 외	김경준	난 지금 잠에서 깼다
27	소설	모리 오가이	전양주	청년
28	소설	알베르틴 사라쟁	이수진	복사뼈
29	산문	페르난두 페소아	김지은	이명의 탄생
30	산문	가타야마 히로코	손정임	등화절
31	산문	고바야시 히데오	유은경·이재창	비평가의 책 읽기
32	소설	조르주 바타유	유기환	마담에드와르다/나의어머니/시체
33	시론	라헬 베스팔로프	이세진	일리아스에 대하여
34	시	하트 크레인	손혜숙	다리
35	산문	다니자키 준이치로	이한정	문장독본
36	소설	로제 마르탱 뒤 가르	정지영	티보가 사람들(전 11권)
37	시	앨런 긴즈버그	손혜숙	카디쉬
38	편지	샬럿 브론테	김자영	나의 친애하는 넬에게

한국 문학

1	시	김성호	로로
2	시	유기환	당신이 꽃 옆에 서기 전에는

샬럿 브론테(Charlotte Brontë, 1816-1855)는 영국의 소설가이다. 필명은 커러 벨(Currer Bell). 1816년 영국 웨스트요크셔 손턴에서 패트릭 브론테와 마리아 브랜웰의 셋째 딸로 태어났다. 위의 두 언니가 어린 나이에 세상을 떠나면서 브론테 남매 중 맏이 역할을 하며 자랐고, 1821년 어머니가 병으로 사망한 이후에는 아버지와 이모의 손에 자랐다. 1831년에는 로 헤드 기숙학교에 입학해 1832년까지 공부했으며, 1835년부터 3년 동안 그곳에서 교사로 재직했다. 1842년에는 벨기에 브뤼셀에 있는 에제 기숙학교에서 유학하며 프랑스어와 독일어를 배웠고, 영어 교사로도 일했다. 1846년에는 두 여동생인 에밀리 브론테, 앤 브론테와 함께 필명으로 시집 『커러, 엘리스, 액턴 벨의 시 작품들(Poems by Currer, Ellis, and Acton Bell)』을 출간했다. 이후 『제인 에어(Jane Eyre)』(1847)가 큰 호평을 받았으며, 다른 주요 작품으로는 『셜리(Shirley)』(1849), 『빌레트(Villette)』(1853), 『교수(The Professor)』(1857) 등이 있다. 1854년 아버지 교회의 부목사였던 아서 벨 니컬스와 결혼했으나, 이듬해 임신으로 인한 구토증으로 건강이 악화되어 38세의 나이로 세상을 떠났다.

옮긴이 김자영은 서강대학교에서 신문방송학과 경영학을 전공하고, 이화여자대학교 통역번역대학원 한영번역학과를 졸업했다. 현재 번역가로 활동 중이며, 옮긴 책으로는 『벨기에 에세이』가 있다.

나의 친애하는 넬에게
샬럿 브론테 편지

김자영 엮고 옮김

초판 1쇄 발행 2026년 3월 31일

펴낸곳 미행
전화 070-4045-7249
인쇄 제책 영신사

출판등록 제2020-000047호
메일 mihaenghouse@gmail.com

ISBN 979-11-92004-44-0   03840

알라딘 북펀드에 참여해주신 분들

가나다순

JIFA	성수지	이지우
JOO	송연지	이채
LOLUET	송지애	이현정
NELL팬 초코	아리윤	임승혁
zrabbit	안유민	임아롬
권수현	양갱	전진우
권지은	영원토록무한한물결	정민정
길보라	오래된미래	조해나
김가빈	오은주	조현정
김경아	용자영 화이팅	지동섭
김규완	유지연	최승은
김리연	윤성필	최영숙
김민지	윤솔	최파일
김선영	윤수경	최현정
김선진	이기원	추운자
김수연	이다현	티스영어
김지민	이민서	편지큐레이터
김채연	이서영	하지수
김채원	이선영	한세원
김혜희	이성이	한솔
김희경	이수희	한이
남주 연옥 재현	이영술	한지원
도유나	이온서가	허요섭
문선형	이윤진	홍지원
미시마유키오	이은미 (2)	화곡동
박지애	이은미	황금정원덕구
박지은	이은희	황부현
백소영	이자영	황아름
서지민	이정혜	황주애
설아	이종수	

이름을 밝히지 않은 분들까지 총 102분께서 참여해주셨습니다.
여러분, 고맙습니다.